KB117199

지구별 인간

지구별 인간

地球星人

무라타 사야카 장편소설

최고은 옮김

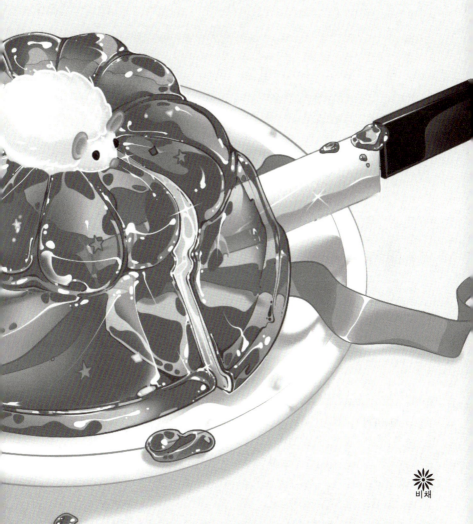

비채

일러두기
• 본문 내 주는 옮긴이주입니다.

1

할아버지와 할머니가 사는 아키시나의 웅장한 산속에는 한 낮에도 밤의 조각이 사라지지 않는다.

차는 급커브를 돌며 언덕길을 달리고 있었다. 나는 차창 너머 흔들리는 나무들의 가지를 온통 뒤덮은, 터질 것처럼 부풀어 오른 잎사귀 안쪽을 바라보고 있었다. 그곳에는 새카만 어둠이 자리하고 있다. 우주와 같은 빛깔을 한 그 검은빛에 늘 손을 뻗고 싶었다.

옆에서는 엄마가 언니의 등을 쓸고 있었다.

"기세, 괜찮니? 가뜩이나 그냥 산길도 힘들어하는데, 나가노 는 원체 길이 험해서……."

아빠는 말없이 운전대를 잡고 있다. 최대한 덜컹거리지 않도록 속도를 줄인 채 커브를 돌며 백미러 너머로 언니의 상태를 살피는 것 같았다.

나는 이제 초등학교 5학년이니 내 일은 내가 알아서 할 수 있다. 멀미를 예방하기 위한 가장 좋은 방법은 창밖에 있는 우주의 조각을 바라보는 것이다. 2학년 때 그 방법을 알아낸 뒤로 나가노의 이 험한 산길에서도 차멀미를 하지 않게 됐다. 두 살 터울인 언니는 나와 달리 아직 어린애라 엄마가 등을 쓸어주지 않으면 이 산길을 견디지 못한다.

급커브를 반복하며 언덕길을 올라가다 보면 귀가 먹먹해져 점점 하늘에 가까워지고 있는 게 느껴진다. 할머니의 집은 우주와 가깝다.

품에 안은 배낭에는 색종이로 만든 요술봉과 변신 콤팩트가 들어 있다. 맨 위에는 나에게 이 변신 도구를 준 파트너 퓨트가 앉아 있고. 퓨트는 악의 조직이 부린 마법에 걸려 인간의 말을 하지는 못하지만, 내가 차멀미를 하지 않도록 조용히 지켜보고 있다.

가족에게 말하진 않았지만 나는 마법소녀다. 초등학교에 입학한 해, 역 앞 슈퍼에서 퓨트와 처음 만났다. 퓨트는 인형 진열대 구석에 버려져 있었다. 세뱃돈으로 사서 집에 데리고 돌아오자 퓨트는 나에게 마법소녀가 되어달라며 변신 도구를 건넸다.

포하피핀포보피아별 출신의 마법경찰 퓨트는 지구에 위기가 닥친 것을 알아채고 지구를 찾아온 것이다. 그날부터 나는 마법소녀가 되어 지구를 지키고 있다.

이 비밀을 아는 사람은 사촌인 유우뿐이다. 빨리 유우를 만나고 싶다. 작년 백중절 이후로 유우의 목소리를 듣지 못했다. 우리는 매년 백중절에만 만날 수 있다.

나는 내가 가장 좋아하는, 남색 바탕에 별무늬가 들어간 티셔츠를 입었다. 오늘을 위해 세뱃돈을 모아 산 옷인데 가격표도 떼지 않고 옷장에 고이 넣어두었다 드디어 꺼냈다.

"흔들린다."

아빠가 나지막이 말했다. 이 앞으로는 가장 급격한 커브 구간이 기다리고 있다. 급커브를 도는 충격이 차 안으로 고스란히 전달됐다.

"욱."

언니가 입을 막고 고개를 떨궜다.

"창문 열고 환기를 좀 해야겠어요."

엄마의 말이 떨어지기가 무섭게 아빠가 내 눈앞의 창문을 열었다. 미지근한 바람이 뺨을 스치고 지나간 뒤, 싱그러운 잎 냄새가 차 안으로 흘러들었다.

"괜찮니? 힘들어서 어떡해."

엄마의 울먹이는 목소리가 차 안에 울려 퍼졌다. 아빠는 말없이 에어컨을 껐다.

"다음 커브가 끝이다."

아빠의 말에 나도 모르게 티셔츠의 가슴께를 잡았다. 작년에는 없던 봉긋한 느낌이 브래지어 너머로 희미하게 느껴졌다.

나는 4학년 때와 달라졌을까. 동갑인 유우는 나를 보고 어떻게 생각할까.

곧 할머니 집에 도착한다. 그곳에는 나의 연인이 기다리고 있다. 피부가 점점 홧홧해지는 것을 느끼며 몸을 내밀어 바람을 맞았다.

사촌인 유우는 나의 연인이다.

언제 내 안에 그 감정이 발생했는지는 모른다. 연인이 되기 전부터 나는 늘 유우가 그리웠다. 우리는 여름마다 함께 백중절을 보냈고 백중절이 끝나 유우는 야마가타, 나는 지바로 돌아간 뒤에도 내 안에선 유우의 존재가 흐려지지 않았다. 그 그림자가 기억에서 한없이 짙어져 애탈 즈음, 다시 여름을 맞이했다.

우리가 정식으로 연인이 된 건 초등학교 3학년 때였다. 그해 백중절에는 큰아버지가 논 앞에 흐르는 작은 개울을 돌로 막아 무릎 깊이의 웅덩이를 만들어줘서 다 같이 수영복을 입고 놀았다.

"앗."

내가 물살에 휩쓸려 엉덩방아를 찧자 유우가 나에게 손을 내밀며 진지한 얼굴로 말했다.

"나쓰키, 위험하잖아. 원래 강 한가운데가 물살이 제일 세대."

그건 나도 학교에서 배웠는데 이런 작은 개울도 그럴 줄은 몰랐다.

"이제 물은 질렸어. 저쪽에서 놀자."

나는 계단을 올라 개울에서 나와, 둑 위에 고이 놓아둔 손가방을 들고 비치 샌들을 신었다. 그러고는 그대로 개울 옆 계단을 올라 수영복 차림으로 집을 향해 갔다. 햇볕을 받은 손가방은 살아있는 생물처럼 뜨끈했다. 논두렁 옆을 지나는데 뒤따라오는 유우의 발소리가 들렸다.

"나쓰키, 기다려."

"시끄러워."

왠지 짜증이 차올라 유우에게 화풀이를 했다. 달려오던 유우가 느닷없이 수풀에 손을 뻗어 정체 모를 작은 풀을 뜯더니 그것을 입에 넣었다. 나는 그런 유우를 보고 경악했다.

"유우, 그런 거 먹으면 안 돼! 배탈 난다고!"

"괜찮아. '수영'이라는 건데 먹어도 되는 풀이래. 데루요시 삼촌이 그랬어."

유우가 내 쪽으로 풀을 내밀었다. 망설이다 입에 넣었다.

"아, 너무 셔!"

"그래도 맛있지?"

"어디 있어?"

"여기 많아."

우리는 집 뒤쪽 비탈을 돌아다니며 수영을 모은 뒤, 나란히 앉아 먹었다.

젖은 수영복 차림이라 기분은 별로였지만 수영은 맛있었다. 기분이 풀어져서 "좋은 걸 알려줬으니 보답으로 나도 비밀을 알려줄게"라고 말했다.

"무슨 비밀?"

"사실 나, 마법소녀야. 콤팩트를 이용해서 변신도 하고, 요술 봉으로 마법도 쓸 수 있어."

"어떤 마법인데?"

"여러 가지! 제일 멋진 건 적을 쓰러뜨리는 마법이야."

"적?"

"평범한 사람들 눈에는 안 보일지도 모르지만, 이 세상에는 적이 아주 많아. 나쁜 마녀나 괴물 같은 거. 난 언제나 적을 해치 우며 지구를 지키고 있어."

수영복 위에 멘 작은 손가방에서 퓨트를 꺼내 보여줬다. 퓨트는 겉보기에는 새하얀 고슴도치 인형이지만 사실은 포하피핀 포보피아별의 마법경찰에서 파견된 사자使者고, 나는 퓨트가 준 요술봉과 콤팩트로 마법소녀가 됐다. 그렇게 설명하자 유우가 진지한 표정으로 말했다.

"굉장하다……! 나쓰키가 지구를 지켜줘서 우리가 평화롭게 사는 거구나."

"맞아."

"……그, 포하피핀…… 어쩌고 별은 어떤 곳이야?"

"나도 잘 몰라. 묵비의무? 뭐 그런 게 있다고 퓨트가 그랬거든."

"그렇구나……."

마법보다 다른 별에 관심을 보이는 유우가 신기해서 그의 얼굴을 들여다봤다.

"왜?"

"아니…… 나도 나쓰키한테만 말하는 건데, 나, 어쩌면 외계인일지도 몰라."

"뭐?"

나는 경악했지만 유우는 진지한 얼굴로 말을 이었다.

"미쓰코 씨가 자주 그런 말을 해. 넌 외계인이라고. 아키시나의 산에 있는 우주선에서 버려진 나를 주워 왔다고."

"그랬구나⋯⋯."

미쓰코 씨는 유우의 엄마다. 아빠의 동생이자 나의 고모인 예쁜 미쓰코 씨를 떠올렸다. 유우처럼 얌전하고 내성적인 고모가 거짓말이나 농담을 했을 것 같지는 않았다.

"그리고 서랍에 내가 주워온 적 없는 돌이 있어. 새까맣고 납작하고 매끈거리는 돌인데, 생전 처음 보는 모양이야. 혹시 내 고향의 돌이 아닐까 싶어."

"굉장하다. 그럼 우린 마법소녀와 외계인이었구나."

"아니, 난 나쓰키처럼 확실한 증거가 있는 것도 아니니까⋯⋯."

"틀림없어. 혹시 유우의 고향이 포하피핀포보피아별은 아닐까? 그런 거면 정말 엄청난 일인데. 퓨트와 같은 별에서 온 거잖아!"

나는 흥분해 몸을 내밀었다.

"⋯⋯그런가? 정말 그렇다면 언젠가 돌아가고 싶어."

유우의 말에 너무 놀라 손에 든 콤팩트를 떨어뜨릴 뻔했다.

"도, 돌아간다고⋯⋯?"

"백중절 때 여기 오면 늘 몰래 우주선을 찾아. 하지만 없어. 퓨트한테 부탁하면 안 될까? 나를 데리러 와달라고."

"안 돼, 퓨트는 그런 거 못 해."

눈물이 날 것 같았다. 유우가 사라지다니 믿을 수 없었다.

"유우, 언젠가 떠날 거야?"

"아마도. 그러는 게 미쓰코 씨한테도 좋을 테니까. 나는 주워 온 외계인이니 친자식도 아니잖아."

울음을 터뜨린 나를 보고 당황한 유우가 "나쓰키, 울지 마" 하고 열심히 등을 쓸어줬다.

"난 유우가 좋아. 떠나지 마."

"하지만 언젠가 우주선이 날 데리러 올 거야. 난 계속 그날을 기다리고 있어."

유우의 말에 점점 더 눈물이 쏟아졌다.

"미안, 이런 얘기를 해서. 나쓰키, 지구에 있는 동안에는 뭐든 할게. 할머니 집에 있으면 편안해. 아마 고향 별이 가까워서겠지만, 나쓰키가 있기 때문이기도 할 거야."

"……그러면 고향 별로 돌아갈 때까지라도 좋으니까 내 연인이 되어줘."

유우는 내 소원을 순순히 들어줬다.

"그래, 그럴게."

"정말? 정말 그래도 돼?"

"응. 나도 나쓰키가 좋으니까."

우리는 손가락을 걸고 약속했다.

① 내가 마법소녀라는 사실을 아무에게도 말하지 않는다.

② 유우가 외계인이라는 사실을 아무에게도 말하지 않는다.

③ 여름방학이 끝나도 다른 사람을 좋아하지 않는다. 백중
절에는 반드시 나가노에서 만난다.

손가락을 걸고 약속하는데 발소리가 들렸다. 나는 황급히 퓨트와 콤팩트를 손가방에 숨겼다.

데루요시 삼촌이었다.

"이런 데 있었구나. 개울물에 떠내려간 줄 알았다."

명랑한 성격의 데루요시 삼촌은 아이들과 잘 놀아줬다.

"죄송해요."

유우와 둘이서 고개를 숙이자 데루요시 삼촌이 웃으며 머리를 쓰다듬어줬다.

"오, 수영이구나. 마음에 드니? 시지만 꽤 맛있지?"

"네!"

"수영 맛을 알다니 나쓰키도 산사람 다 됐구나! 집에 가자, 할머니가 와서 복숭아 먹으라신다."

"네."

우리는 함께 집으로 갔다.

유우와 나눈 약속의 감촉이 손가락에 남아 있었다. 달아오르는 뺨을 숨긴 채 종종거리며 현관으로 갔다. 유우도 같은 마음인지 고개를 숙인 채 성큼성큼 걷고 있었다.

그때부터 나와 유우는 연인이 됐다. 마법소녀인 나는 유우가 고향 별로 돌아갈 때까지 외계인의 연인이었다.

할머니 집 현관은 넓다. 내 방만큼이나 널찍한 공간에 들어설 때면 늘 멈칫하게 된다.

"저희 왔어요."

아무 말도 하지 않는 아빠 대신 엄마가 말했다. 복숭아와 포도를 합한 듯한 과일 향에 동물 냄새가 희미하게 섞여 났다. 옆집에서 소를 키운다고는 하지만 거리가 꽤 떨어져 있으니, 집안에서 나는 동물 냄새는 우리 인간의 것일지도 모른다.

"아이고, 너희 왔구나. 밖에 덥지?"

장지문을 열고 숙모로 보이는 인물이 다가왔다. 낯이 익은 듯하면서도 낯선 중년 여성이다. 일 년에 한 번 오는 이곳에서, 나는 어른들의 얼굴을 좀처럼 분간할 수 없었다.

"기세, 나쓰키, 이제 다 컸네."

"어머, 뭘 이런 걸 들고 왔어, 매번 미안하게."

"나쓰코 씨는 허리를 다쳐서 올해는 못 온대."

어렴풋이 낯이 익은 중년 여성들이 즐겁게 이야기하기 시작했고, 엄마는 한 명 한 명에게 인사를 건넸다. 이 인사는 좀처럼 끝나지 않는다. 나는 몰래 한숨을 쉬었다. 숙모들도 엄마도 죄지은 사람처럼 무릎을 꿇고 고개를 조아리고 있었다. 아빠는 넋나간 사람처럼 현관에 우두커니 서 있었다.

할아버지와 할머니가 중년 남성의 부축을 받으며 거실에서 나왔다. 할머니는 "아이고, 먼 길 오느라 고생했다"라며 엄마에게 인사했다. 할아버지는 눈을 가늘게 뜨고 나를 보더니 "미사코, 많이 컸구나"라고 말했다. 숙모가 "아버님, 얘는 나쓰키예요" 하며 내 등을 토닥였다.

"오래 걸렸네. 길 막혔어?"

데루요시 삼촌이 쾌활한 목소리로 아빠에게 말을 걸었다. 아이들과 잘 놀아주는 데루요시 삼촌의 얼굴은 또렷이 기억하고 있다.

"애들아, 기세하고 나쓰키 왔다."

삼촌의 말에 남자애 셋이 꾸물거리며 다가왔다. 데루요시 삼촌의 아들인 사촌 삼형제다. 장난이 심해 매년 어른들에게 혼쭐이 났다. 맏이인 하루타는 나보다 세 살 어리니 올해 3학년이 됐겠지.

삼형제는 살짝 경계하는 동물 같은 움직임으로 나와 언니를 바라봤다. 익히 아는 얼굴이지만 기억과 달랐다. 사촌동생이라는 건 알겠지만, 이목구비가 전보다 가장자리로 밀려난 것 같기도 하고 코가 높아진 것 같기도 하고, 몸의 윤곽도 달라진 듯 보였다.

연인인 유우를 잊은 적은 한 번도 없지만 다른 사촌이나 사촌의 아이들을 만날 때는 늘 조금 당혹감이 든다. 함께 여름방학을 보내고 나면 단짝 친구처럼 친해지지만 일 년간 떨어져 있다 다음 여름에 만나면 또 거리감이 느껴졌다. 어른들이 "얘네 봐라, 누나들이 예뻐졌다고 쑥스러워하긴" 하고 쓸데없는 소리를 해서 삼형제는 더욱더 거리를 두며 어색해했다.

내가 먼저 "안녕" 하고 인사를 건네자 "안녕" 하고 조금 쑥스러운 듯한 인사가 돌아왔다.

"유우도 왔다. 나쓰키 아직 안 왔냐고 계속 물어보더라."

데루요시 삼촌의 말에 나도 모르게 배낭을 멘 등이 움찔거렸다. 아무렇지 않은 척하며 태연히 물었다.

"정말요? 유우는 지금 어디 있어요?"

"아까까지 저쪽에서 숙제하고 있었는데."

"다락방에 있는 거 아냐? 거기 좋아하잖아."

키가 큰 여성이 대답했다. 나보다 한참 나이가 많은 사키 언니였다. 사키 언니는 젖먹이를 안고 있었다. 아빠의 큰누나인 리쓰코 고모의 딸 사키 언니는 세 자매의 맏이인데, 자매 모두 기혼자였다.

아기와는 처음 만난다. 작년엔 없던 인간이 발생했다는 사실이 신기했다. 사키 언니 다리에 달라붙어 있는 여자애는 작년에 갓난아기였던 미와겠지.

또래 아이들도 다 기억하지 못하는 터라 사촌의 아이와 갓난아기는 해마다 다시 외우는 수밖에 없었다. 나는 엄마를 따라다니며 새로운 인물이 등장할 때마다 고개를 꾸벅했다.

"어머, 미쓰코는?"

"부엌에 있어."

"유우는 어딨대? 나쓰키 언제 오냐고 아침부터 그렇게 물어보더니, 기다리다 지쳐서 잠들었나?"

리쓰코 고모의 말에 데루요시 삼촌이 웃었다.

"유우는 매년 나쓰키하고 딱 붙어 다니지."

해마다 이 장면을 반복하는 기분이지만 연인이 된 지금은 쑥스러웠다. 나는 말없이 고개를 숙였다.

"둘이 같이 있는 걸 보면 꼭 쌍둥이 같다니까."

또 다른 고모가 말했다. 나는 언니하고도 부모님하고도 안 닮았는데 어찌된 영문인지 모두 유우와는 판박이라고 했다.

"자, 계속 현관에 서서 얘기하지 말고. 기세랑 나쓰키도 들어

오렴, 오느라 피곤했을 텐데.”

이런 사람이 있었나 싶은, 푸근한 인상의 아주머니가 손뼉을 치자 아빠도 “들어가자” 하고 고개를 끄덕였다.

“이층에 짐 풀어. 안쪽이 좋겠지? 앞방은 야마가타에서 쓰거든. 후쿠오카가 안쪽 방을 쓰고 있긴 한데, 하룻밤이니까 같이 써도 되지?”

“그럼, 괜찮지. 고마워.”

아빠가 대답하며 신발을 벗었다. 나도 황급히 뒤를 따랐다.

할머니 집에서는 서로를 각자 살고 있는 지역 이름으로 부른다. 그것도 내가 이 집안의 중년 여성과 남성을 잘 기억하지 못하는 요인 중 하나다. 이름이 있을 테니 이름으로 부르면 될 텐데. 들을 때마다 그런 생각이 들었다.

“기세, 나쓰키. 먼저 조상님께 인사드려야지.”

나와 언니는 아빠의 말에 고개를 끄덕이며 불단이 있는 방으로 갔다. 나와 유우는 이곳을 ‘불단 방’이라 부른다. 불단 방은 거실과 부엌 사이에 있다. 할머니 집은 욕실 쪽에만 복도가 있고 일층에 있는 방 여섯 개와 거실, 부엌은 모두 장지문으로 연결되어 있다. 세 평쯤 되는 불단 방은 지바 뉴타운의 내 방과 비슷한 넓이였다. 하루타는 그곳을 ‘귀신 방’이라 부르며 동생에게 겁을 줬지만, 나는 이 방에 있으면 왠지 마음이 놓인다. 조상님이 지켜봐주는 느낌이 들어서일까.

나와 언니는 아빠와 엄마를 따라 불단에 분향을 했다. 우리 집은 물론이고 친구 집에서도 불단을 본 적은 없다. 향 냄새는 할머니 집과 절에서만 맡아봤고. 나는 이 냄새가 좋았다.

"기세, 괜찮니?"

분향을 마친 언니가 고개를 숙인 채 웅크리고 있었다.

"어머, 기세는 왜 그러니?"

"오는 길에 멀미를 해서요."

"어머나."

"산길이 워낙 험해서 익숙하지 않은 아이들은 힘들지."

고모들이 웃었다. 입을 막고 어깨를 들썩이는 중년 여성 사이에는 사촌도 한둘 섞여 있는 듯했다. 친가 사촌만 해도 열 명이 넘는 까닭에 모든 사람의 얼굴을 기억하지는 못했다. 외계인이 한 명 섞여 있어도 아무도 알아채지 못할 것이다.

"기세, 괜찮니?"

언니가 갑자기 입을 막자 등을 쓸어주던 엄마가 당황한 얼굴로 물었다.

"아이고, 어쩌니. 속을 게워내면 좀 나아질 텐데."

고모의 말에 엄마가 언니를 안고 "죄송해요" 하고 고개를 숙이며 화장실로 향했다.

"산길이 그 정도로 험한가?"

"걸어오면 괜찮을 텐데, 기세가 몸이 약하네."

엄마의 부축을 받은 언니가 힐끗 이쪽을 봤다. 나는 아빠에게 "아빠도 가봐요" 하고 말했다.

나에게는 퓨트가 있지만 언니에게는 없다. 그러니 아빠와 엄마는 가엾은 언니를 보살펴줘야 한다.

아빠는 "아니, 괜찮겠지" 하고 대답했지만, 곧이어 희미하게 언니의 울음소리가 들려오자 서둘러 그쪽으로 갔다.

아빠와 엄마가 언니에게 간 뒤에야 한숨을 돌렸다.

학교 도서관에서 빌린 책에서 '가족끼리 오순도순'이라는 말을 봤을 때, 딱 어울리는 말이라 생각했다. 나는 부모님과 언니가 함께 있는 모습을 보면 늘 이 말을 떠올린다. 내가 없으면 셋은 진짜 가족처럼 보인다. 그러니까 가끔은 셋이서 오순도순 지냈으면 한다.

마법소녀인 나는 퓨트에게 '사라지기'라는 마법을 배웠다. 진짜 사라지는 건 아니고 숨을 죽이고 기척을 숨긴다는 뜻이다. '사라지기'를 쓰면 세 사람은 삼인 가족이 되어 단란한 시간을 보낸다. 나는 가족을 위해 가끔 이 마법을 쓴다.

엄마는 "나쓰키는 할머니 집을 좋아하지. 언니는 산보다 바다를 좋아하고, 엄마 닮아서"라는 말을 자주 한다. 할머니를 불편해하는 엄마는 아키시나에 간다고 들뜬 내 모습을 보면 별로 좋아하지 않는다. 반면 뉴타운 집에 있을 때 언니는 늘 엄마에게 딱 붙어서 아키시나가 싫다고 하기 때문에 엄마는 언니가 훨씬 착한 아이라고 생각하는 것 같았다.

나는 혼자 짐을 들고 계단으로 갔다. 이층에 유우가 있다고 생각하니 긴장이 됐다.

"나쓰키, 혼자서 괜찮니?"

"네."

고개를 끄덕이며 배낭을 메고 이층으로 올라갔다.

할머니 집 계단은 지바의 집 계단과 달리 가팔라서 거의 사다리 같다. 올라가려면 손을 써야 해서 매년 이 계단을 오를 때마다 고양이가 된 기분이다.

"조심해서 올라가렴."

고모인지 사촌인지, 누군지 모를 중년 여성의 목소리가 들려와 돌아보지 않고 "네!" 하고 대답했다.

이층으로 올라가자 다다미와 먼지 냄새가 났다. 안쪽 방으로 가 짐을 내려놨다.

데루요시 삼촌 말로는 이곳은 원래 누에를 치던 방이었단다. 대나무 바구니가 잔뜩 놓여 있었는데 그 안에 누에가 한가득 들어 있었다고. 이 방에서 자라기 시작한 누에는 점점 이층 전체로 퍼져나갔고, 고치를 지을 즈음에는 온 집이 누에로 뒤덮였다고 삼촌은 이야기했다.

학교 도서관에 있는 도감에서 찾아보니 누에 성충은 새하얗고 커다란, 지금까지 본 어떤 나비보다 아름다운 나방이었다. 삼촌이 누에에서 실을 뽑아낸다고 가르쳐주긴 했지만, 실을 어떻게 뽑는지, 그 뒤로 누에가 어떻게 되는지는 물어보지 못했다. 새하얀 날개가 온 집에 흩어져 펄럭이는 광경은 정말이지 환상적이었으리라. 마치 동화 속 한 장면 같아 누에가 맨 처음 자리를 잡았다는 이 방이 좋았다.

장지문을 열고 '누에님 방'에서 나오자 건너편에서 희미하게 바닥이 삐거덕거리는 소리가 났다.

누군가 있다.

모두가 다락방이라 부르는 방으로 다가갔다. 다락방이라고 하긴 하지만 이층 위에 있는 건 아니고, 안쪽에 있는 커다란 장지문을 열면 펼쳐지는 새카만 공간이다. 아빠와 삼촌, 고모 들이 옛날에 가지고 놀던 장난감이나 누군가가 모은 책이 덩그러니 놓여 있다. 아이들은 늘 그곳에서 보물찾기를 했다.

"유우?"

어둠을 향해 말을 걸었다. 발바닥이 새까매지니까 다락방에 들어갈 때에는 베란다용 슬리퍼를 신으라는 소리를 늘 들었지만, 참지 못하고 양말만 벗은 뒤 어둠 속으로 발을 내디뎠다.

"유우? 거기 있어?"

전구가 켜진 쪽으로 다가갔다. 낮인데도 주변이 어두컴컴해서 빛은 그것뿐이었다.

부스럭거리는 소리에 비명이 터져 나오려던 순간이었다.

"누구야?"

작은 목소리가 들렸다.

"유우! 나야, 나쓰키!"

목소리가 들린 쪽을 향해 외치자 안쪽의 어둠 사이로 작고 하얀 그림자가 나타났다.

"나쓰키, 오랜만이야."

작은 전구의 희미한 빛 아래 유우가 서 있었다.

황급히 유우에게 달려갔다.

"유우! 보고 싶었어!"

"쉿."

당황한 유우가 내 입을 막았다. 외계인이라 성장하지 않는 것일까. 유우는 작년과 하나도 달라지지 않은 모습이었다.

"고모랑 하루타가 들으면 큰일 나."

"맞아, 우리 사랑은 비밀이니까."

그렇게 말하자 유우가 조금 쑥스러운 듯하면서도 난감한 표정을 지었다.

어둠 속에서도 또렷이 알 수 있었다. 옅은 갈색의 눈과 가느다란 목. 분명히 유우였다.

"이제야 만났어……!"

"일 년 만이지? 나도 나쓰키 보고 싶었어. 데루요시 삼촌한테 오늘 온다는 얘기를 듣고 일찍 일어나서 기다렸는데, 차가 밀려서 늦는다고 해서……."

"그래서 이런 데서 혼자 놀고 있었어?"

"응. 심심해서."

유우는 성장이 멈춘 걸 넘어 외려 줄어든 것 같았다. 하루타는 작년보다 덩치가 더 커졌던데, 유우는 목도 손목도 작년보다 여위어 보였다. 내가 그만큼 커진 걸지도 모르지만, 왠지 유우가 금방이라도 사라질 것 같아 걱정됐다.

유우의 하얀 티셔츠 자락을 붙잡았다. 피부를 스친 손끝에서 희미하게 유우의 체온이 느껴졌다. 외계인이기 때문일까, 유우는 체온이 낮았다. 서늘한 손이 내 뜨거운 손을 잡았다.

"유우, 올해는 배웅불 날까지 있을 거야?"

매달리듯 유우의 서늘한 손을 마주 잡으며 묻자 유우가 고개를 끄덕였다.

"응. 올해는 미쓰코 씨가 휴가를 길게 내서 백중절 끝날 때까지 있을 거래."

"다행이다!"

유우는 고모를 이름으로 부른다. 미쓰코 고모가 그러기를 바란다고 했다. 아빠의 막냇동생인 미쓰코 고모는 삼 년 전 이혼한 뒤로 유우가 애인이라도 되는 듯, 유우에게 어리광을 부렸다. 매일 잠에 들기 전에 미쓰코 씨 뺨에 입을 맞춰야 한다고 하기에 진짜 키스는 나와 하겠다는 약속을 받아냈다.

"나쓰키는?"

"나도 백중절 끝날 때까지 있을 거야!"

"그럼 같이 불꽃놀이도 할 수 있겠다. 데루요시 삼촌이 큰 불꽃놀이 세트를 사줬어. 배웅불 날에 다 같이 하자고."

"정말? 난 선향 불꽃이 좋아!"

들뜬 나를 보고 유우가 작게 웃었다.

"올해도 우주선 찾으러 갈 거야?"

"응, 시간이 나면."

"찾아도 바로 떠나지는 않을 거지?"

유우가 고개를 끄덕였다.

"약속할게. 우주선을 찾아도 나쓰키한테 아무 말없이 떠나지는 않을 거야."

나는 안도의 한숨을 내쉬었다.

유우는 고향 별의 우주선을 찾으면 떠난다고 했다. 나도 같이 데려가달라고 연신 졸랐지만, 언젠가 데리러 오겠다는 대답뿐이었다. 유우는 얌전하지만 은근히 고집이 셌다.

유우가 금방이라도 어딘가로 사라져버릴 것 같은 기분이 들었다. 나도 외계인이 되고 싶었다. 돌아갈 곳이 있는 유우가 몹시 부러웠다.

"이따가 하루타가 어른들 몰래 우물 문을 열어볼 거래."

"절대 안 열린다는 그 우물? 나도 보고 싶어!"

"그래, 같이 가자. 그리고 밤에는 데루요시 삼촌이 반딧불을 보여주신대."

"와!"

천성이 진지한 유우는 신기한 것을 보면 자세히 알고 싶어한다. 데루요시 삼촌은 이 집과 마을에 대해 알려주는 걸 좋아해서 유우와 죽이 잘 맞았다.

밑에서 "유우, 나쓰키! 내려와서 시원한 수박 먹으렴!" 하고 부르는 고모의 목소리가 들렸다.

"내려가자."

유우와 나는 손을 잡은 채 다락방을 나왔다.

"나중에 둘이서 놀자, 나쓰키."

"좋아!"

뺨이 발그레해지는 걸 느끼며 고개를 끄덕였다. 올해도 무사히 연인을 만날 수 있어 기쁘기 그지없었다.

아빠는 여섯 형제로, 백중절에 친척이 다 모이면 할머니 집은 북적거린다. 거실에 다 들어갈 수도 없어 옆방 장지문을 떼어내 공간을 넓힌 뒤, 긴 테이블을 놓고 둘러앉아 밥을 먹는다.

집에 벌레가 많아도 다들 별로 놀라지 않는다. 지바 집에서는 작은 파리 한 마리만 들어와도 다들 난리 법석인데, 할머니 집에서는 엄마와 언니도 일일이 반응을 보이지 않는다. 남자애들이 파리채로 힘껏 벌레를 내리쳐도 파리며 메뚜기, 처음 보는 벌레 따위가 계속 집 안을 돌아다녔다.

조금 큰 여자애들은 모두 부엌에서 저녁 준비를 도왔다. 언니도 얌전히 감자 껍질을 벗기고 있었다.

나는 밥 푸기를 맡았다. 두 개의 전기밥솥에서 밥을 퍼 공기에 담으면 초등학교 1학년인 사촌 조카 아미가 쟁반에 올려 나른다. 마리 언니가 쟁반을 받쳐 들고 가는 아미를 도왔다.

"자, 첫 번째 밥 나갑니다."

마리 언니가 장지문을 열고 불단 앞을 지났다. 쟁반 든 아이들은 어른들이 기다리는 식탁으로 향했다.

"애, 꾸물거리지 말고 빨리 퍼!"

냄비 앞에 있던 엄마가 뒤돌아보며 나에게 호통쳤다.

"너무 그러지 마라. 나쓰키도 야무지게 잘하는구만."

내가 별로 좋아하지 않는, 비린내 나는 양갱 같은 '에고 해초를 굳혀 만든 묵 형태의 음식'를 자르며 할머니가 이쪽을 봤다.

"어머님이 모르셔서 그래요. 정말 머저리 같은 애라 뭘 시켜도 제대로 하는 게 없어서 보고 있으면 복장이 터진다니까요. 그에 비하면 유리는 아주 야무지죠. 이제 중학생이잖아요."

엄마한테 머저리 소리를 듣는 건 이제 익숙했다. 실제로 나는 제대로 하는 게 없어서, 밥 하나도 예쁘게 담지 못하고 엉망이었다.

"저거 봐, 밥을 눌러서 아주 떡을 만드네! 유리랑 바꿔. 대체 왜 그렇게 손이 야물지 못하니."

엄마가 한숨을 쉬자 숙모가 "아니야, 예쁘게만 담았는데 왜 그래!" 하고 입에 발린 소리를 했다.

머저리라는 소리를 듣지 않으려고 열심히 밥을 펐다. 숙모가 "그 빨간 공기는 데루요시 삼촌 거니까 곱빼기로 담으렴!" 하고 말해서 최대한 담을 수 있을 만큼 담았다.

"어두워졌네. 슬슬 마중 나가봐야겠다."

"그래요, 오늘은 마중불 날이니까."

고모들 이야기를 듣고, 빨리 해야겠다는 생각에 서둘러 다음 공기를 집었다.

"다들 마중불 가자."

데루요시 삼촌이 현관에서 큰 소리로 외쳤다.

"아, 시작했네. 나쓰키, 여긴 이제 됐으니 가보렴."

"네!"

숙모에게 주걱을 건네고 자리에서 일어났다.

밖에서 벌레 소리가 났다. 어느덧 완전한 밤이 찾아와 부엌 창밖은 우주의 빛깔로 물들어 있었다.

아이들은 데루요시 삼촌과 함께 마중불을 하러 강으로 향했다. 유우는 불붙이지 않은 제등을, 나는 손전등을 들었다.

아키시나의 산은 어둠에 휩싸여 있었다. 한낮과 달리 강은 빨려 들어갈 것처럼 검었다. 짚 더미를 강가에 내려놓고 불을 붙이자, 모두의 얼굴이 주황빛 불을 받아 발갛게 빛났다. 우리는 삼촌 말대로 불을 향해 반복해서 말했다.

"조상님, 조상님, 부디 이 불이 있는 데로 와주세요."

"조상님, 조상님, 부디 이 불이 있는 데로 와주세요!"

모두 이구동성으로 외쳤다. 어둠 속에서 강물 소리만이 선명하게 들렸다.

짚에 붙은 불을 뚫어져라 바라보던 삼촌이 말했다.

"좋아, 이제 오셨겠지. 하루타, 제등에 불을 붙여라."

"오셨겠지"라는 말을 듣고 아미가 "요아" 하고 이상한 소리를 냈다. "큰 소리를 내면 안 된다. 조상님이 놀라시니까." 삼촌의 말에 마른침을 삼켰다.

짚에 붙은 불을 제등으로 옮긴 후 하루타가 제등을 들었다. 비틀거리면서도 "불을 꺼뜨리면 안 돼!"라는 삼촌의 말을 따라 조심스레 집까지 제등을 가져갔다.

"삼촌, 조상님이 저 불 속에 있어요?"

내 물음에 삼촌이 고개를 끄덕였다.

"그래, 저 불을 보고 따라오시는 거란다."

제등을 든 하루타가 툇마루를 지나 집으로 들어서자 고모들이 맞이해줬다.

"조심해."

"꺼뜨리면 안 된다."

격려를 받으며 방으로 들어간 하루타가 제단으로 조심스레 다가갔다. 삼촌이 초에 불을 붙였다. 제단 위, 나무젓가락을 네 다리처럼 꽂아 엎어놓은 가지와 오이가 보였다. 조상님이 올라타실 거라며 낮에 아미와 유리가 만들어둔 것이다.

"이제 됐다. 이 불이 있는 곳에 조상님이 계신다. 나쓰키, 만일 초가 짧아지면 다른 초로 교환하거라. 불을 꺼뜨리면 안 된다.

불이 꺼지면 조상님이 못 알아보시거든."

"네!"

식탁을 보니 아빠와 친척들이 이미 둘러앉아 술을 마시고 있었다. 남자 여자로 나뉘어 남자들은 술을 마시고, 여자들은 쉴 새 없이 음식을 만들어 날랐다.

나와 언니는 '아이들' 자리에 앉았다. 큰 접시에 담긴 산나물과 조림이 식탁을 빼곡하게 채웠다.

"햄버그 먹고 싶어!"

하루타가 투정을 부리자 데루요시 삼촌이 "그런 건 없다!" 하고 꿀밤을 먹였다.

식탁의 메뚜기 조림 옆으로 살아있는 메뚜기가 지나갔다.

"하루타, 잡아."

하루타가 두 손으로 능숙하게 메뚜기를 잡더니 밖에다 버리려고 했다.

"문 열지 마. 벌레 들어오잖아."

"그럼 거미한테 먹이로 줘야겠다."

나는 그렇게 말하며 일어나 하루타에게서 살아있는 메뚜기를 건네받았다. 부엌으로 가서 거미줄에 가만히 메뚜기를 올려놨다. 메뚜기는 살짝 날개를 떨 뿐, 별다른 저항 없이 거미줄에 붙었다.

"진수성찬이네."

뒤따라온 유우가 말했다.

"이렇게 큰 메뚜기를 먹을 수 있나?"

거미는 느닷없이 나타난 거대한 먹잇감에 당황한 것처럼 보였다.

우리는 식탁으로 돌아와 접시에 있는 메뚜기를 입에 넣었다. 지금쯤 거미도 메뚜기를 먹고 있을까 생각하니 왠지 기분이 기묘했지만 메뚜기는 바삭거리고 달콤했다. 나는 메뚜기를 한 마리 더 집어 입에 넣었다.

밤이 깊어갈수록 집 주변은 풀벌레 소리에 휩싸였다. 친척들의 코 고는 소리도 들렸지만, 바깥의 생물이 인간보다 훨씬 시끄러웠다.

약간이라도 불빛이 있으면 방충망에 벌레가 득시글거리는 탓에 방은 컴컴했다. 평소에 불을 켜고 자는 나는 조금 무서워서 이불을 꼭 쥐었다.

장지문 너머에 유우가 있다. 그렇게 생각하니 마음이 안정됐다.

인간이 아닌 생명이 창문 가까이까지 밀려들었다. 인간이 아닌 생물의 기척이 더 큰 밤이면, 조금 무섭기는 했지만 신기하게도 야생의 세포가 꿈틀거리는 기분이 들었다.

언니가 히스테리 발작을 일으킨 건 이튿날 아침이었다.

"집에 갈래!! 이런 시골 너무 싫어!! 지바에 갈래!!"

언니는 울부짖었다.

털이 많은 언니는 중학교에서 크로마뇽인이라 불린다고, 같은 나이의 언니가 있는 가나에게 들은 적이 있다.

나 역시 학교에서 "네가 크로마뇽인 동생이야?"라는 소리를 들어봤다.

언니는 중학교에서 친구들과 어울리지 못하고 겉도는지, 아침에 내가 학교에 갈 시간이 다 됐는데도 방에서 나오지 않는 일이 잦았다. 그대로 결석으로 곧잘 이어져서 매번 엄마가 언니를 달랬다.

그래서 언니는 늘 여름방학을 좋아했지만 하루타가 "기세 누나는 왜 수염이 났어?"라고 숙모에게 묻는 걸 사촌동생이 들은 게 화근이었다. 아침식사 때 아이들이 돌아가며 언니가 정말 수염이 났는지 구경 오는 바람에 언니는 단단히 골이 난 것이다.

"여자애한테 그런 소리를 하면 어떡하니! 누나한테 잘못했다고 해!"

숙모의 호통에 하루타가 울면서 사과했지만 언니는 울음을 그치지 않았다.

"어쩌면 좋아. 기세는 가끔 저렇게 악을 쓴다니까."

친척들이 난감하다는 표정으로 수군거렸다.

언니는 그대로 엄마에게 매달려 떨어지지 않았다.

언니는 스트레스가 극한에 달하면 구토를 한다.

밤까지 "아프다" "집에 가고 싶다" 같은 말만 반복하는 언니를 보고 엄마가 백기를 들었다.

"안 되겠어요. 애가 열도 나는 것 같으니 먼저 올라가요."

"아프다는데 어쩌겠어."

아빠가 쭈뼛거리며 고개를 끄덕였다.

"기세 누나 미안해." 하루타가 울먹이며 연신 사과했지만 언니의 상태는 좋아지지 않았다.

"그렇게 어리광을 다 받아주니까 저러는 거야."

다카히로 삼촌의 말에 데루요시 삼촌도 나서서 "기세, 집에 간다고만 떼쓰지 말고. 여기 공기가 훨씬 좋으니까, 하룻밤 자면 나을 거다" 하고 달랬지만, 언니는 한 발짝도 물러서지 않았다. 엄마는 기진맥진한 상태였다.

"내일 아침에 돌아간다."

엄마의 통보에 나는 수긍할 수밖에 없었다.

이튿날 아침 6시, 나는 유우와 창고 앞에서 만났다.

"어디 가려고?"

"무덤에."

내 말에 유우가 놀란 표정을 지었다.

"뭘 하려고?"

"난 오늘 집에 가야 해. 부탁이야, 나하고 결혼해줘."

느닷없는 말에 당황한 유우가 "결혼?" 하고 물었다.

"우리 내년까지 못 만나잖아. 유우하고 결혼하면 견딜 수 있어. 부탁이야."

유우는 간절히 애원하는 나를 보고 결심을 굳힌 듯 끄덕였다.

"알았어. 나쓰키, 결혼하자."

우리는 몰래 집을 빠져나와 논 너머에 있는 무덤으로 갔다.

나는 퓨트를 꺼내 무덤 앞 상석에 내려놨다.

"퓨트가 주례를 볼 거야."

"이러다 천벌을 받으면 어떡하지."

"사랑하는 사람끼리 결혼하는데 조상님이 왜 화를 내시겠어."

인간의 말을 할 수 없는 퓨트를 대신해 내가 말했다.

"조상님 앞에서 우리는 결혼합니다. 사사모토 유우, 당신은 사사모토 나쓰키를 사랑하며 기쁠 때나 슬플 때나 아플 때나 건강할 때나 죽음이 갈라놓을 때까지 부부로 함께할 것을 맹세합니까?"

나는 유우에게 속삭였다.

"유우, 맹세해야지."

"네, 맹세합니다."

"네, 좋습니다. 그럼 사사모토 나쓰키, 당신은 사사모토 유우를 사랑하며 기쁠 때나 슬플 때나 아플 때나 건강할 때나 죽음이 갈라놓을 때까지 부부로 함께할 것을 맹세합니까? ……네, 맹세합니다."

나는 손가방에서 철사로 만든 반지 두 개를 꺼냈다.

"유우, 이걸 내 손가락에 끼워줘."

"알았어."

유우의 서늘한 손이 내 약지에 철사 반지를 끼웠다.

"이제 유우도 손을 내밀어."

나는 유우의 새하얀 손가락이 다치지 않도록 조심스레 반지를 끼웠다.

"이것으로 혼인이 성사됐습니다."

"와, 그럼 우리는 부부구나."

"그래. 연인이 아니라 이제 부부야. 그러니까 떨어져 있어도 가족인 거야."

내 말에 유우가 살짝 수줍어하며 말했다.

"미쓰코 씨는 기분파라 화가 나면 나보고 집에서 나가라고 하거든. 새 가족이 생겨서 기뻐."

"한 번 더 규칙을 정하자. 연인이 됐을 때처럼. 부부가 됐으니 새 규칙을 만들어야지."

"그러자."

손가방에서 메모장을 꺼냈다. 핑크색 펜으로 규칙을 적었다.

"규칙 하나, 다른 사람과 손잡지 말 것."

"포크 댄스 시간에는?"

"그건 괜찮아. 여자애랑 단둘이 손잡는 게 안 되는 거야."

"알았어."

유우가 진지한 표정으로 끄덕였다.

"규칙 둘, 잘 때는 반지를 끼고 잘 것."

"이 반지를?"

"응. 어젯밤에 반지에 마법을 걸어놨어. 그래서 떨어져 있어도 잠자는 동안 우리 손은 이어져 있어. 밤이 되면 반지를 보며 서로를 생각하는 거야. 그러면 편안히 잠들 수 있잖아."

"알았어."

"그리고 또 뭐가 있지. 유우는 생각한 거 있어? 부부의 규칙."

유우는 잠시 생각하더니 핑크색 펜을 들어 작고 깨끗한 글씨로 이렇게 적었다.

③ 무슨 일이 있어도 살아남을 것.

"무슨 뜻이야?"

"다음 여름에 또 우리가 무사히 만날 수 있도록. 무슨 일이 있어도, 어떤 수단을 써서라도 살아남아 내년 여름에 건강하게 만나자고 약속하자."

"알았어."

맹세를 적은 종이는 유우가 간직하기로 했다. 언니나 엄마가 마음대로 내 물건을 버릴 때가 있기 때문에 유우가 보관하는 게 안전했다.

"절대로 약속 어기면 안 돼. 내년 여름에 꼭 만나!"

"응."

우리는 주머니에 반지를 숨기고 서둘러 할머니 집으로 돌아갔다. 현관에서는 벌써 된장국 냄새가 났다.

"어머, 유우랑 나쓰키는 벌써 일어났니?"

할머니가 눈을 동그랗게 뜨며 물었다.

"네, 여름방학 숙제에 쓸 꽃을 찾아다녔어요."

미리 생각해둔 변명을 둘러대자 할머니는 "장하구나!" 하고 기특해했다.

"아이고 맞다, 깜빡할 뻔했네."

할머니는 서둘러 거실로 가더니 가방에서 티슈에 싼 돈을 꺼냈다.

"얼마 안 되지만 좋아하는 장난감 사려무나."

"고맙습니다!"

"자, 유우도 받으렴."

백중절이면 어른들은 작은 봉투나 티슈에 싼 용돈을 준다. 금액은 엄마에게 보고해야 했지만 돈은 우리 것이었다.

나는 언젠가 야마가타로 유우를 만나러 가기 위해 돈을 모으고 있었다. 받은 돈을 소중히 손가방에 넣었다.

"벌써 일어났니? 잘됐다. 아침 먹고 바로 출발할 거니까 준비해."

엄마가 계단을 내려오며 말했다.

"언니가 아직 아파. 얼른 가서 병원에 데려가야겠어."

"알았어요."

엄마가 할머니에게 고개를 숙였다.

"죄송해요, 어머님. 명절 끝날 때까지 있으려고 했는데……."

"괜찮다, 괜찮아. 기세가 몸이 약한 걸 어쩌겠니."

나는 유우를 봤다. 이대로 배웅불이 끝날 때까지 여기 있을 수는 없을까. 아빠는 산을 올라오는 버스는 하루에 한 대 있을까 말까라고 했다.

"엄마, 나는 조금 더 있다가 버스 타고 가면 안 돼?"

조심스레 말을 꺼내자 엄마가 지친 낯으로 나를 봤다.

"쓸데없는 소리 말고 빨리 준비나 해. 언니 한번 신경질 부리기 시작하면 안 풀어지는 거 알잖아."

"하지만 버스가 하루에 한 대는 온다고……."

"됐고, 너까지 엄마 귀찮게 할래!"

엄마가 버럭 성을 냈다.

"……죄송합니다."

더는 '가족'의 걸림돌이 되면 안 된다. 나는 이제 출가외인이니까. 내가 이 집을 떠났으니 아빠와 엄마, 언니는 진정으로 세 식구가 된 것이다.

유우와 나는 부부다. 그렇게 생각하니 힘이 났다. 유우를 힐끗 봤다. 유우도 나를 보며 살며시 고개를 끄덕였다.

내년에도 꼭 무사히 다시 만날 수 있기를. 내가 할 수 있는 최대한의 마법을 걸며 기도했다. 집 곳곳에서 들리기 시작한 삐거덕거리는 바닥 소리에 본격적으로 날이 밝았음을 알았다. 툇마루에서 보이는 새파란 하늘에 우주의 빛깔은 더는 남아 있지 않았다.

열기와 고무 녹는 냄새가 차 안을 가득 채우고 있었다.

"창문 열고 환기 좀 해야겠어."

엄마가 언니의 등을 쓸며 말했다.

나는 조수석에 앉아 창밖을 바라봤다.

창밖으로 차츰 평지가 보이기 시작했다. 빌딩이 하나둘 늘어갔다.

아빠는 시종일관 말이 없었다. 엄마는 언니의 히스테리를 달래느라 안간힘을 쓰고 있었다.

가족은 힘들다. 그렇게 생각하며 주머니 속 숨겨둔 반지를 꼭 쥐었다.

눈을 감고 유우를 생각했다. 눈을 감으면 암흑뿐 아니라 별 같은 빛도 보였다.

새로운 마법을 쓸 수 있게 된 걸까. 이제 감은 눈 너머로 유우의 고향 포하피핀포보피아별이 있는 우주를 볼 수 있게 된 모양이다.

언젠가 우주선을 찾으면 나도 포하피핀포보피아별에 데려가 달라고 해야지. 우리는 부부니까, 내가 유우의 고향 별로 시집가는 것이다. 물론 그때는 퓨트도 데려갈 것이다.

눈을 감고 우주를 떠다니고 있으니 정말 포하피핀포보피아별의 우주선이 바로 옆에 다가온 기분이 들었다.

나는 사랑과 마법 안에 있었다. 그 안에 있는 한 나는 안전했다. 아무도 나와 유우의 행복을 깨뜨릴 수 없었다.

2

나는 인간을 만드는 '공장'에 살고 있다.

동네에는 인간의 둥지가 빼곡히 늘어서 있다.

데루요시 삼촌이 이야기해준 누에님 방과 비슷할지도 모른다.

줄줄이 늘어선 네모난 둥지 안에 짝을 지은 인간 수컷과 암컷, 그들의 자식이 산다. 암수는 둥지에서 자식을 키운다. 나는 그 둥지 중 하나에 산다.

이곳은 육체로 이어진 '인간 공장'이다. 나 같은 아이들은 언젠가 이 공장 밖으로 출하된다.

출하된 인간은 암컷이든 수컷이든, 일단 먹이를 제 둥지로 나르는 훈련을 받는다. 세상의 도구가 되어 다른 인간에게 화폐를 받고, 그것으로 먹이를 산다.

시간이 흐르면 그 젊은 인간들도 짝을 짓고 둥지에 틀어박혀 번식을 한다.

5학년에 막 올라와 성교육을 받았을 때 '역시 그랬구나' 하고 생각했다.

내 자궁은 이 공장의 부품이며, 마찬가지로 부품인 누군가의 정소와 연결되어 아이를 제조할 것이다. 암컷과 수컷은 공장의 부품을 몸 안에 감춘 채 너 나 할 것 없이 둥지에서 꿈틀거린다.

나는 유우와 결혼했지만 유우는 외계인이니 아마 아이를 가질 수 없을 것이다. 우주선을 찾지 못한다면 나는 분명 다른 누군가와 짝짓기를 해 세상을 위해 인간을 낳아야 하리라.

부디 그렇게 되기 전에 우주선을 찾을 수 있기를.

퓨트는 책상 서랍 안에 만들어둔 침대에서 자고 있다. 나는 퓨트가 준 요술봉과 콤팩트로 몰래 마법을 쓴다. 마법을 통해 내 생명을 미래로 운반한다.

집에 도착하자마자 가장 친한 친구인 시즈카에게 전화를 했다. 백중절 내내 어디 가지 않고 집에만 있던 시즈카는 내가 없어서 심심했던 모양이다.

"그럼 나쓰키도 내일 풀장 같이 갈래? 리카랑 에미랑 가기로 했는데, 사실 난 리카 좀 별로야. 나쓰키가 와주면 정말 재밌을 것 같아. 같이 워터 슬라이드 타자!"

"미안, 어젯밤에 생리 시작해서."

"아, 뭐야. 그럼 모레 크레이프 먹으러 가자."

"그래!"

"다음 주부터는 학원 가야 하잖아. 학원은 싫지만 이가사키 선생님 보는 건 좀 좋다. 잘생겼잖아."

"하하하."

오랜만에 하는 통화라 이야기가 길어졌다. 정신없이 떠드는데 뒤에서 쿵 하고 충격이 가해졌다.

"시끄러워."

돌아보니 언짢은 표정을 한 언니가 서 있었다. 내 등을 발로 찬 모양이다. 언니는 내가 통화하는 것만 보면 등을 찬다.

"미안, 언니가 전화 쓴대."

"알았어. 그럼 모레 봐!"

"응, 모레 보자!"

전화를 끊자 언니가 짜증 섞인 목소리로 말했다.

"네 시끄러운 목소리만 들으면 다시 열이 나."

"미안."

언니는 문을 쾅 닫으며 방에 들어갔다. 한번 틀어박히면 좀처럼 나오는 법이 없다.

나는 소리가 나지 않도록 주의하며 살며시 내 방으로 돌아왔다. 왼쪽 약지에 반지를 끼고 한참 바라봤다.

이러고 있으면 유우와 손가락을 공유하는 느낌이 든다. 그러고 보니 묘하게 약지만 하얀 것 같기도 하다. 유우의 가느다란 손가락과 닮은 듯해 내 손가락을 살며시 어루만졌다.

그렇게 반지를 낀 그대로 잠이 들었다. 눈을 감자 다시 우주가 보였다.

칠흑 같은 어둠으로 어서 돌아가고 싶었다. 가본 적 없는 포하피핀포보피아별이 내 고향처럼 느껴졌다.

학원에 가는 날이었다. 잠시 고민하다 검은 셔츠를 입고 맨 위까지 단추를 잠갔다. 반소매지만 끝까지 잠그니 조금 더웠다.

학원 가방에 몰래 퓨트를 넣고는 일층으로 내려가자 복도에 있던 엄마가 인상을 찌푸렸다.

"어머, 상복도 아니고 옷이 그게 뭐니? 뭐 그딴 걸 입었어."

"네."

"보기만 해도 우울해진다. 안 그래도 피곤한데."

엄마가 한숨을 내쉬었다.

집에 쓰레기통이 하나 있으면 편리하다. 아마 나는 이 집의 쓰레기통인 듯싶다. 아빠도, 엄마도, 언니도, 불쾌한 감정이 부풀어 오르면 나를 향해 던져버린다.

엄마와 함께 밖으로 나가자 옆집 아주머니가 말을 걸었다.

"나쓰키, 학원 가니? 이제 어른 다 됐네."

뒤에 있던 엄마가 아주머니에게 큰 소리로 대답했다.

"어른은 무슨 어른이에요. 나이를 먹어도 어찌나 칠칠맞지 못한지 한시도 눈을 뗄 수가 없다니까요."

"아유, 무슨 말이에요. 안 그렇지 나쓰키?"

난처한 표정의 아주머니가 나를 보며 물었다.

"아뇨, 엄마 말이 맞아요."

나는 그렇게 말했다. 마법을 쓰지 않을 때의 나는 분명 불량품이다. 어릴 때부터 요령이 없었고 추하기까지 하다. 공장인 이 동네 사람들이 보기에는 거추장스러운 존재겠지.

엄마가 큰 소리로 말을 이었다.

"그 집 지카가 얘하고 달리 정말 모범생이죠. 얘는 머리도 나쁘고, 뭐 하나를 시켜도 제대로 하는 게 없답니다. 뒤치다꺼리 하느라 힘들어죽겠어요."

엄마가 손에 든 알림판으로 내 머리를 때렸다. 엄마는 자주 내 머리를 때린다. 멍청한 머리는 자극을 줘야 좋아진다면서. 그리고 내 머리는 텅텅 비어서 때릴 때마다 맑은 소리가 난다고 한다. 엄마 말이 맞는지도 모른다. 방금도 알림판이 통 하고 경쾌한 소리를 냈으니까.

"그리고 생긴 것도 영 별로잖아요. 누가 데려가기나 할지 모르겠어요. 시집 못 가면 어떡하나 고민이라니까요."

나는 고개를 끄덕였다.

"네, 맞아요."

낳아준 사람이 하는 말이니 분명 나는 엄청난 불량품일 테다. 어쩌면 존재만으로 주변 사람에게 피해를 주는지도 모른다. 언니도 내 생김새가 불쾌감을 주고, 요령이 없어서 보기만 해도 스트레스가 쌓인다고 했다.

"죄송합니다."

일단 사과를 해야 할 것 같아 고개를 숙였다.

"어머, 얘, 왜 그래……."

아주머니는 당황한 눈치였다.

"학원 갈게요" 하고 고개를 한 번 더 숙인 뒤, 자전거를 타고 학원으로 향했다.

"정말 누굴 닮아서 저 모양인지……."

읊조리는 엄마의 목소리가 뒤따라왔다.

자전거를 타고 달리며 같은 모양의 집이 늘어선 풍경을 볼 때면 역시 둥지구나, 하는 생각이 든다. 옛날에 유우와 함께 아키시나의 산에서 발견한 커다란 누에고치와 비슷했다.

이곳은 둥지의 나열이자 인간을 만드는 공장이다. 나는 이곳에서 두 가지 의미로 도구이다.

하나, 열심히 공부해 공장의 노동 수단이 되어야 하는 도구.

또 하나, 열심히 여자가 되어 이 마을을 위한 생식기가 되어야 하는 도구.

나는 아마 어느 쪽으로도 꼴등일 것이다.

학원은 이 년 전 역 앞에 생긴 마을회관 이층에 있다.

신발을 벗고 올라가면 두 개의 방이 있다. 안쪽 방은 중학교 입시를 앞둔 6학년의 특별 진학반 교실인데 원장 선생님이 수업을 한다. 바깥쪽 방은 나처럼 입시를 보지 않는 아이들의 보통반 교실이다. 대학생인 이가사키 선생님이 맡고 있다.

자전거를 세우고 교실로 들어가자 이미 모두 자리에 앉아 있었다. 시즈카가 이리 오라며 손짓해 그 옆에 가 앉았다.

아이들은 모두 피부가 타거나 머리카락이 짧아지는 등 여름방학 전과는 조금 달라져 있었다.

"나쓰키, 옆 동네에서 하는 불꽃놀이 갈 거지? 유카타 입을 거지?"

"응, 그러려고."

"옷 구경 가자. 저번에 귀여운 금붕어 무늬 유카타 봐뒀어."

다들 여름방학을 즐기고는 있지만 한편으로는 지루하기도 한지 수다가 끝없이 이어졌다. 스무 명의 아이들이 모인 교실은 웃음소리와 웅성거림으로 가득 찼다.

"어허, 왜 이렇게 시끄럽지."

문을 열고 이가사키 선생님이 들어왔다. 시즈카가 "와" 하고 들뜬 목소리를 냈다.

인기 아이돌 그룹 멤버와 닮은 이가사키 선생님은 여자애들한테 인기가 많았다. 얼굴만 잘생긴 게 아니라 수업도 알아듣기 쉽고 재미있다고 평판이 자자했다.

나는 적어도 일하는 도구로서는 조금 더 우수해지고 싶은 마음에 열심히 공부했다.

"나쓰키, 사회 성적 올랐더라?"

선생님의 말에 나는 "네" 하고 고개를 주억거렸다.

선생님이 내 머리를 쓰다듬었다. 손이 떨어진 후에도 머리카락 아래 피부가 따끔거리며 아팠다.

"나쓰키, 수업 끝나고 프린트 만드는 거 도와주겠니?"

"네."

이가사키 선생님은 자주 나에게 부탁을 한다. "나쓰키는 좋겠다" 하는 시즈카의 말을 들으며 그날도 나는 교실에 남아 선생님과 단둘이 일을 했다.

"나쓰키는 자세가 나쁘네."

셔츠 아래쪽에서 선생님의 손이 들어와 내 등뼈를 만졌다.

"봐, 이렇게 등을 펴야 해. 구부정하게 있으면 어깨가 뭉쳐."

"네."

나는 손길에서 도망치듯 등을 꼿꼿이 폈다.

"그래, 이제 좋아졌네. 나쓰키, 배에도 힘 줘봐."

선생님의 손이 앞으로 가려고 해 황급히 몸을 비틀었다.

"왜 그러니? 선생님이 너 자세 교정해주는 건데. 얌전히 있어야지."

"네."

선생님의 손이 브래지어를 스쳤다. 나는 조용히 허리를 쭉 펴고 있었다.

"이게 바른 자세야."

선생님의 손이 간신히 떨어졌지만, 내 몸은 여전히 굳어 있었다.

집에 가려고 채비를 하는데 선생님이 말을 걸었다.

"나쓰키, 속옷은 진한 핑크색 말고 하얀색으로 입으렴. 남자애들한테 보이거나 비치면 안 되잖아."

"네."

마저 짐을 챙겨 자전거를 타고 서둘러 집으로 향했다.

선생님은 내 속옷 색깔에 자주 참견한다. 그래서 검은 셔츠를 입은 건데 선생님은 이해하지 못한 것 같다.

어딘지 이상한 일은 말로 표현하기가 어렵다.

이가사키 선생님은 어딘지 이상했다. 내가 5학년 때 처음 학원에 가 보통반에 들어간 뒤로 계속 내 공부를 봐주고 있지만 선생님은 어딘지 이상하다.

기분 탓일지도 모른다. 선생님처럼 잘생긴 사람이 초등학생한테 관심이 있을 리 없으니 자의식과잉인지도 모른다.

자전거 속도를 올리는데 누군가 내게 손을 흔드는 모습이 보였다.

눈을 크게 뜨고 보니 우리 반 담임인 시노즈카 선생님이었다.

"선생님, 안녕하세요."

"사사모토, 왜 이렇게 늦게까지 밖에 있니."

"학원 갔다 오는 길이에요."

"그런 거라면 어쩔 수 없지만……."

사람들은 중년 여성인 시노즈카 선생님을 '롱롱히스테리틱'이라고 불렀다. 앞으로 살짝 나온 턱, 자주 울음을 터뜨리거나 신경질을 부리는 것, 한번 시작되면 장시간 설교를 늘어놓는 것 때문에 어느샌가 그런 별명이 붙었다. 학교에서 은근히 남들의 비웃음을 사는 점은 언니와 비슷했다.

"아, 맞다. 아까 채점하다 사사모토 네 시험지를 봤는데, 일전에 본 시험 성적이 아주 좋더라."

"정말요?"

"원래 산수 잘 못하지? 그런데 이번 시험에서는 틀린 문제가 거의 없던걸."

몹시 기뻤다. 시노즈카 선생님이 신경질을 좀 부리는 편이기는 해도, 학생이 점수를 잘 받으면 아주 솔직하게 칭찬해줬다.

"계산이 조금 느리긴 하지만, 조바심 내지 말고 실수를 줄이면 더 좋은 점수를 받을 수 있을 거야."

"감사합니다!"

평소에 학생에게 고맙다는 말을 거의 듣지 못해서인지, 시노즈카 선생님은 내가 기뻐하며 감사 인사를 하자 "성실함은 큰 자산이란다" 하며 기분 좋은 티를 냈다.

나는 집에서 부정적인 말만 들어와 칭찬에 목말라 있었다. 설령 히스테릭한 선생님의 변덕일지라도, 칭찬을 받으니 가슴이 뜨거워지며 왠지 눈물이 날 것 같았다.

더 열심히 공부해서 어른한테 예쁨받는 아이가 되고 싶다.

그러면 아무리 머저리라도 그 집에서 버림받지 않을 테니까.

나는 자급자족할 능력이 없으니 그 집에서 버림받으면 굶어 죽을 수밖에 없다.

"더 열심히 하겠습니다!"

내 기세에 시노즈카 선생님은 조금 당황한 표정을 짓더니 "그래, 열심히 하는 건 좋은 일이란다"라고 말했다. 그러고는 "조심해서 들어가렴" 하고 손을 흔들며 사라졌다.

모두 시노즈카 선생님을 아줌마, 못생긴 노처녀라고 부르며 수군거렸다. 체육 과목을 맡은 아키모토 선생님을 좋아한다는 소문이 돌아 주제를 모른다고 비웃음을 샀다.

어른도 고생이 많다. 어른은 아이를 심판하지만, 내가 보기에는 어른도 심판받고 있다. 시노즈카 선생님은 사회의 톱니바퀴로 성실히 일하지만, 사회를 위한 생식기 역할은 제대로 수행하지 못한 것이다.

선생님은 나를 키우고 지배하는 입장이지만, 동시에 세상의 도구로서 심판받고 있다. 하지만 내 손으로 벌어 스스로 밥을 사 먹을 수 있게 되면, 최소한 누군가에게 버림받을 걱정은 하지 않아도 되겠지.

다시 페달을 밟아 집으로 향했다. 가방에는 학원에서 새로 나눠준 프린트가 들어 있다. 얼른 풀고, 열심히 공부해서 세상의 부품에 한 걸음 다가가고 싶었다.

방에서 달력을 바라보고 있었다.

오늘로 여름방학이 끝난다. 달력에는 '삼백사십칠 일 남음'이라고 적혀 있었다.

백중절의 마중불 날부터 아직 십팔 일밖에 지나지 않았다. 유우를 만나는 날까지 삼백사십칠 일 남았다.

사랑은 나의 버팀목이 되어줬다. 유우와 사랑을 생각하면 마취된 것처럼 아픔이 느껴지지 않았다.

유우가 아니라 내가 외계인이면 좋았을 텐데.

가정에 기생해서 살아간다는 맥락에서는 유우나 나나 마찬가지인데, 나는 유우와 달리 외계인도 아니다.

책상 앞에 앉아 공부를 시작했다. 얼른 내 손으로 밥벌이를 하고 싶다. 그렇게만 될 수 있다면 얼마든지 세상에 복종할 수 있다.

거실에 가자 엄마가 피곤에 찌든 얼굴로 서 있었다.

"엄마, 오늘 저녁은 내가 할까?"

엄마는 나를 돌아보지도 않고 대꾸했다.

"됐어. 쓸데없는 짓 하지 마."

"많이 피곤해 보이는데, 카레 정도는 학교에서 배워서……."

"됐다니까? 네가 설치면 엄마 일만 더 늘어. 얌전히 있어."

나는 고개를 끄덕였다. 주제넘은 짓이었다. 엄마 말대로 나는 머저리니까 가족에게 도움이 되겠다는 건 주제넘은 생각에 불과하겠지. 그저 폐를 끼치지 않도록 가만히 있는 게 할 수 있는 최대한의 일이다.

"너는 맨날 그러더라. 뭐 하나 제대로 하는 것도 없으면서 입만 살아서는."

"맞아."

엄마는 짜증이 나면 나를 윽박지른다. 나를 생각해서 혼을 내는 게 아니다. 단지 샌드백이 필요한 것뿐. 손이 아닌 언어로 폭력을 휘두름으로써 엄마는 조금은 안정을 되찾는다.

엄마는 파트타임으로 일도 하고 있고, 언니와 나를 낳음으로써 생식기로서 역할도 다했다. 그런 훌륭한 사람이니 피곤할 만도 할 테다.

"식구들이 다 너 참아주고 있는 거야."

엄마가 혼잣말처럼 내뱉은 말에 그렇겠지, 하고 생각했다.

주먹을 꼭 쥐었다. 이것도 최근에 배운 마법이다. 엄지손가락을 꽉 쥐면 손 안에 어둠이 생긴다. 제대로 조절만 하면 손안의 어둠을 우주와 비슷한 새카만 빛깔로 만들 수 있다.

손안의 우주를 들여다보는 게 좋았다. 실력을 더 키운 다음 내년 여름에 유우에게 보여줘야지.

"혼자서 뭘 히죽거리니? 소름 끼치게!"

엄마가 버럭 소리를 질렀다. 쓰레기통이 될 시간이다.

나는 방으로 돌아왔다. 최대한 빨리, 조금만 더, 세상의 방해물이 아닌 편리한 도구가 됐으면. 마법을 많이 배우면, 세상에 작은 보탬이라도 주는 사람이 될 수 있을까.

콤팩트를 열고 거울 속 내 모습을 봤다. 집중하고 있으니 아주 약간 변신한 것 같은 기분이 들었다.

갑자기 무적이 된 기분이 들어 벌떡 일어났다. 책상 앞에 앉아 집중해서 공부를 시작했다.

마법 덕인지 숙제는 금방 끝났다. 샤프를 쥔 손바닥이 반짝반짝 빛나는 것 같았다.

6학년이 됐다. 여름이 점점 다가오고 있었다. 유우를 만나는 날까지 남은 일수를 세어둔 달력의 숫자가 드디어 두 자리가 됐다. 곧 유우를 만난다고 생각하니 가슴이 뛰었다.

언니에게 부탁받은 물건을 사러 엄마가 파트타임으로 일하는 약국으로 갔다. 언니의 다래끼 약을 찾고 있는데 안쪽에 엄마가 보였다. 약사 자격증이 없는 엄마는 상품을 꺼내 진열하는 일을 한다.

엄마에게 안약이 어디 있는지 물어보려고 걸음을 내딛는 순간, 계산대에 있던 젊은 아르바이트생 언니가 "사사모토 씨, 거긴 이제 됐으니까 샴푸 꺼내주세요"라고 외쳤다. 엄마는 얼굴을 찌푸리며 짜증스럽게 가게 안쪽 깊숙이 들어갔다.

"분조장 사사모토, 분노 조절 장애 있는 거 확실하다니까. 진짜 짜증나."

아르바이트생 언니가 나지막이 중얼거리는 소리를 듣고, 순간 내 얘기인 줄 알고 흠칫했다.

"저 사람은 맨날 화가 나 있더라. 툭하면 폭발하고. 짜증 나 진짜."

다른 계산대에서 돈을 세던 아르바이트생 언니도 한숨을 내쉬었다.

그렇구나, 엄마는 분조장 사사모토라 불리는구나.

언니는 크로마뇽인, 엄마는 분조장 사사모토. 역시 모전자전인 건가.

아닌 게 아니라 일터에서의 엄마는 정서가 불안정해 보였다.

나는 안약을 사지 않고 부리나케 밖으로 나갔다. 돌아보니 엄마가 한껏 찡그린 얼굴로 가게 안쪽에서 나오는 게 보였다. 금방이라도 폭발할 것 같은 모습이었다.

학원 수업이 끝나고 집으로 돌아가려는데 이가사키 선생님이 나를 불렀다.

선생님이 나를 부르는 건 오랜만이었다. 6학년이 되고부터는 둘이서 이야기할 기회가 거의 없었다. 역시 착각이었나 싶어 그간의 자의식과잉이 부끄러웠다.

나는 "네" 하고 끄덕이며 선생님을 따라갔다.

선생님은 빈 교실로 향하더니 "이거 말인데" 하며 책상에 뭔가를 올려놨다.

작고 하얀 물체였다.

처음에는 뭔지 몰랐다. 가까이 다가갔을 때 바깥쪽 휴지에 피가 묻은 게 보여 그제야 생리대라는 사실을 알아챘다.

핑크색 날개가 낯이 익었다.

"이거, 아까 나쓰키가 화장실에서 버린 거야."

목소리가 나오지 않았다.

분명 나는 지금 생리중이었다. 쉬는 시간에 화장실에 가 휴지통에 생리대를 버렸고. 선생님은 어떻게 그게 내 생리대인 줄 알고 가져왔을까.

"나쓰키, 난 학원 선생님이라 학생한테 이런 걸 가르치는 게 일이란다. 이걸 이렇게 버리면 안 돼. 자, 여기 피가 좀 샜잖아. 더 깔끔하게 말아서 버려야지. 선생님이 시범을 보여줄게."

선생님이 책상에 있던 두루마리 휴지로 생리대를 둘둘 말았다.

"봐, 이렇게 하면 보기에도 깔끔하고 청소하는 분도 불쾌하지 않겠지?"

"네⋯⋯."

"그럼 따라 해보렴."

"네?"

선생님은 평소처럼 다정하게 웃으며 나를 봤다.

"지금 해봐. 선생님이 봐줄 테니까."

"지금⋯⋯요?"

"그래, 파우치 안에 새것 있지? 지금 하고 있는 걸 갈아봐."

"⋯⋯."

말문이 막혀 우두커니 서 있었다. 그 모습을 본 선생님은 더욱 채근했다.

"수업에서도 선생님이 늘 말했지? 새로운 걸 배우면 곧바로 복습해야 한다고. 그거랑 마찬가지야. 선생님 말이 이상하니?"

"아뇨⋯⋯."

"빨리 안 하면 곧 저녁반 중학생 언니 오빠 올 텐데, 괜찮아?"

재촉을 이기지 못하고 주섬주섬 가방에서 파우치를 꺼냈다.

치맛자락 사이로 손을 넣어 최대한 보이지 않게끔 조심하며 속옷을 내렸다. 베이지색 위생팬티였다.

떨리는 손으로 속옷에서 생리대를 떼어내 선생님 앞에 있는 휴지로 말았다. 그리고 새 생리대를 속옷에 붙였다.

"그래, 아주 잘했어."

선생님이 머리를 쓰다듬으려고 들자 무의식적으로 몸이 굳는 느낌이었다.

사용한 생리대를 파우치 안에 쑤셔 넣은 다음 "감사합니다" 하고 말하며, 선생님 손을 피하듯 고개를 숙였다.

"그래, 나쓰키는 순수하고 착한 애야. 그런 애들이 공부도 잘하게 된단다. 앞으로도 선생님 말 잘 들어야 한다?"

"네."

"그럼 다음 주에 보자. 나눠준 산수 프린트, 좀 어렵겠지만 풀다가 모르는 거 생기면 언제든 선생님한테 물어보고."

말없이 고개를 끄덕인 뒤 교실에서 뛰쳐나왔다.

마법, 마법, 마법을 써야 한다. 암흑 마법이든 바람 마법이든 뭐든 좋으니 마법을 써야 한다. 내 마음이 뭔가를 느끼기 전에 온몸에 마법을 걸어야 한다.

집으로 뛰어 들어가 손을 씻었다.

다리 사이에서 방금 간 생리대가 구겨지는 소리가 났다. 온몸에서 피가 나오고 있다. 그조차 선생님에게 감시당하고 있는 것 같았다.

"무슨 일이야. 다녀왔다고 인사도 안 하고."

엄마가 다가왔다. 뭐라고 해야 할지 몰라 말을 삼켰다.

"어머, 무릎에 멍 들었네. 자전거 타다가 부딪힌 거 아니니?"

웬일로 엄마가 다정하게 말하며 걱정스럽다는 듯 허리를 숙였다.

혹시 지금이라면.

마법, 마법, 용기를 내는 마법. 마음속으로 주문을 외웠다.

나는 떨리는 입술을 벌렸다.

"엄마, 있잖아, 선생님이……."

"선생님이 왜?"

"학원 이가사키 선생님이 이상해…… 전부터 그랬는데, 오늘은 특히 더 이상했어……."

"이상하다니, 뭐가?"

"전에도 자세를 고쳐준다고 내 몸을 만지더니…… 오늘은 생리대 가는 법이 잘못됐다고 혼을 냈어……."

엄마가 미간을 찌푸리더니 점점 짜증스러운 티를 냈다.

"그게 왜? 네가 잘못해서 혼난 거잖아?"

"그게 아니라 이상해. 진짜 이상해. 뭔가…… 일반적이지 않고, 그, 자세를 교정해준다고 했을 때도 등뼈뿐 아니라 가슴도

만진 것 같아."

선생님이 이상할 때 늘 느껴지는 '분위기'를 도저히 말로 잘 설명할 수 없었다.

"네가 원체 자세가 나쁘잖아. 엄마도 맨날 자세 똑바로 하라고 말했고. 선생님한테 혼난 주제에 망측한 생각이나 하고, 어처구니가 없다. 대체 머리에 뭐가 든 거니."

"아냐, 진짜 이상했어."

"그럴 리가 있니? 너 같은 어린애를 선생님이 그런 눈으로 보겠어? 네가 이상한 생각을 하고 보니까 그런 거지. 어린 게 벌써부터 그딴 생각이나 하고!"

말문이 막힌 나는 엄마가 내뱉은 말이 맞다는 듯, 아무 말도 하지 못했다.

"어디서 그런 것만 배워가지고. 아주 발랑 까져서는! 그런 생각할 틈 있으면 공부나 해!"

그 순간 내 머리를 후려친 것이 무엇인지 바로 알지 못했다. 눈앞엔 슬리퍼를 든 엄마가 나를 노려보고 있었다.

"대답은!"

"네, 알겠습니다."

엄마가 이렇게나 진심을 담아 나를 때린 건 처음이었다. 마음의 스위치가 뻑 소리와 함께 꺼지는 게 느껴졌다. 이제 마음은 아무것도 느끼지 못하게 됐다. 마취된 것처럼 통증이 없어졌다.

"지난번 시험 성적도 그게 뭐니. 머리가 비었으니까 그렇지! 머리가! 정신! 차려!"

엄마가 슬리퍼로 내 머리를 연이어 내리쳤다.

"네, 알겠습니다. 잘못했습니다."

내 입은 엄마가 원하는 말만을 주문처럼 되뇌었다.

네, 알겠습니다. 잘못했습니다. 네, 알겠습니다. 잘못했습니다. 네, 알겠습니다. 잘못했습니다. 네, 알겠습니다. 잘못했습니다. 네, 알겠습니다. 잘못했습니다. 네, 알겠습니다. 잘못했습니다. 네, 알겠습니다. 잘못했습니다. 네, 알겠습니다. 잘못했습니다. 네, 알겠습니다. 잘못했습니다. 네, 알겠습니다. 잘못했습니다. 네, 알겠습니다. 잘못했습니다. 네, 알겠습니다. 잘못했습니다. 네, 알겠습니다. 잘못했습니다. 네, 알겠습니다. 잘못했습니다. 네, 알겠습니다. 잘못했습니다. 네, 알겠습니다. 잘못했습니다. 네, 알겠습니다. 잘못했습니다. 네, 알겠습니다. 잘못했습니다.

그러니까 날 버리지 마세요. 말도 잘 듣고 뭐든 할 테니까 제발 버리지 마세요. 어른에게 버림받은 아이는 죽어요. 그러니까 날 죽이지 마세요.

헛소리처럼, 주문처럼, 저주처럼. 비참하게 애원하는 말이 입에서 굴러떨어졌다.

살아남기 위해 마법을 써야 한다. 온몸을 텅 비우고 복종해야
한다.

발밑의 가방에는 학원 숙제가 한가득 들어 있었다. 그래, 얼
른 공부해야지. 열심히 공부해서 어른한테 예쁨받는 아이가 되
고, 언젠가 어른이 바라는 어른이 되어야지.

엄마는 흥분을 이기지 못하고 슬리퍼로 내 얼굴을, 머리를,
목을, 등을 내리쳤다. 나는 마음의 스위치가 꺼진 상태라 아무
것도 느끼지 못한다. 숨을 죽이고 시간이 지나가기를 기다렸다.
땅에 묻힌 타임캡슐처럼 나를 껍데기에 가두고, 묵묵히 견디며
목숨을 부지해 미래로 보낸다.

얼마나 먼 미래까지 목숨을 보내야 살아남을 수 있을까.

③ 무슨 일이 있어도 살아남을 것.

유우와 나눈 맹세가 몸속 깊이 각인되어 있었다.

대체 언제까지 살아남으면 되는 걸까. 언젠가 살아남으려 하
지 않아도 살아있을 수 있을까.

엄마를 봐도, 시노즈카 선생님을 봐도, 도무지 그런 확신이

들지 않았다. 살아남기 위해 영원히 애쓰지 않으면 안 될 것 같은 기분이 들어 정신이 아득해졌다.

그렇지만 얼른 공장의 일부가 되어야 한다. 세계가 인간을 재배하는 대로 뇌를 발달시키고, 몸을 성장시켜야 한다. 그러기 위해 지금은 숨을 죽인다. 일단 엄마의 흥분이 가라앉을 몇 시간 뒤의 미래까지, 목숨을 지켜낸다.

학교에서 돌아와 시즈카를 만난다고 하고 집을 나왔다.

희미한 빛을 내뿜는 이 거리에서 우주는 멀리 떨어져 있다.

곧 여름방학이다. 유우를 만나는 날까지 삼십 일 남았다.

전화카드를 넣고 유우에게 전화를 걸었다. 미쓰코 고모가 받으면 바로 끊어버릴 작정이었다.

"네, 여보세요."

유우의 목소리였다.

"유우, 유우, 나야."

"나쓰키?"

유우는 놀랐는지 이상한 목소리로 물었다.

"유우, 있잖아, 일전에 유우네 별 외계인이 우리 집에 왔어."

나는 수화기를 그러쥐었다.

"저번에 퓨트의 저주가 겨우 풀려서, 퓨트가 인간의 말을 하

67

게 됐거든. 그래서 퓨트가 포하피핀포보피아성인을 내 방으로 불렀어. 밤중에 몰래."

수화기 너머로는 부스럭거리는 유우의 기척이 느껴질 뿐이었다. 나는 정신없이 말을 이었다.

"얘기 들어봤는데 유우의 우주선은 역시 아키시나에 있대. 저번에 우리는 산 위쪽을 찾았잖아? 그쪽이 아니라, 전에 삼촌이 작은 신사 얘기했던 거 기억나? 나도 가본 적은 없지만 아무튼 그쪽에 있대. 그러니까 이번 여름에 우주선 찾으러 가자."

"나쓰키, 진정해. 무슨 일이야? 누가 그랬다고?"

"그러니까 외계인이 찾아왔는데, 그 외계인은 금방 돌아가야 한다고, 근데 유우하고 같은 별 출신이라 유우를 알더라니까. 유우한테 빨리 알려줘야 한댔어. 그 외계인이 우주선은 두 명까지 탈 수 있대. 그러니까 나도 같이 갈 수 있대."

유우가 잠시 심호흡을 하더니 대답했다.

"……그랬구나. 되물어서 미안해, 갑작스러운 얘기라. 잘됐다. 그럼 우리 이번 여름에 고향 별로 돌아갈 수 있겠네."

내가 한 이야기의 어디까지가 진실인지는 모르겠다. 정말 외계인이 찾아온 것 같기도 했고, 죄다 거짓말인 것 같기도 했다. 거짓말이면 유우가 실망할 텐데. 하지만 멈출 수 없었다.

"맞아, 그러니까 1학기 종업식 때 학교 친구들한테 미리 작별 인사 해줘. 우리는 같이 떠나야 하니까."

"그래. 나쓰키도 친한 친구들한테 작별 인사 잘 하고 짐도 다 챙겨와. 우주선은 좁을 테니까 게임 같은 걸 챙겨오면 좋겠다."

"게임이 왜 필요해. 유우하고 수다 떨면 하나도 안 심심한데."

옅은 먹물 같은 어스름한 어둠이 하늘을 물들이고 있었다. 아키시나와 달리 환한 밤은 나를 숨겨주지 않는다. 어서 백중절이와 그 새까만 밤으로 돌아가고 싶다. 아키시나의 어둠이 그리워 눈을 감았다. 감은 눈 안에서 은하수 같은 빛이 반짝거렸다.

여름방학이 시작되자 마음은 한껏 부풀었다.

백중절까지 일주일이 남았다.

이 시기가 되면 초등학교 교정에서 마을 축제가 열린다. 나는 풍령 무늬 유카타를 입고 시즈카와 만나 축제에 갔다. 시즈카는 작년에 같이 고른 금붕어 무늬 유카타 차림이었다.

빙수를 먹던 시즈카가 들뜬 목소리로 외쳤다.

"이가사키 선생님이다."

화들짝 놀라 솜사탕 막대를 세게 쥐었다.

"선생님한테 인사하고 오자."

"잠깐만, 저쪽 가지 말자. 아까 리카 봤어. 너 리카하고 싸웠잖아. 이쪽으로 도망가자."

나는 서둘러 반대쪽으로 걸어갔다. 시즈카가 "같이 가" 하고 뒤따라왔다.

시즈카가 빙수를 먹고 배가 아프다며 화장실에 가는 바람에 체육관 벽에 기대 기다리고 있었다.

나올 시간이 지난 것 같다고 생각하던 차, 갑자기 누군가 내 손목을 잡았다.

"나쓰키, 여기서 만나네."

비명이 터져나올 것 같았지만 얌전히 인사를 했다.

"……이가사키 선생님, 안녕하세요…….."

이가사키 선생님의 얼굴은 파우더를 바른 것처럼 창백했고, 손은 땀으로 끈적거렸다. 시즈카가 잘생겼다며 호들갑을 떠는, 인형처럼 단정한 얼굴이 왠지 소름 끼쳐 무의식적으로 앞섶을 여몄다.

"시즈카는 아까 나와서 지금 우리 집에 있어."

"네……?"

"화장실에 줄 서 있다가 빈혈로 쓰러졌거든. 선생님 집이 바로 근처라 거기서 쉬고 있단다."

"정말이에요……?"

그러고 보니 시즈카는 지금 생리중이었다. 설마 시즈카한테도 생리대 가는 법을 가르치려는 걸까.

온몸에 소름이 끼치고 당장 시즈카에게 가야겠다는 생각이 들었다. 나는 마법소녀다. 친구가 곤경에 빠졌다면 마법의 힘으로 구해줘야 한다.

"나쓰키, 어서 가자."

선생님의 억센 손에 끌려가며 손가방 속 퓨트를 꼭 쥐었다. 마음속으로 주문을 외웠다.

마법이 있으면 나는 무적이다. 시즈카를 구하러 가는 거다.

연신 되뇌었다. 퓨트는 지긋이 나를 지켜보고 있었다.

집에 도착하자 선생님이 밝은 목소리로 "나쓰키, 들어와" 하고 말했다.

선생님 부모님은 여름 동안 해외 출장중이라 집에는 선생님 혼자 있다고 했다.

"시즈카는 어디 있어요?"

"아, 시즈카는 이제 괜찮아졌다고 먼저 갔어."

"아……."

너무 당연하다는 낯으로 말해 착각한 내 자신이 부끄러워졌다. 거짓말로 날 속였다 생각했는데 그렇다고 하기에는 너무나 당당하고 한 점 거리낄 것 없다는 표정이었다.

"나쓰키는 친구를 위하는 착한 아이구나. 홍차 좋아하니? 딸기 향 나는 맛있는 홍차를 타올 테니까 소파에 앉아서 기다리렴."

나는 말없이 소파에 앉아 테이블에 놓인 초콜릿을 보고 있었다. 커다란 초콜릿 상자는 하나도 비지 않고 그대로였다. 시즈카도 손대기가 좀 그래서 안 먹은 걸까.

"오늘은 선생님 집에서 공부할 거야."

선생님이 가져온 홍차는 달콤한 딸기 향이 났다.

"나쓰키는 '꿀꺽'을 아니?"

"꿀꺽……? 그게 뭐예요?"

"'꿀꺽'을 몰라? 그러면 안 되지. 어른이 되면 다들 이걸 해야 하거든. 오늘은 특별히 선생님이 가르쳐줄게."

선생님의 말투는 평소 수업할 때처럼 부드러웠다. 그런데도 왠지 무서웠다. 괜히 경계하는 건, 엄마 말대로 내가 이상한 생각을 하기 때문일지도 모른다. 눈앞의 쾌활한 선생님을 두려워하는 내가 자의식과잉이란 생각이 들어 부끄러웠다.

"오늘은 학원 수업이 있는 날은 아니지만 특별히 수업을 해줄 거야. 다른 애들한테는 비밀이다? 나쓰키만을 위한 특별한 수업이니까."

"네……."

선생님이 일어나 소파 옆에 섰다.

온몸에 소름이 돋았지만 입을 다물었다. 조금 '이상'하다고 생각하는 와중에도 선생님은 무척 다정했다. 하지만 조금이라도 심기를 거스르면 무슨 짓을 당할지 모른다는 생각이 나를 압도했다.

선생님은 초콜릿이 놓인 테이블을 발로 치우더니 내 등을 쓰다듬었다.

"그럼 소파를 보고 이쪽을 향해 카펫 위에 정좌하고 앉아. 아, 그렇게 멀리 떨어져 있지 말고, 선생님 무릎 사이로 와."

"저기……."

선생님이 한숨을 내쉬었다.

"나쓰키, 이렇게 건성으로 하면 선생님 화낸다? 나쓰키가 공부를 하고 싶다고 하니까, 수업 시간도 아닌데 일부러 가르쳐주는 거잖아. 제대로 공부해야지."

"네, 죄송합니다."

내가 공부하고 싶다는 말을 했던가. 하지만 선생님이 이렇게 화내는 걸 보면 엉겁결에 그런 말을 했는지도 모른다.

선생님을 더 화나게 하는 게 두려워 순순히 따랐다.

"그대로 눈 감고 입 벌려. 절대로 이 세우지 말고."

무서운 마음에 일 센티밖에 입을 벌릴 수 없었지만, 선생님은 굵은 손가락을 이용해 치과의사처럼 내 입을 크게 벌렸다.

그런 다음 선생님의 손이 내 목을 그러쥐었다.

"알겠니? 고분고분하게 '공부'해야 해. 성실하게 공부하지 않으면 선생님 화낸다? 선생님 화나게 하기 싫지? 나쓰키는 모범생이니까?"

나는 입을 벌린 채 힘겹게 고개를 끄덕였다.

어른에게 대들면 날 죽일 거다. 어른에게 버림받으면 우리는 죽는다.

③ 무슨 일이 있어도 살아남을 것.

유우와 나눈 맹세가 지금은 끔찍한 저주처럼 온몸을 옭아매고 있었다.

미끄덩하고 뜨듯한 뭔가가 입안으로 들어왔다.

희미한 쓴맛과 비릿한 냄새가 퍼졌다. 나는 필사적으로 이를 숨겼다. 선생님의 가르침을 거역하고 이를 보이면 무슨 일을 당할지도 모른다고 생각했다. 선생님의 굵은 손가락은 여전히 내 목을 잡고 있었다.

선생님이 뭘 하는지, 눈을 꼭 감고 있는 나는 알 수 없었다. 살며시 눈을 떴을 때 선생님은 나에게 가랑이를 보인 채 난생

처음 보는 이상한 몸짓으로 움직이고 있었다. 무서워서 다시 눈을 질끈 감았다.

거세게 심호흡하는 선생님의 입에서 미지근한 바람이 흘러 나와 내 얼굴과 정수리에 들러붙었다.

갑자기 뭔가 뜨뜻한 액체가 입안에 퍼졌다. 설마 오줌은 아니겠지. 뱉어내고 싶었지만 목을 잡았던 손이 어느샌가 뒤통수로 옮겨가 있었다. 움직이지 못하게 단단히 붙들어서 어쩔 도리가 없었다.

안간힘을 쓰며 몸을 비틀어 고개를 돌리고, 입안의 액체를 뱉어냈다. 바닥에 흩어진 건 오줌도, 피도 아니었다. 요구르트 같은 이상한 액체였다.

"나쓰키, 제대로 '꿀꺽' 해야지. 자."

선생님이 다시 내 뒤통수를 잡았다. 그 순간 시야가 구겨지듯 일그러졌다.

정신을 차려 보니 나는 유체이탈해, 천장 부근에서 선생님에게 머리를 붙들린 내 모습을 내려다보고 있었다.

어? 내가 마법을 쓴 건가? 콤팩트도, 요술봉도 없는데 어떻게 마법을 쓴 건지 신기했다.

이렇게 굉장한 마법을 썼는데도 어찌 된 영문인지 아무 감동도 일지 않았다. 나는 말없이 내 몸을 바라봤다.

선생님이 내 두개골을 붙잡고, 내 머리를 도구로 쓰는 걸 보니 어렴풋이 이해가 갔다. 아직 공장의 일원이 되지 않았다 여겨왔지만, 나는 이미 도구였다.

선생님은 영혼이 빠져나와 텅 빈 내 몸에 대고 말했다.

"이 '공부'는 여러 번 반복해야 해. 올 여름에는 이 집에 선생님밖에 없으니까 나쓰키한테만 여름방학 특강을 해줄게."

"네."

영혼은 이곳에 있는데도 몸은 대답을 하며 고개를 끄덕였다. 나는 허공에 뜬 채로, 선생님과 마주 보고 있는 내 모습을 우두커니 바라봤다.

"선생님은 나쓰키한테 '공부'를 시켜주는 거야. 알지? 이 얘기는 아무한테도 하면 안 돼. 선생님은 모두의 선생님인데, 한 학생만 편애해서 특별히 수업을 해주는 게 알려지면 혼이 나거든. 그때는 나쓰키도 같이 혼날 거야. 선생님보다 나쓰키가 더 혼날걸? 왜냐면 나쓰키가 선생님한테 떼를 써서 '공부' 가르쳐달라고 졸랐으니까. 그렇지?"

"네."

"또 '공부'하러 여기 와야 해. 다음 주 월요일에 또 올 거지?"

"네."

다음 주면 백중절이다. 나는 도쿄에 없다. 하지만 내 몸은 고개를 끄덕이고 있다. 끄덕이는 나를 유체이탈한 내가 천장에서 계속 바라보고 있었다.

그길로 곧장 집으로 향했다. 나는 허공에 떠서, 집으로 걸어가는 나를 내려다봤다.

언제쯤 다시 몸으로 돌아갈 수 있을까. 아무 생각도 나지 않았다. 그저 바라보는 것밖에 할 수 없었다.

엄마가 뭐라고 하는 광경이 보였다. "너 또 길 잃었지?" 하며 혀를 끌끌 차고 있었다. 너무 졸려서 대답도 않고 방으로 갔다. 나는 유체이탈한 채, 입고 있던 유카타를 벗고 잠옷으로 갈아입은 뒤 눕는 내 모습을 바라봤다. 몸이 베개에 뺨을 묻고 잠에 빠진 순간, 허공에 떠 있던 내 의식도 끊어졌다.

정신없이 자다 눈을 뜨니 의식은 몸으로 돌아와 있었다.

느닷없이 목욕을 하고 싶다는 생각이 들었다. 토기를 느끼며 일어났다.

황급히 이층 화장실로 달려갔지만 빈속에서는 아무것도 나오지 않았다.

방으로 돌아간 뒤 신기하다고 생각하며 주변을 둘러봤다. 어제 허공에 떠서 본 것처럼. 유카타는 곱게 개어져 있었고, 잠옷

단추도 모두 채워져 있었다.

목이 말랐다. 어제 축제에서 오렌지 주스를 산 걸 떠올리고 손가방에서 꺼냈다.

미지근한 주스를 입에 넣은 순간 위화감을 느꼈다.

아무 맛도 나지 않았다. 주스가 상했나 싶어 냄새를 맡아봤지만 오렌지의 달달한 냄새밖에 나지 않았다.

이상하다 생각하며 좌우지간 양치질을 하고, 목욕을 하기 위해 갈아입을 옷을 가지고 일층으로 내려갔다.

어제 묻는 말에 제대로 대답하지 않았으니 엄마는 화가 나 있을지도 모른다. 결국 만나지 못한 시즈카는 어떻게 됐을까, 잠시 생각했다. 하지만 그러자마자 온몸에 오한이 들어 살며시 욕실로 들어가려던 순간이었다. 거실에서 이야기 소리가 들렸다.

언니가 아빠에게 "올해는 나가노 가기 싫어. 해외여행 가자"라며 떼를 쓰고 있었다.

"애도 여러모로 열심히 하고 있잖아요. 해외여행은 어렵겠지만, 온천은 지금이라도 갈 수 있겠네요. 사실 나도 그 편이 더 좋아요. 해마다 가는데 올해 한 번은 좀 빠져도 되잖아요."

"그럴까."

나는 애매하게 웃는 아빠 앞으로 뛰어들었다.

"싫어어어어어어어어어!"

힘껏 외쳤다.

"백중절에는 할머니 집에 가야 해! 아키시나에 갈 거야! 싫어
어어어어어어어어어어어어!"

"떼쓰지 마!"

엄마가 버럭 소리쳤다. 하지만 나는 멈추지 않았다.

"너는 어떻게 너밖에 모르니!"

엄마가 내 머리를 후려쳤다.

유체이탈, 유체이탈 마법을 써야 한다.

그 마법을 쓰면 다시 아무것도 느끼지 않아도 된다.

"어떻게 된 애가 정말 자기밖에 모른다니까! 어제도 길 잃은
줄 알고 걱정했더니만 태평하게 들어와 잠이나 처자고…… 정
말 머저리 같은 애라니까!"

엄마가 내 등을 발로 찼다. 언니가 찰 때와 똑같은 자세였다.

아무리 주문을 외워도 오늘은 영혼이 빠져나가지 않았다.

엄마는 발바닥으로 연신 내 몸을 흔들었다.

울부짖던 나는 그대로 방으로 끌려갔다.

"조용히 할 때까지 방에서 나오지 마."

엄마는 그 말만 남기고 계단을 내려갔다.

나는 서랍에 넣어둔 퓨트를 꺼내 품에 껴안고, 몸을 한껏 웅
크렸다.

제발 다시 유체이탈 마법으로 유우에게 갈 수 있었으면.

식욕도 떨어져 종일 방에서 주문을 외웠다.

그날 밤, 나는 왼손 약지에 철사 반지를 끼고 이불을 뒤집어썼다. 눈을 꼭 감고 어둠을 만들려 했지만 눈꺼풀 너머로 별은 하나도 보이지 않았다. 나는 내 피부 뒷면을 바라보다 잠에 들었다.

이튿날 아침 누군가 나를 흔들어 깨웠다. 가늘게 눈을 뜨자 침대 옆에 검은 옷차림의 엄마가 서 있었다.

"얼른 일어나서 준비해. 나가노 갈 거니까."

"어…… 왜?"

"할아버지 돌아가셨어. 전부터 상태가 조금 안 좋으시긴 했지만 이렇게 갑작스레 가실 줄이야."

내가 백마법이 아닌 흑마법을 쓴 걸까.

어떻게 해서든, 무슨 수를 써서든 유우를 만나고 싶다는 내 소원을 마법이 들어준 건 아닐까.

침대에 누운 채 멍하니 그런 생각을 했다.

"언니는 교복 입으면 되는데, 너는 상복으로 입을 만한 옷이 있나…… 아, 그 원피스가 있구나. 아무튼 서둘러 준비해. 한 시간 후에 출발할 거니까."

간신히 고개를 끄덕이는 게 고작이었다.

할머니 집 현관에 들어서자 여느 여름과는 전혀 다른 광경이 펼쳐져 있었다.

불단 방에는 처음 보는 커다란 제등이 여럿 보였다. 거실에 가만히 있는 사람은 아무도 없었다. 모두 검은 옷을 입고 분주히 오가는 중이었다.

"이층에 짐 두고 내려오렴. 할아버지께 인사드려야 하니까."

아빠가 말했다. 평소에는 줏대 없이 언니와 엄마에게 휘둘리기만 하는 아빠가 오늘은 당당한 태도를 보였다. 할아버지한테 인사를 드려야 한다는 말을 들으니 할아버지는 몸이 조금 편찮으실 뿐 아직 살아계실지도 모른다는 생각이 들었다. 하지만 아빠에게 뭐라 물어야 할지 몰라 가만히 있었다.

불단 방에 들어서니 할아버지가 처음 보는 두툼하고 새하얀 요에 누워 잠들어 있었다. 할아버지한테서 늘 나던 냄새가 방에 희미하게 감도는 것 같았다.

할아버지의 머리맡에는 검은 옷차림의 할머니가 눈물을 훔치며 앉아 있었다.

"기세, 나쓰키, 인사드려야지."

나는 "네" 하고 힘없는 목소리로 말했다. 언니는 화난 사람처럼 입을 꾹 다물고 있었다.

"무서울 수도 있겠지만, 너희도 이제 다 컸으니 괜찮겠지. 이쪽으로 오렴. 인사드려라."

아빠는 우리를 부르더니 할아버지의 얼굴을 덮은 천을 살며시 걷었다. 할아버지는 코에 솜을 넣은 채 평소와 다름없는 얼굴로 눈을 감고 있었다. 조금 창백했지만 금방이라도 일어날 것처럼 보였다.

"단정하지? 옅게 웃고 계신 것 같네."

할머니의 어깨를 감싸 안은 나쓰코 고모가 손수건으로 눈가를 훔치며 말했다.

"……주무시는 것 같아요."

내가 작게 속삭이자 아빠가 나를 보며 끄덕였다.

"조금 이르긴 하지만 이만하면 호상이지."

"호상이 뭐예요?"

"편히 가셨다는 거야. 천수를 누렸다는 뜻이기도 하지. 얼마 전부터 입원해 계시기는 했지만, 큰 고통 없이 주무시다 가셨거든. 그래서 편안한 얼굴을 하고 계신 거지."

"네."

나는 아빠에게 답한 뒤 "할아버지 손 좀 잡아봐도 돼요?"라고 다시 물었다.

"그럼, 그렇게 해."

나는 할아버지의 손을 잡았다. 서늘한 그 손은 이미 사람의 일부가 아닌 물건이 되어 있었다.

"……왠지 무서워."

계속 입을 다물고 있던 언니가 중얼거렸다.

"뭐가 무서워. 기세, 할아버지는 편히 가신 거야. 자, 다른 사람도 인사드려야 하니까 우리는 이제 가자."

뒤를 돌아보니 교복 차림의 유리와 검은 원피스를 입은 아미가 홀쭉이며 서 있었다.

현관으로 가자 미쓰코 고모가 보였다. 그 옆엔 검은 재킷 차림의 유우도 있었다.

눈이 마주치자, 유우가 조금 걱정스러운 얼굴로 내 얼굴을 들여다봤다.

고모는 이미 현관에서부터 유우에게 매달려 눈물을 뚝뚝 흘리고 있었다.

"미쓰코 씨, 괜찮아요?"

유우는 흡사 남편이라도 되는 양 고모의 등을 도닥였다.

"오늘 쓰야유족, 지인이 하루 밤을 새는 일본 장례 의식고 내일이 발인이야."

아빠의 말에 엄마는 "정말 너무 갑작스럽네요"라고 말하며 한숨을 내쉬었다.

"저녁 전까지 시간 좀 있으니까 좀 쉬어. 당신도 피곤할 텐데."

"소름 끼쳐."

언니가 그렇게 말하며 교복 차림 그대로 드러누웠다.

"너도 눈 좀 붙일래?"

엄마의 말에 나는 고개를 저었다.

실내는 불빛이 환해서 눈이 따가웠다. 할아버지 손의 감촉이 아직 손끝에 남아 있었다.

검은 재킷 차림의 유우가 앞뜰에 있는 게 보였다.

웅성거리는 집에서 슬며시 빠져나와 유우에게로 갔다.

"유우."

말을 걸자 유우가 돌아봤다.

"나쓰키, 괜찮아?"

유우는 전보다 팔다리가 조금 길어져서인지 그만큼 얼굴이 줄어든 것처럼 보였다. 그래도 아직 나보다 작아서 인형 같았다.

"뭐 해?"

"꽃을 꺾고 있었어. 할아버지는 매장한대. 얘기 들었어?"

나는 고개를 저었다.

"몰라. 그게 뭔데?"

"화장하는 게 아니고 땅에 묻는 거래."

"어, 정말?"

텔레비전 서스펜스 드라마에서 화장하고 남은 뼈를 다 같이 젓가락으로 줍는 장례 절차를 본 적이 있다. 이번에도 그럴 거라 막연히 생각했는데, 앞으로 치를 장례식이 어떤 것일지 상상되지 않았다.

"그때까지 할아버지가 외로울 테니 화단에 핀 꽃을 가져다 드리라고 할머니가 그랬어."

"나도 같이 할래."

"가위 안 가져와도 돼?"

"유우, 부탁이 있어."

나는 고개를 떨구고 말했다.

"이제 너랑 못 만날지도 몰라."

"뭐?"

유우가 놀란 얼굴로 나를 봤다.

"무슨 일 있어? 멀리 이사 가는 거야?"

"있잖아, 앞으로 난 여기 못 와."

작은 소리로 전하자 유우가 영문을 모르겠다는 표정으로 다시 나를 봤다.

"유우, 우주선은 찾았어?"

유우는 잠시 뜸을 들이더니 고개를 저었다.

"아니. 오는 길에 신사에 들렀는데 거긴 없더라고."

"그럼 이미 늦은 거야. 유우, 우리는 부부지? 나한테는 이제 시간이 없어. 부탁이야, 나하고 섹스 해줘."

"뭐라고?"

유우가 놀라서 되물었다. 나는 아랑곳하지 않고 말을 이었다.

"부탁이야. 평생의 소원이야. 내 몸이 내 것이 아니게 되기 전에 꼭 너하고 몸으로도 결혼하고 싶어."

목소리가 떨렸다. 유우는 망연자실한 표정이었다.

"그건 어른들이 하는 일이잖아. 우리는 하면 안 돼."

"……유우는 자기 목숨이 자기 게 아니라고 생각한 적 있어?"

유우는 순간 말문이 막힌 듯했지만 이내 나지막이 말했다.

"아이의 목숨은 아이 것이 아냐. 어른 손에 달렸지. 엄마가 아이를 버리면 아이는 밥도 굶게 되고, 어른의 손을 빌리지 않고서는 어디에도 갈 수 없어. 아이는 모두 그래."

유우가 화단에 핀 꽃으로 손을 뻗었다.

"그러니까 우리는 어른이 될 때까지 열심히 노력해서 살아남아야 해."

유우의 가위가 해바라기의 줄기를 잘랐다. 시체가 된 해바라기는 힘없이 유우에게 기댔다.

해바라기를 품에 안은 유우를 향해 혼잣말처럼 중얼거렸다.

"어쩌면 나, 살해당할지도 몰라. 그러니까 죽기 전에 유우하고 결혼하고 싶어. 애들끼리의 약속이 아니라, 진짜 결혼이 하고 싶어."

유우가 놀란 낯으로 나를 봤다.

"⋯⋯무슨 일이야? 누가 나쓰키를 죽인다는 거야?"

"어른 남자가. 아무도 거역할 수 없어."

"누구⋯⋯ 도와줄 사람 없을까?"

"아이는 못 당하는, 힘이 센 사람이야. 어른들은 자기 사느라 급급해서 아이 따위는 도와주지 않아. 너도 알잖아."

아무런 대답 없는 유우의 팔에서 해바라기 꽃잎이 떨어졌다.

나는 고개를 들고 "그거 먹을 수 있을까?"라고 물었다.

"뭘?"

"거기 있는 해바라기. 다 말랐잖아. 해바라기 씨 먹을 수 있을까?"

검게 마른 해바라기를 가리키며 다시 물었다.

할머니는 여름이 지나면 늘 집에 해바라기 씨를 보내줬다. 그래서 가을이면 종종 마당에서 해바라기 씨를 먹었다.

일어나 손을 뻗어, 고개를 떨군 검은 해바라기의 얼굴을 뒤적였다. 작은 씨앗이 손에 떨어졌다.

"이거, 할머니가 보내주는 거랑 같은 거야?"

유우가 조심스레 들여다보며 물었다.

"아마도. 유우는 해바라기 씨 따본 적 없어?"

"없어."

나는 손 안의 씨앗을 입에 털어 넣었다.

"아직 덜 익은 것 같아."

내 입은 여전히 맛을 느끼지 못했다. 늘 느끼던 해바라기 씨의 고소한 맛이 느껴지지 않았다. 유일하게 느껴지는 식감은 씨앗이 아직 건조되지 않았음을 말해줬다. 머뭇거리던 유우도 작은 입에 씨앗을 털어 넣었다.

"맛이 별로네."

"더 바싹 말려야 해."

먼저 먹어보자고 했으면서 나는 한껏 아는 척하며 유우에게 말했다.

유우가 입을 오물거리며 물었다.

"……나쓰키, 나는 나쓰키의 남편이니까 나쓰키를 위해 뭐든 할게. 정말 그게 하고 싶어? 하면 나쓰키가 살 수 있어?"

"……응."

잘 모르겠다는 양 고개를 갸웃거리면서도 유우는 "좋아"라고 말했다.

"정말? 억지로 하는 거 아냐?"

"괜찮아. 나쓰키 남편으로서 할 수 있는 일은 뭐든 할 거야."

유우가 살며시 웃었다. 나는 아직 나보다 자그마한 유우를 내려다보며 말했다.

"유우, 나도 유우의 반려자로서 할 수 있는 일은 뭐든 할게. 유우를 지켜줄게."

"반려자가 뭐야?"

"그런 것도 몰라? ……음, 파트너 같은 건데, 그러니까…… 가족이라는 뜻이야."

사전이 있으면 바로 찾아볼 텐데, 그런 생각을 하며 대답하자 유우가 환하게 웃었다.

"그렇구나. 우리는 부부니까 가족이지."

"그래."

우리는 해바라기 꽃그늘에서 몰래 손을 잡았다. 유우의 손은 여자애처럼 보드라웠다.

이튿날 아침 다시 검은 원피스를 입고 큰방에 가니 관에 누운 할아버지가 보였다.

평소에 다 같이 방석을 깔고 식탁에 둘러앉아 밥을 먹던 방인데 오늘은 상복 차림의 삼촌, 고모 들과 스님이 나란히 정좌하고 있었다. 다 같이 앉아 스님이 불경 외우는 소리를 들었다. 분향이 끝나자 출관이 시작됐다.

데루요시 삼촌이 직계는 이쪽, 장남은 저쪽이라며 지시를 내리자 나머지 삼촌들이 움직여 자리를 정했다.

"유우도 운반할래?"

유우가 살짝 고개를 끄덕였다.

"그럼 유우는 이쪽에 서라. 음, 하루타는 유우보다 직계니까 더 이쪽으로 오고."

"나도 운반할래."

내가 나서자 아빠는 조금 놀란 듯했다.

다카히로 삼촌이 난처한 표정을 지었다.

"나쓰키는 여자애라……."

"그럼 옆에서 거들기만 하자. 이쪽으로 오렴."

데루요시 삼촌이었다. 나는 삼촌 말대로 관 뒤에서 살며시 손을 올렸다.

"그럼 가자."

툇마루에서 신발을 신고 줄지어 관을 운반했다.

뒤를 돌아보자 언니와 엄마가 딱 붙어서 걸어오고 있었다. 할머니 뒤로 줄줄이 따라오는 사촌과 고모, 숙모 들도 보였다. 모두 검은 옷차림이라 꼭 개미 행렬 같았다.

백중절이면 언제나 찾아가던 무덤까지 관을 운반했다. 네모 난 구멍이 파져 있었다.

"이건 누가 판 거야?"

어제는 쓰야라 늦게까지 다들 바빴는데, 삼촌들이 파놓은 걸까. 아빠에게 묻자 마을 사람들이 했다고 알려줬다.

구멍에 관을 내리자 데루요시 삼촌이 "마지막 인사를 드리자" 하고 말했다.

다카히로 삼촌이 관을 열고 "아이고, 아버지, 어느새 할아버지가 다 됐네요" 하며 쉰 목소리로 너스레를 떨었다.

고모, 숙모 들은 할아버지 얼굴을 보며 눈물을 글썽거렸다.

아빠는 말없이 관을 들여다보다 "여름이니 금방 썩겠네"라고만 말했다.

관을 닫고 한 명씩 삽을 들어 흙을 덮었다.

중노동이 되겠구나 생각하는데 삼촌이 "이제 가자" 하고 말해 깜짝 놀랐다.

"다 안 덮었는데 가도 돼?"

나지막이 묻자 아빠는 "마을 사람들이 마저 묻어줄 거야"라고 대답했다.

그렇게 뭐든 해주는 마을 사람은 어디서 나타나는 걸까. 희한한 일이라 생각하면서도 얌전히 고개를 끄덕이고 다시 줄지어 집으로 갔다.

집으로 돌아오자 낯선 사람들이 식사 준비를 하고 있었다.

이 마을에 사람이 이렇게 많다는 사실이 신기했다.

낯선 사람들의 방문이 이어졌다. 연회가 계속됐다.

"그 집 할아버지 때는 흙이 좀처럼 꺼지지 않아서⋯⋯."

"맞아, 하지만 저번에 보니까 다 꺼졌더라고."

데루요시 삼촌이 하는 말이 무슨 뜻인지 궁금해 아빠에게 "흙이 꺼지는 게 뭐야?"라고 물어봤다.

"시신을 매장하면 조그맣게 봉분이 생기잖아. 관이 썩으면 그 흙이 꺼지거든."

아빠가 간략하게 알려줬다.

마을 연회가 끝나자 규모를 약간 줄여서 일가친척만 모이는 자리를 가졌다.

"그럼 가족끼리 이차 시작할까."

데루요시 삼촌이 장난스레 말하자, 숙모가 "어련하실까" 하고 대꾸하며 안주를 만들러 부엌으로 갔다.

"이제 염주 돌리기 시작하자."

일가친척만 남은 밤 9시쯤, 염주 돌리기큰 염주를 함께 돌리며 고인을 추모하거나 자신의 성불 등을 위해 염불을 외우는 행사가 시작됐다.

둥글게 둘러앉아 난생처음 보는 긴 염주를 함께 돌리며 염불을 외웠다.

염주 돌리기가 끝나자 모두 지쳤는지 숙모들은 잘 준비를 했다. 삼촌들도 술을 더 마실 생각은 없는지 차를 홀짝거렸다.

"너희도 피곤하지. 차례대로 목욕하고 자라."

숙모의 말에 사촌들이 "네" 하고 대답했다.

시간이 없어서 나는 언니와 함께 씻었다. 오랜만의 일이라 조금 소름이 끼쳤다.

언니의 몸은 가슴도, 엉덩이도 전부 둥그스름해서 교과서에서 본 토우 같았다.

왠지 무서워 언니를 보지 않으려 애쓰며 씻었다. 언니도 다른 데를 보기는 마찬가지였다.

말없이 욕실에서 나와 복도로 나가자 유우가 수건을 들고 서 있었다.

"우리 다 씻었어."

말을 걸자 유우는 "고마워" 하고 고개를 끄덕였다.

언니는 휭하니 이층으로 올라갔다. 나 역시 거실에서 차를 마시는 어른들에게 안녕히 주무시라고 인사한 뒤 이층으로 올라갔다.

사촌들과 언니의 새근거리는 숨소리가 들렸다. 나는 그 속에서 뚫어져라 어둠을 바라봤다.

"아무한테도 안 들켰지?"

나는 유우에게 살며시 물었다.

새벽 2시였다. 2시에 창고 앞에서 만나자는 약속대로 유우는 창고 앞 수풀 사이에 숨듯 서 있었다.

"응, 삼촌들도 다 주무셔."

우리는 집을 빠져나왔다. 나는 현관 종이 상자에 몰래 숨겨두었던 배낭을 메고 있었다. 안에 손전등을 넣어뒀지만 빛이 새어 나가면 큰일이라서 어둠 속에서 서로 손을 잡고 도로로 나왔다.

"이제 괜찮겠지?"

나는 배낭에서 손전등을 꺼내 조심히 스위치를 켰다.

가로등 하나 없는 도로엔 달빛과 별빛밖에 없었다. 어두컴컴한 발밑을 손전등이 비추었다.

"어디 가려고?"

"안 들키는 데."

이렇게 컴컴할 줄은 몰랐다. 마중불과 배웅불을 할 때도 컴컴했지만, 친척들과 함께 불을 밝히고 지나갈 때와는 딴판이었다. 하나밖에 없는 손전등 불빛은 발밑을 둥글게 밝히는 게 고작이라, 유우의 얼굴도 제대로 보이지 않았다.

"어느 쪽으로 가야 하지?"

"쉿, 물소리가 들려."

가만 귀를 기울이자 유우 말대로 희미하게 물 흐르는 소리가 들렸다.

"일단 강 쪽으로 가자."

물소리를 따라 강 쪽으로 갔다. 강이라 해도 사실 발목까지 오는 얕은 개울이다.

하지만 그 개울물 소리가 유난히 크게 들렸다.

"빠지지 않게 조심해."

"유우도."

손전등을 유우에게 건네고, 딱 붙어서 개울물 소리를 따라 걸음을 옮겼다.

한참 걸은 것 같은 기분이 들었을 즈음 "여긴 어디지?" 하고 중얼거렸다.

"모르겠어. 그렇지만 손전등을 위로 비추고 걸으면 들킬지도 모르는 데다 발밑도 안 보일 거야."

"잠깐 줘봐."

나는 손전등을 건네받아 주변을 살짝 비춰봤다.

새카만 구멍 안에 있는 것처럼 아무것도 보이지 않았다.

주위에 푸른 벼가 자라는 논이 있는 건 알겠지만, 이정표 삼을 만한 건 없었다.

"우리, 산을 내려와버린 걸까."

"그럴 리가. ……아."

유우가 나지막이 외쳤다.

"여기, 할아버지 무덤 있는 데야."

"말도 안 돼."

한참 걸은 줄 알았는데. 우리가 있는 곳은 낮에 장례를 치른, 할아버지 무덤이 있는 논 근처였다.

"어쩌지……."

"무덤 쪽으로 가볼까? 이대로 가도 뭐가 있을지 모르니까."

"그러자."

우리는 주의를 기울이며 논두렁을 지나 무덤 쪽으로 갔다.

무덤 앞에 흙이 조금 쌓인 부분이 있었다.

"정말이네. 아직 흙이 꺼지지 않았어."

나는 봉분을 보고 말했다.

"흙이 꺼지는 게 뭐야?"

"관이 썩으면 쌓여 있던 흙이 꺼져서 움푹 파인대."

"그렇구나."

우리는 은근슬쩍 손을 잡았다. 할아버지의 시신을 묻은 곳에 있는 게 내심 무서웠던 것일까.

물소리와 벼 포기가 물결치는 소리가 들렸다. 이러고 있으니 어둡고 거대한 바다에 있는 것 같았다.

"우리 결혼도 여기서 했지."

유우가 혼잣말처럼 중얼거렸다.

"여기서 할까."

"어…… 여기서?"

"무서워?"

뭐가 무섭냐고 묻는 건지 나도 알 수 없었다. 유우는 잠시 생각하더니 답했다.

"안 무서워. '반려자'와 함께니까."

우리는 무덤 옆 작은 공간에 나란히 누웠다. 나는 손전등을 켜고 배낭을 뒤져 다락방에서 찾은 커다란 보자기와 양초, 도서관에서 빌린 성교육 책을 꺼냈다.

"이 책은 뭐야?"

"섹스 하는 법이 적혀 있어. 도서관에서 빌렸어."

"흐음."

모기향을 꺼내자 유우가 사뭇 놀란 낯으로 "준비성이 좋네"라고 말했다.

모기향과 양초를 나란히 놓고 성냥으로 불을 붙였다. 희미한 불빛이 생기자 그제야 어렴풋이 유우의 얼굴이 보였다.

우리는 맨발로 보자기에 올라섰다.

"소꿉놀이하는 것 같다."

유우가 중얼거렸다.

"유우, 왠지 내가 외계인 같아. '입'만 빼고 온몸으로 유우를 만지고 싶어."

"왜 입은 안 되는데?"

"그게, 내 입은 얼마 전에 망가졌거든. 그래서 아무 맛도 못 느끼고, 더는 내 것이 아니게 됐어. 하지만 다른 부분은 아직 괜찮아. 아직은 손도, 발도, 배꼽도 여전히 내 거니까 그걸로 유우를 만질래."

"알았어."

유우는 내가 별난 소리를 하는 데 익숙한지 더는 입에 대해 묻지 않고 순순히 수긍했다.

우리는 우선 서로 껴안았다.

유우에게서는 할머니 집 욕실에 있는 귤 비누 향이 났다.

"더 유우 곁으로 갈래."

나는 섹스를 막연히 '곁으로 가까이 가는 일'이라고 생각했다.

온몸의 피부를 유우의 피부에 문질렀다. 보드라운 유우의 살결은 선생님의 굳은 손바닥과는 전혀 다른 생물 같아서 마음이 놓였다.

"더 곁으로 갈래."

내가 애달프게 속삭였다.

벌레와 개구리 울음소리가 내 목소리를 지워버릴 것만 같았다. 내 목소리가 유우에게 잘 닿았는지 걱정이 됐지만, "이렇게 가까운데?"라는 대답이 들려와 안도의 숨을 내쉬었다. 유우가 내뱉은 따스한 공기가 어깨 언저리를 간질였다.

"누군가의 피부 속으로 가보고 싶다고 생각한 적 있어?"

"아니."

유우가 내 어깨에 얼굴을 묻은 채 대답했다.

"더 곁으로 가도 돼?"

매달리며 묻자 유우는 잠시 생각하더니 "응. 나쓰키가 오고 싶은 만큼 곁으로 와도 돼"라고 말했다.

나는 유우의 후드티 아래 셔츠로 파고들었다. 그래도 아직 멀다는 느낌이 들어 단추를 풀고, 유우의 피부에 직접 얼굴을 문댔다.

"조금 가까워졌어?"

유우의 가슴에 귀를 대자 심장소리가 들렸다.

"유우 안쪽에서 유우의 소리가 들려."

"정말?"

"응. 유우가 말을 하면 근육이 움직이고, 안에서 목소리가 울려 퍼져."

"이상하다."

유우가 웃음소리를 내자 그 소리가 다시 유우의 피부 속에서 울려 퍼졌다.

유우의 피부 안쪽이 울리고 있었다. 그곳으로 너무나 가고 싶었다.

"더 곁으로 가고 싶어."

무엇에 홀린 사람처럼 중얼거리자 유우는 조금 난처한 듯 "더?" 하고 물었다.

나는 블라우스와 속옷을 벗고 유우에게 달라붙었다.

"아까보다 조금 더 가까워졌어."

"다행이다."

유우의 체온이 가까웠다. 유우의 손목을 만지자 부드러운 피부 속에서 꿈틀대는 혈관이 느껴졌다.

"이 속의 유우를 만나고 싶어. 피부 속으로 가고 싶어."

나는 중얼거렸다.

"나쓰키, 계속 그렇게 말하는데 어떻게 해야 더 가까워질 수 있어?"

키스를 하면 피부 속으로 갈 수 있다. 그래서 어른들은 키스를 하는 걸지도 모른다. 순정 만화에서 보던 로맨틱한 키스에 이런 동물적인 의미가 담겨 있을 줄이야.

하지만 내 입은 이미 살해당했으니 그럴 수 없었다.

"입이 아닌 곳으로도 키스할 수 있을까?"

내 물음에 유우가 "이마나 뺨에 하면 되지 않을까?"라고 대답했다.

"그것도 입을 써야 하잖아."

"그런가."

문득 유우의 몸에 있는 또 하나의 노출된 내장이 떠올랐다.

"유우, 유우의 내장을 내 몸에 넣으면 피부 속으로 갈 수 있을까?"

"내장?"

내 설명에 유우는 놀란 듯 흠칫했다.

"그건 섹스 아냐?"

"맞아. 처음부터 말했잖아, 섹스 하자고."

말은 그렇게 했지만 사실 무섭기는 마찬가지였다. 유우의 페니스가 선생님 것처럼 '더러운' 것이면 어쩌지?

하지만 벗은 옷 사이로 나온 그것은 선생님의 것과는 완전히 달랐다.

핏기 없는 그것은 식물의 줄기처럼 보였다. 나는 안도했다.

"그걸 몸에 넣으면 유우의 피부 속으로 갈 수 있을까?"

유우가 고개를 갸웃거리며 불안한 듯 말했다.

"모르겠어. 정말 그런 게 가능할까?"

우리는 함께 내 다리 사이에도 있을 내장을 찾았다. 간신히 찾아낸 다음 손으로 점막과 구멍을 벌린 뒤, 유우의 내장을 천천히 넣었다.

그때 신비로운 일이 벌어졌다.

내장의 일부가 연결됐을 뿐인데, 나는 유우의 몸속을 유영하고 있었다.

"들어갔어. 유우의 피부 속에 들어갔어."

내가 중얼거렸다. 쉰 소리가 났다. 유우는 괴로워 보였다.

우리는 점점 말이 없어졌고, 호흡만을 반복했다.

우리는 서로의 몸 안에서 헤엄치고 있었다.

벌레 소리와 풀 소리, 우리의 숨소리가 같은 속도로 울려 퍼졌다.

"멀리 온 것 같아."

나는 간신히 유우에게 말했다.

"유우와 함께 아주 멀지만 가까운 곳에 온 것 같아."

유우는 아직 내 내장 속에 빠져 있는지 힘없이 벌어진 입에선 투명한 타액이 흘러내리고 있었다.

유우가 흘린 물을 만졌다.

태어난 이후로 줄곧 이곳에 오고 싶었다. 아키시나도, 그 하얀 마을도, 우주선도 아닌 그보다 훨씬 먼 곳에 도달한 것이다.

아픔보다 안도감이 더 컸다. 우리의 내장은 물소리를 내며 한데 뒤섞여 있었다. 배 속에서, 우리는 서로의 체온을 조용히 먹어치우고 있었다.

유우의 고른 숨소리가 들렸다.

어느샌가 우리는 꾸벅꾸벅 졸고 있었다.

나는 유우가 깨지 않도록 조용히 일어났다. 그 바람에 유우의 내장이 스르륵 내 배 속을 빠져나갔다.

배낭에 손을 넣었다.

배낭엔 이따금 엄마의 가방에서 슬쩍한 약이 들어 있었다. 엄마가 잠이 오지 않을 때 먹는 약. 나는 그 약을 두 알씩 훔쳤고, 아무에게도 들키지 않기 위해 다 먹은 라무네_{청량 탄산수에 시럽·향료를 가미한 음료. 동명의 사탕 제품도 있음} 병에 넣어 모았다.

곧 입뿐 아니라 내 몸 전부가 살해당할 것이다. 나는 어른을 위한 도구가 될 것이다. 그렇게 되기 전에 죽자고, 오래전부터 마음을 정한 상태였다.

집을 나온 순간부터 다시는 돌아가지 않고 죽을 생각이었다. 지금이라면 무덤을 다시 파내 할아버지와 함께 묻어줄지도 모른다. 어른들한테도 구멍을 새로 파거나 화장하는 것보다야 그게 훨씬 편하겠지.

병의 절반을 빼곡히 채운 약은 꼭 라무네 사탕처럼 보였다. 나는 병에서 약을 꺼내 주스와 함께 삼키려 했다.

"나쓰키?"

유우의 나지막한 목소리가 들렸다.

"지금 뭘 먹은 거야?"

사탕이야. 그렇게 대답하고 싶었지만 입에 주스와 약을 머금고 있어 대답할 수 없었다.

돌아보자 유우가 핏기 하나 없는 얼굴로 내 입에 자기 손가락을 마구잡이로 쑤셔 넣었다.

욱, 하며 입에 문 것을 토해내자 유우가 소리쳤다.

"전부 뱉어내!"

유우는 내가 먹은 게 라무네 사탕이 아니라는 사실을 알아챈 모양이었다.

"나쓰키, 어서! 다 뱉어!"

유우가 내 입에 다시 손가락을 넣고 녹기 시작한 알약을 꺼냈다.

입안 가득 고인 침을 삼키려 했더니 유우가 "삼키지 마!" 하고 소리쳤다.

유우의 서슬에 놀란 나머지 시키는 대로 입에 침을 머금은 채 그대로 굳어버렸다. 유우가 주스를 건네며 무섭게 말했다.

"이걸로 입 헹구고 도로 뱉어. 한 방울도 마시면 안 돼."

나는 주스로 입을 헹군 뒤 풀밭에 뱉었다.

"안 삼켰지? 하나도?"

유우가 거듭 물었고 나는 고개를 주억거렸다.

"미쓰코 씨도 이런 적이 있었어. 병원에서 받아온 약을 한꺼번에 먹었어."

"고모가?"

겨우 목소리가 나왔다. 유우는 고개를 끄덕였다.

"그래서 나는 미쓰코 씨가 살아남기 위한 도구가 되어야 해."

"유우는……."

목소리가 갈라졌다.

"유우는 언제 우주로 돌아가?"

유우가 고개를 떨궜다.

"아마 이제 못 돌아갈 거야. 아무리 찾아봐도 우주선이 없어."

밤의 어둠에 가려 유우의 얼굴이 잘 보이지 않았다.

"우리는 무슨 수를 써서라도 살아남아야만 해."

"언제까지?"

나는 터져 나오려는 비명을 삼키며 중얼거렸다.

"언제까지 살아남으면 돼? 언제쯤이면 살아남지 않아도 살아갈 수 있어?"

"어른이 되면 분명 그럴 수 있을 거야."

"정말?"

"정말."

고모는 어른인데도 유우를 이용해서 살아남는 게 아니면 살아가지 못하잖아. 그렇게 말하고 싶었지만 꾹 삼켰다.

"그러니까 나하고 약속해. 그때까지 살아남겠다고."

"……알았어, 약속할게."

유우가 안도한 듯 고개를 든 순간, 눈부신 빛이 우리를 덮쳤다.

"너희 여기서 뭐하는 거야!"

언니의 비명 소리가 들렸다.

우리는 벌거벗은 몸으로 꼭 달라붙었다.

"여기 좀 와봐요! 빨리요! 누구 없어요?"

어지러운 발소리가 들리는가 싶더니 동그란 빛이 하나둘 모여들었다.

어찌된 영문인지 나는 지극히 침착했다. 옆에 있는 유우도 마찬가지인지 눈이 조금 부신 듯 눈을 가늘게 뜰 뿐, 미동조차 하지 않았다.

반쯤 제정신이 아닌 듯한 어른들이 우리에게 달려왔다.

"너희…… 대체 뭘 하는 거냐?"

당황한 기색이 역력한 데루요시 삼촌이 쉰 목소리를 쥐어짜
며 물었다.

"삼촌, 섹스가 뭔지 몰라요?"

내 입에서 그 말이 튀어나온 순간 뺨에 거센 충격이 가해졌
다. 올려다보니 아빠였다.

"당장 애들 집으로 끌고 가! 가둬놓고!"

어른들은 나와 유우를 억지로 떼어놨다. 나는 창고로 떠밀려
갔다.

논 쪽에서 유우가 두들겨 맞으며 끌려가는 모습이 순간 보
였다.

삼촌도, 고모도, 아빠도, 엄마도, 그토록 당황한 모습은 난생
처음 봤다. 그 광경이 우스워서 참을 수가 없었다.

"여기 얌전히 있어!"

아빠가 버럭 소리를 쳤다. 나는 터져 나오는 웃음을 참으며
말했다.

"난 아까부터 얌전히 있었는데요? 난동을 피우는 건 아빠랑
친척들뿐이잖아요."

"허튼 소리 말고 아침까지 여기 꼼짝 말고 있어! 날 밝는 대
로 바로 올라갈 거야."

"대체 왜 그렇게 난리예요?"

아빠 뒤에서 우왕좌왕하던 엄마가 아연실색하여 중얼거렸다.

"왜냐고……?"

"나하고 유우가 섹스 하면 왜 안 되는데요?"

"너희는…… 아직 어린애야!"

"어린애는 섹스 하면 안 돼요? 어린애하고 섹스 하려는 어른들은 엄청 많은데, 애들끼리는 하면 안 돼요?"

"나쓰키!"

아빠가 내 머리를 후려쳤다. 균형을 잃고 창고 바닥에 나동그라졌지만 그래도 웃음이 새어 나왔다.

"소름 끼쳐!"

언니가 엄마 뒤에서 외쳤다.

"어린애가, 그것도 사촌하고!"

"나쓰키, 여기서 반성하고 있어."

엄마가 타이르듯 말했다.

"반성할 게 없는데. 어두운 것도 하나도 안 무서워."

쉿소리를 내며 나에게 달려들려는 엄마를 아빠가 붙들었다.

"그냥 가둬놔. 날 밝으면 얌전해지겠지."

창고 문이 닫히고 주변은 새카만 어둠에 휩싸였다. 밖에서 아빠와 엄마의 목소리가 들렸다.

"왜 이런 일이 일어난 거죠…… 장례 치른 지 얼마나 됐다고……."

"이제 나쓰키는 여기 안 데려올 거야. 유우하고도 다시는 못 만나게 해야 돼."

"옛날부터 이상하다고 생각했어. 저 둘, 진짜 소름 끼쳐!"

언니가 소리 높여 외치는 목소리가 들렸다.

"안 그러던 애가 갑자기 왜 반항을 하지……?"

"친구를 잘못 사귄 게 분명해요. 원래 저런 쪽으로 관심이 있던 애도 아니었다고요."

어른들은 순종적이지 않은 내 모습에 한탄하고 있었다. 그 모습이 우스웠다.

어른은 아이를 성욕 처리에 이용하면서, 아이가 자기 의지로 섹스를 하면 멍청이처럼 난리 법석을 떤다. 우스워서 참을 수가 없었다. 세상의 도구에 지나지 않는 주제에. 내 자궁은 지금 이 순간, 오직 나를 위해서만 존재했다. 어른에게 살해되기 전까지 내 몸은 나만의 것이었다.

"설마 임신하지는……."

"그럴 리가……."

친척들이 술렁거렸다. 나는 그랬으면 좋겠는데. 학교에서 배운 '첫 사정'을 유우는 아직 경험하지 못했을 것이다. 이가사키 선생님한테서 나온 끈적거리는 액체는 몸 어디에도 없었다.

세상에 순종적인 어른들이 세상에 순종적이지 않게 된 우리를 보고 동요하고 있었다.

어른들 역시 마취되어 있다. 마취되기 전의 기억이 없는 것처럼. 정신이 나가기라도 한 듯 호들갑을 떠는 어른들이 내 눈에는 어떤 마술에 걸린 사람처럼 보였다.

암흑 속에서 뜬눈으로 밤을 지새우고 아침을 맞이했다.

창고 문이 열리더니 짐을 든 부모님과 언니가 내 팔을 붙잡고 나를 일으켜 세웠다.

"집에 가자."

하늘이 밝아오고 있었다.

유우는 어디 있는지 묻고 싶었지만, 어차피 대답해줄 것 같지 않아 가만히 있었다.

맨발로 질질 끌려온 바람에 내 발은 흙투성이였다.

"신발은?"

내 물음에 아빠가 말없이 검은 로퍼를 던져줬다.

허벅지와 무릎은 아직 흙투성이였다. 평소에는 깨끗한 상태로 차에 타라고 잔소리하던 아빠도 오늘은 말없이 나를 밀어 넣었다.

엄마와 언니는 나를 사이에 두고 뒷자리에 앉았다. 차가 출발하면 도망칠 방법도 없는데. 엄마는 뼈가 욱신거릴 정도로 세게 내 팔을 붙잡고 있었다.

차가 출발하는 순간 할머니 집을 힐끗 봤다. 창 너머로 사람의 형체가 보였지만, 누구인지는 알아볼 수 없었다.

말없이 고속도로를 달리다 화장실에 가고 싶다는 언니의 말에 휴게소에 들렀다.

"나도 화장실 갈래."

엄마는 "허튼 생각 마" 하고 말하며 화장실까지 따라와 문 앞을 지키고 섰다.

칸에 들어가 신발을 벗었다. 옛날에 하루타와 다 같이 보물찾기를 하고 놀던 때를 떠올렸다. 그때 우리는 조개껍데기와 조약돌을 집 어딘가에 숨겨놓고 다 같이 찾으며 놀았다. 유우가 제일 잘 숨겼고, 나는 제일 잘 찾아냈다.

아침에 신발을 신자마자 위화감을 느꼈다. 나는 신발 밑창을 들어냈다. 예상대로 유우가 준 보물이 들어 있었다. 유우가 어젯밤, 내 신발에 숨겨놓은 것이다.

혼인서약서

① 다른 사람과 손을 잡지 않을 것

② 잘 때는 반지를 끼고 잘 것

③ 무슨 일이 있어도 살아남을 것

위 사항을 맹세합니다.

사사모토 나쓰키

사사모토 유우

우리가 결혼했을 때 나눈 서약서였다. 유우는 계속 가지고 있
던 것이다. 서약서 끝에는 '꼭 지켜'라고 유우가 갈겨써놓았다.

화장실 문에 기대 눈을 감고 웅크렸다. 눈꺼풀 안쪽에 어둠이
있었다. 어제 유우와 내장이 연결됐을 때의 감각이 아직 다리
사이에 남아 있었다.

눈꺼풀 안쪽은 어제 유우와 내가 함께 가라앉았던 우주와 같
은 빛깔을 하고 있었다. 나는 소리를 내지 않으려 꾹 참으며 어
둠을 뚫어져라 바라봤다.

3

발목에 벌레가 앉은 느낌이 들어 시선을 내렸지만, 운동화 끈이 풀어져 있을 뿐이었다. 손에 든 슈퍼마켓 봉지를 내려놓기 번거로워서 나중에 하자고 생각하며 다시 걸음을 옮겼다.

내가 자란 집에서 걸어서 십오 분 거리에 있는 뉴타운 역 앞 맨션으로 향했다.

이 맨션은 삼 년 전 서른한 살에 결혼할 때, 부모님이 임대를 권한 곳이다. 도쿄로 출퇴근하기도 불편하고, 결혼 전과 아무 다를 바 없는 생활이라 생각하니 영 내키지 않아 반발했지만, 막상 살아보니 역에서나 슈퍼에서나 가까워 나름 편리한 점도 있다.

손바닥을 파고드는 봉지를 고쳐 쥐며, 생수는 평소처럼 인터넷에서 주문할 걸 그랬다고 생각했다. 할인가를 보고 나도 모르게 두 병이나 집어버렸다.

아침에 베란다로 들어오는 바람이 차 얇은 트렌치코트를 걸치고 나왔는데, 걷다 보니 몸에 열이 올랐다. 벌써 10월이 다 되어 가는데 햇볕은 아직 강했다.

"다녀왔습니다."

겨우 집에 도착해 안으로 들어가자 베란다에서 관엽식물을 돌보던 남편이 "왔어?" 하고 커튼 사이로 얼굴을 내밀었다.

"줄기 굵은 이 아이 말이야, 흙이 좀 마른 것 같은데?"

"걔는 봄까지 물 안 줘도 돼. 책에서 봤는데 날 추워지면 잎이 전부 떨어져서 동면에 들어가고, 봄 되면 다시 움튼대."

"그렇구나. 식물은 정말 굉장해."

순진한 성격의 남편은 매사에 잘 감동했다. 내 설명에 마치 위인의 동상을 마주한 듯, 존경 어린 눈빛을 보내며 손끝으로 살며시 줄기를 만졌다.

"아키시나에 가면 식물은 굉장해 같은 말 못 할걸. 식물에 파묻혀서 살아봐, 그 말 쏙 들어가지. 정기적으로 손보지 않으면 집도 밭도 금방 자연에 삼켜진다니까."

"몇 번을 들어도 정말 대단해. 우리 집은 할아버지, 할머니 다 도쿄 사람이라 당신 이야기는 꼭 꿈같아. 언젠가 꼭 가보고 싶어."

남편은 아키시나 이야기를 좋아한다. 베란다에서 안으로 들어와서는 밝은 얼굴로 더 이야기해달라고 졸랐다.

"더 듣고 싶어. 아, 맞다, 그 얘기 해줘. 누에가 사는 방."

"나도 삼촌한테 들은 거지 직접 본 건 아닌데…… 아키시나 집 이층은 그렇게 넓지는 않지만 거기서 키우기 시작해. 대나무 바구니를 놓아두면 누에가 처음에는 이층의 그 방 하나만 차지하다가 뽕잎을 먹고 점점 커져서, 나중엔 온 집이 누에로 들끓는대……."

남편은 동화 속 이야기를 듣듯 이야기에 푹 빠져 있었다. 이러고 있으면 삼촌 이야기가 내 경험담인 것 같은 착각에 사로잡혀 신이 나 계속 떠들고 만다.

"맞다, 봄이면 늘 병아리 다섯 마리를 사오는 거야. 잘 키워서 개네한테 달걀을 얻다가, 이삼 년 정도 지나면 잡아서 백중절이나 정월에 먹는 거지."

"백중절이면 당신도 먹어본 적 있어?"

"글쎄. 내가 어렸을 때 닭은 이미 없었어."

"근사하다. 그야말로 한 생명을 온전히 받아들이는 느낌이야. 나는 슈퍼에서 파는 팩에 든 고기밖에 본 적 없는데. 이래서 도쿄는 안 돼, 인간으로서 중요한 걸 배울 수가 없으니까."

남편은 도시인답게 시골에 대한 동경이 강했다. 나도 본가에서는 아키시나 이야기를 거의 하지 않았기에, 남편이 열심히 들어주면 그리움이 솟아 마음이 풀어졌다. 남편과 이야기를 나누며 냄비에 물을 넣고 끓였다.

"오늘 메뉴는 뭐야?"

"파스타를 하려고 했는데, 메밀국수로 바꾸려고. 도모오미하고 얘기하다 보니까 먹고 싶어졌어. 삼촌 얘기로는 닭을 잡으면 대파하고 표고버섯을 넣고 육수를 내서 국수를 말아 먹었대. 가모난반 오리 육수에 오리고기와 대파를 넣은 메밀국수 같은 느낌일까."

"와, 맛있겠다."

냄비에 메밀국수 일인분을 넣었다. 남편과 나는 오늘처럼 쉬는 날에도 거의 같이 식사하지 않는다. 그런 점에서도 남편은 나와 잘 맞는 파트너였다.

남편은 대체로 편의점에서 대충 산 도시락이나 주먹밥으로 끼니를 때웠다. 어머니의 음식이 싫었던 까닭에, 직접 만든 음식은 별로 먹고 싶지 않다고 했다. 나 역시 피곤할 때에는 사서 먹기도 하지만, 면 요리처럼 쉽게 만들 수 있는 걸 빨리 해서 먹는 경우도 많다.

"잠깐 눈 좀 붙일게."

"그래. 모처럼 쉬는 날인데."

"알았어."

고향을 떠나고 싶은 마음도 있었지만, 이곳에 살길 잘했다는 생각이 드는 건 이 집이 역에서 가까우면서도 월세가 싸기 때문이다. 덕분에 우리는 아이도 없는데, 방 두 개짜리 집에서 살며 각자 방을 하나씩 쓰고 있다.

남편은 졸린 얼굴로 냉장고에서 생수를 꺼내 한잔 마신 뒤, 자기 방으로 들어갔다. 남편 방에 들어가는 일은 거의 없지만, 책장에 좋아하는 책과 어릴 적부터 소중히 보관해온 피규어가 진열되어 있는 걸 언뜻 본 적이 있다. 남편이나 나나 각자 방에 들어가 있는 시간이 많은데, 어릴 때처럼 이러쿵저러쿵 잔소리하는 사람이 없어 퍽 쾌적했다.

식탁에 앉아 기억력과 상상력을 발휘해 만든 메밀국수를 먹었다. 맛은 모르겠다. 남편이 활짝 열어놓은 창문에서 가을 냄새가 나는 바람이 들어와 테이블보를 흔들었다.

패밀리 레스토랑 직원인 남편은 도쿄 매장에서 근무하고, 나는 공사 장비 대여 회사에서 파견사원으로 사무 업무를 봤다. 얼마 전에 계약기간이 끝났지만 모아둔 돈이 있어 다음 일자리를 천천히 알아보는 중이었다.

휴식기가 길면 면접에서 곤란해지기 때문에 처음엔 길어야

이 주일쯤 가을방학을 보낼 셈이었다. 하지만 야근이 잦은 회사를 다녀서인지 이렇게 종일 집에서 느긋하게 있으니 좋았다.

조금 성가신 부분은 맨션 근처에 고향을 떠나지 않은 친구들이 여럿 살고 있다는 것이다. 결혼하지 않고 어릴 때처럼 본가에서 사는 친구도 있지만, 나와 남편처럼 역 앞에 우후죽순으로 생긴 젊은 부부 대상의 맨션을 임대하거나, 대출을 받아 구입해 사는 동창도 많았다. 그들은 이곳이 도쿄에 비해 어린이집에 보내기도 쉽고, 친정도 가까워서 아이 키우기에 좋다고 입을 모아 말했다. 그걸 들으니 이곳은 초등학생 때 느꼈듯 아이를 키우기에 최적화된 공장이라는 생각이 어렴풋이 들었다.

고향에 남은 동창들 사이에는 네트워크가 형성되어 있어 소문이 도는 것도 빨랐다. 내가 일을 그만두자마자 시즈카에게 메시지가 왔다.

'오랜만이야♪ 저번에 마트에서 너희 어머니 만났는데 일 그만뒀다면서★? 나도 풀타임으로 일하다 그만두고, 인적공제 범위 안에서만 일하고 있어~♪ 난 화요일에 휴무인데 시간 괜찮으면 우리 집에서 같이 점심 먹을래?'

방학을 만끽하고 싶었던 나에게는 다소 귀찮은 제안이었지만 일단 답장을 보냈다.

'와, 진짜 오랜만이다! 초대해줘서 기뻐~♪ 케이크 사서 갈게★'

메시지를 받는 상대가 쓰는 이모티콘이나 문체를 흉내내는 건 어릴 적부터의 버릇이다. 시즈카는 이모티콘은 거의 안 썼지만 별표와 음표를 자주 써서 나도 비슷하게 답장을 했다. 큰 의미는 없지만, 상대에게 맞추면 혼자 '오버'하는 느낌에 짜증이 난다거나, 용건만 말해 차가운 느낌이 든다는 둥 상대방을 불쾌하게 할 확률이 줄어들지 않나 생각한다.

시즈카는 우리 집 근처 고층 맨션에 산다. 고등학교도 대학교도 따로 진학해 오랫동안 연락이 끊겼는데, 시즈카가 육 년 전 결혼해 고향으로 돌아온 뒤로는 드문드문 연락을 주고받고 있다.

친구가 많지 않은 나는 귀찮다고 생각하면서도 내심 시즈카에게서 연락이 오면 마음이 놓인다. 때로 남편과 함께 이 세상에 단 둘만 남겨진 기분이 들기 때문이다.

말 나온 김에 날짜를 정하기로 해 내일 모레 화요일에 시즈카의 집에 놀러 가기로 했다.

당일, 역 앞 쇼핑몰에서 산 케이크를 들고 시즈카의 집 인터폰을 눌렀다. 결혼 전보다 화장이 좀 짙어지긴 했지만, 그래도 어릴 때 인상과 크게 다르지 않은 시즈카가 앳된 미소로 맞이해 줬다.

"어서 와! 나쓰키, 정말 오랜만이다!"

시즈카는 예전에 비해 화려해진 듯 보였다. 환성을 내지르며 케이크를 받아들더니 거실로 안내했다.

거실에 놓인 아기 침대에는 생산된 아기가 잠을 자고 있었다. 시즈카의 집에 오면 아키시나의 누에님 방이 떠오른다. 그 방에 줄줄이 놓인 누에와 시즈카의 아기가 겹쳐 보였다. 우리도 누에 처럼, 보이지 않는 커다란 손에 의해 번식된 게 아닐까 하는 생각이 들었다.

"요즘 어떻게 지내?"

"그냥 그렇지. 이번에 일 구할 때는 집 근처로 알아보려고."

"그게 좋지. 이제 임신 계획도 세워야 할 거잖아. 되도록 야근 이 없는 일을 구해야 해. 안 그러면 집안일을 같이 할 수 없어서 육아 시작 전부터 지친다니까."

"우리는 집안일은 되도록 각자 해서……."

빨래도 분담해서 하고 있다고 설명하자 시즈카가 한숨을 내쉬었다.

"좋겠다, 너희 남편은 집안일에 협조적이라."

"그런가?"

나와 남편은 각자 방은 알아서 청소하고, 공용공간인 거실과 주방과 욕실은 사용한 뒤 스물네 시간 이내에 원 상태로 깨끗이 돌려놓는다는 규칙을 세워 생활했다. 식사를 따로 하는 일이 많은 만큼, 설거지나 청소가 어느 한쪽의 부담이 되지 않도록 정한 규칙이었다. 처음에는 열두 시간 안에 치우기로 했지만, 먹으면 바로 눕고 싶어하는 타입인 내가 먼저 나가떨어졌다.

아이가 있다면 달랐겠지만, 나와 남편은 무척 단순한 규칙을 지키며 불편 없이 생활하고 있다. 시즈카는 그 점을 아주 부러워하는 것 같았다.

"너희 남편은 좋은 아빠가 될 것 같아."

"하하."

나는 시즈카의 '떠보기'에서 도망치듯, 무의식중에 무릎에 올려둔 손수건으로 아랫배를 가렸다.

시즈카는 은근히 내 임신 여부를 떠보고는 했다. "대체로 안정기에 들어서고 나서 주변에 알리니까"라고 말하며 내가 카페인이 없는 차를 마시거나 알코올을 삼가는 걸 보면 민감하게 반응했다.

임신했다는 오해를 사지 않도록 에스프레소를 한 잔 더 달라고 부탁했다. 시즈카는 조금 아쉬운 듯 컵을 들고 주방으로 갔다.

"아직 좀 이른 이야기일지 모르지만, 나중에 어린이집이나 병원 찾을 일 있으면 언제든 연락해. 그런 건 정보가 생명이잖아."

"고마워. 아직 그럴 예정은 없지만."

"그렇구나. 부부 일에 간섭하려는 건 아니지만 낳을 거면 빨리 낳는 게 좋아. 아 맞다, 내 친구가 지금 난임 치료를 받는데, 그 병원 괜찮대. 혹시 관심 있으면 말해, 알려줄게. 아, 그런 쪽으로 용하다는 한약도 있는 거 알아?"

시즈카가 웃는 얼굴로 말했다.

시즈카는 변했고, 또 변하지 않았다. 어른이 됐지만 지금도 이 세상을 믿고 있다. '여자'로서 늘 모범생인 시즈카의 모습이 눈부셨지만, 한편으로는 고되고 괴로워 보였다.

시즈카가 아기를 안고, 어린이집에 있는 첫째를 데리러 갈 시간이 되어 집으로 돌아왔다. 조금 지친 나는 거실에 들어가지 않고 곧장 방으로 들어가 침대에 누웠다.

동네 친구 집에서 점심과 케이크를 먹었을 뿐인데, 묘하게 피곤했다. 잠옷으로 갈아입으려고 느릿느릿 일어나 옷장을 열었다.

옷장 안에 작은 양철 상자가 보였다. 어릴 적, 데루요시 삼촌이 아키시나의 창고에서 발견해 나에게 준 것이다. 원피스를 벗고 살며시 그 상자에 손을 뻗었다.

상자에는 거무튀튀한 퓨트의 시체, 누렇게 변색된 혼인서약서, 철사 반지가 들어 있었다.

"포하피핀포보피아."

나지막이 중얼거렸다. 주문 같은 그 말에 반응한 반지가 반짝

빛난 것 같은 느낌이 들었다.

유우와 내가 그 일을 벌인 뒤로 내 생활은 크게 달라졌다.

원래도 과묵하던 아빠는 나와 거의 말을 섞지 않았고, 엄마와 언니는 번갈아 나를 감시했다.

대학에 진학한 뒤에도, 취직하고 나서도, 집에서는 내가 독립하는 걸 허락하지 않았다.

"너는 누가 감시하지 않으면 무슨 짓을 저지를지 모르는 애야. 집안에 먹칠하지 않도록 관리하는 게 내 의무다."

대학을 졸업하고 파견사원으로 일하게 되어 독립하고 싶다고 말하자 아빠는 내 쪽을 보지도 않은 채 그렇게 답했다. 끝없이 계속되는 징역 속에서 공장의 부품이 되라는 강요에 시달렸다.

나는 내가 공장의 정상적인 부품이 될 수 없으리라 예감했다. 내 몸은 고장 난 상태 그대로였고, 어른이 되어서도 성행위는 할 수 없었다.

삼 년 전 서른한 살 봄에 '탈출닷컴'이라는 사이트에 가입했다. 결혼이나 자살, 채무 등 다양한 이유로 세간의 시선에서 탈출하고 싶은 이들이 같은 처지인 사람과 친목을 다지거나, 협력 상대를 찾는 사이트였다.

나는 그중 '결혼' 페이지에 들어가 '성행위 없음, 아이 없음,

혼인신고 있음' 항목에 체크하고 상대를 물색했다.

'서른 살 남자, 도쿄 거주, 가족의 감시에서 벗어나기 위해 결혼 상대 긴급 모집 중. 가사 완전 분담, 통장 각자 관리, 각방 쓰는 건조한 결혼 생활 희망. 성행위 완전 배제 희망, 악수 이상의 스킨십 원치 않음. 공용공간에서의 신체 노출도 삼가줄 분 원함.'

'성행위 없음' 항목에 체크한 남성 중에서도 유독 상세한 규칙을 적어놓은 글이 눈에 들어왔다. 전혀 모르는 남자와 구두 약속만으로 성행위를 배제한 결혼을 하는 셈이니, 최대한 불안 요소가 적은 상대를 택하고 싶었다. 바로 메시지를 보낸 뒤, 두세 번 카페에서 만남을 가진 다음 합의하에 혼인관계를 맺은 게 지금의 남편이다.

남편은 헤테로섹슈얼이성애자이지만, 중학교 3학년 때까지 모친과 같이 목욕을 한 까닭에 여성의 몸이 불편하다고 했다. 성적 욕구가 없는 건 아니지만, 픽션으로 만족할 수 있어서 여성의 몸은 되도록 보고 싶지 않다고 했다. 자세히 물어본 적은 없지만 상당히 엄한 아버지 밑에서 자란 듯했고, 결혼으로 감시받는 일상에서 벗어날 수 있다면 감사할 거라 했다.

구청에 혼인신고를 하자 부모님과 언니는 섬뜩하리만치 기뻐했다. 남편도 나도 친구가 많은 편이 아니었고, 친척들과는 별로 만나고 싶지 않았기에 식은 올리지 않았다. 언니는 기념사진만이라도 찍으라고 끈질기게 권했지만, 그 역시 거절했다.

남편에게는 형이 있지만, 형제 사이도 그다지 좋은 것 같지는 않았다. 그런 점도 나와 비슷해 대하기 편했다.

가급적 고향을 떠나고 싶었지만 부모님이 워낙 내가 이곳에 머물기를 원했고, 도쿄에서 방을 따로 쓸 수 있는 구조의 집을 구하려면 월세로 많은 돈을 지출해야 하기에 내가 자란 동네의 역 앞 맨션을 구했다. 언니는 월세로 살지 말고 매매하라고 단호히 권했지만, 그 역시 거부했다.

남편과의 생활은 나름대로 쾌적했다. 식사는 따로 했고, 남는 음식이 있으면 교환하기도 했다. 빨래도 나는 토요일, 남편은 일요일에 각자 자신의 옷과 속옷만 빨았다. 수건은 처음부터 따로 관리했고, 커튼이나 욕실 매트 등 공동으로 쓰는 건 몇 달마다 한 번씩 휴일에 둘이서 세탁했다.

각자 방은 알아서 관리할 것, 공용공간은 사용하면 스물네 시간 이내에 원 상태로 복구시킬 것, 화장실은 주말에 교대로 청소할 것. 규칙이 한두 개가 아니었지만 의무만 다하면 번거로운 일을 할 필요가 없어져 익숙해지니 오히려 편했다.

성적인 접촉이 일절 없다는 점은 나를 무척 안심시켰다. 그 부분에 있어서는 외려 남편이 더 예민했는데, 그가 나의 반바지

홈웨어 아래로 드러난 종아리가 거북하다고 해서 긴 바지로 바꿀 정도였다. 우리는 악수조차 해본 적 없었고, 이따금 택배를 건네받을 때 손끝이 스치는 게 전부였다.

어릴 적, 자연스레 공장의 일부가 될 거라 막연히 상상하던 것과 달리, 우리는 그야말로 친척과 친구와 이웃 주민의 시선에서 끝없이 도망치고 있었다.

모두 공장을 믿으며, 공장에 세뇌되어 공장을 따르고 있다. 온몸의 장기를 공장을 위해 쓰며, 공장을 위해 노동한다.

남편과 나는 '완벽한 세뇌에 실패한 사람'이었다. 그런 사람은 공장에서 배제되지 않도록 끝없이 연기하는 수밖에 없다.

이전에 남편에게 '탈출닷컴'에 가입한 이유를 물어본 적이 있었다. 남편은 곤혹스러운 표정으로 말했다.

"계약 항목에 캐묻지 말라고 써놨는데…….'

"미안, 계약 위반이네."

"아냐, 괜찮아. 신기하게도 당신한테는 편하게 얘기하게 되네."

남편은 섹스에 관심이 없는 건 아니지만, 섹스는 하는 게 아니라 보는 것이라 생각한다고 했다. 보는 건 좋지만, 다른 사람과 그렇게 체액을 흘리며 접촉하는 건 소름이 끼친다고. 남편의 또 다른 문제는 일하기 싫어하는 것이다. 근무 태도에도 그런 마음이 드러나서 한 회사에 오래 있지 못했다.

"사실 인간은 일하는 것도, 섹스 하는 것도 싫어해. 최면술에 걸려서 그게 멋진 일이라고 생각하는 것뿐이지."

남편은 늘 그렇게 말했다.

남편의 부모, 형 부부, 친구들이 가끔 우리 공장을 정찰하러 왔다. 나의 자궁과 남편의 정소는 공장에 조용히 감시당하고 있다. 새 생명을 제조하지 않는 인간은 노력하는 모습을 보이지 않으면 은근한 압력을 받게 된다. 새 인간을 '제조'하지 않는 부부는 노동을 함으로써 공장에 공헌하는 모습을 어필해야만 했다.

나와 남편은 공장 구석에서 숨죽인 채 살아가고 있다.

어느샌가 나는 서른네 살이 됐고, 유우와 보낸 그날 밤부터 스물세 해가 지나 있었다. 그토록 시간이 흘렀어도 나는 아직 공장 구석에서, 사는 게 아니라 살아남고 있었다.

남편이 일곱 번째 직장에서 해고된 건 주말이 지나서였다.

"근로기준법 위반이야. 반드시 복수할 거야."

술이 약한 남편은 콜라를 마시며 분노로 몸서리쳤다.

본인이 못 견디고 이직하는 경우는 많았어도 해고된 건 처음이라 나도 내심 놀랐다.

남편은 지난 일 년간 음식점에서 일했는데, 매상을 슬쩍해 파친코를 한 게 들킨 모양이었다.

나중에 남편에게 그 이야기를 듣고는 경찰서에 끌려가지 않은 것만으로도 다행이고, 해고를 당해도 할 말 없다고 생각했다.

"잠깐 빌려서 쓰고 불린 다음에 원래대로 채워놨다고! 가게 돈을 쓰는 게 어디가 나빠? 뭐가 잘못됐어."

"공장에서는 규칙을 위반하면 엄벌에 처해. 별수 없어, 다음 일자리를 찾아야지."

남편은 소파에 누워 쿠션에 얼굴을 묻으며 말했다.

"아빠가 또 나를 들들 볶아댈 거야. 멀리 떠나고 싶어."

"파친코 얘기는 빼고 잘 설명하자. 나도 도울게."

"죽고 싶어."

"무슨 소리야."

"그냥 죽었으면 좋겠어. 단 한 번이라도 공장에서 자유로워진 다음에 죽고 싶어."

말리려 했지만, 남편을 이 세상에 붙잡아둘 이유가 딱히 떠오르지 않았다.

남편에게 좋아하는 것이나 하고 싶은 일이 있으면 좋겠지만 그런 건 없었다. 그런데도 남편이나 나나 살아남고 있었다.

무얼 위해 살아남아 있느냐고 묻는다면 나 역시 잘 모르겠다.

"죽기 전에 어디 멀리 떠나고 싶어. 그래, 당신이 얘기해준 아키시나의 집에 가보고 싶어. 분명 상상보다 훨씬 아름답고 멋진 곳이겠지……."

황홀한 표정으로 말하는 남편을 보니 당황스러웠다. 사소한 일화를 하나둘 들려주는 동안 어느새 아키시나가 남편의 도원향이 되어버린 것 같았다.

"그 집은 멀기도 하고, 지금은 삼촌이 관리해서 가기 좀 힘들어……."

"그렇겠지. 나하고는 전혀 관계없는 곳이니까. 하지만 어째서인지 이제껏 가본 어떤 곳보다 그리움이 커. 죽기 전에 한 번이라도 좋으니까 나도 수영을 먹어보고 싶어……."

눈을 감은 채 영혼만 아키시나로 가버린 것 같은 남편 모습에 나도 모르게 말문을 열었다.

"저기…… 주말에 우리 집에 가서 엄마한테 한번 물어볼까? 지금 그 집엔 사촌이 살고 있으니 너무 기대는 말고. 혹시 다른 데로 이사했으면 이삼 일쯤은 묵을 수 있을지도 모르지만……."

"정말?"

"아마 안 될 거야. 그냥 물어나 보자고. 정 가고 싶으면 근처 여관 같은 데 가도 되고……."

"와, 정말 아키시나에 가게 되면 얼마나 좋을까……! 난 누에님 방에 묵을 거야. 다락방에도 가보고 싶어! 배웅불을 했던 강에도. 수영도 먹고 풀피리도 불고……. 아, 그 근처에 가면 내 영혼은 구원받을 거야……!"

"저기, 어려울 거라니까. 예전에 친척들 사이에 문제가 좀 있었어서……."

신이 난 남편이 너무 기대하지 않도록 설명하면서도, 이토록 기뻐하는 걸 보니 아키시나의 집에 묵는 건 어렵겠지만, 근처에 방을 잡고 산책하는 정도는 괜찮지 않을까 생각했다.

아까까지 핏기 없이 창백하던 남편이 발그레한 얼굴로 손짓 발짓을 섞어 가며 흥분해서 떠들었다. 여름방학 때 아키시나의 툇마루에서 방방 뛰던 초등학교 시절 내 모습이 떠올랐다.

"남편이 직장에서 해고당하고 많이 힘든가 봐. 시골에서 좀 쉬고 싶다고 계속 그러네."

주말에 오랜만에 본가를 찾아 조심스레 말문을 열었다.

"어머나, 마음이 많이 상했나 보네. 정말 걱정이다 얘."

조카가 생산되고부터 엄마는 말꼬리를 늘이는, 끈적거리는 말투로 말하기 시작했다.

소파에서 조카 울음소리가 들렸다. 여기서 전철로 다섯 정거장 떨어진 곳의 맨션을 구입해서 사는 언니가 손녀를 보여주겠다며 친정에 놀러온 참이었다.

"그래서 말인데, 안 되면 어쩔 수 없지만……."

역시 이 이야기는 접어야겠다 생각하며 말꼬리를 흐리고, 입을 다물었다.

"무슨 얘긴데?"

"음, 그게, 며칠 여행을 가자는 얘기가 나왔는데."

"좋겠다, 애 없는 부부는 우아하네."

언니가 조카의 등을 쓸며 말했다.

"기세."

엄마의 타박에 언니가 어깨를 으쓱했다.

"나도 여행 가는 건 좋은 것 같아. 그렇지, 하나야?"

갑자기 얼굴을 들이대자 놀란 조카가 몸을 비틀고선 인형을 붙잡았다.

"오랫동안 아이 소식이 없던 친구가 있는데, 큰맘 먹고 휴가 낸 다음 부부끼리 별장에서 느긋하게 지냈더니 금방 임신됐대. 자연 속에서는 역시 애가 잘 들어서나 봐."

"그러게, 그것도 괜찮겠다. 장소는 정했니?"

나는 순간적으로 고개를 저었다.

"아니. 온천이 있는 데가 좋을 것 같아. 느긋하게 있을 수 있으니까."

"어머, 온천 좋네. 너희는 신혼여행도 안 다녀왔잖니. 재밌게 놀다 오렴."

엄마의 말에 "그러게" 하고 얌전히 고개를 끄덕였다.

초등학생 때 나와 유우가 그 사건을 저지른 이후로 아빠와 엄마는 집에서 유우를 포함한 친척 이야기를 거의 하지 않았다.

중학교 3학년 때, 할머니가 돌아가셨는데도 "너는 고등학교 입시 준비해야지"라며 장례식조차 참석하지 못하게 했다. 같은 나이인 유우는 장례식에 참석했음을, 나중에 엄마와 언니가 이야기하는 걸 듣고 알았다.

삼 년 전 남편과 결혼한 뒤에도 그런 분위기는 달라지지 않았다. 다만 마음이 조금 놓이긴 했는지, 가끔 데루요시 삼촌이나 미쓰코 고모 이야기가 나오기도 했다. 미쓰코 고모가 오래전에 돌아가셨다는 이야기를 듣고 내심 놀랐지만, 아들인 유우 이야기는 절대 나오지 않았다.

언니는 부모님이 없을 때 지나가는 이야기하듯 유우 이야기를 꺼내고는 했다. 내가 지금도 유우라는 존재에 반응하는지 시험해보는 것 같았다.

그럴 때면 나는 얼굴 근육이 움직이지 않도록 애쓰며 언니 이야기를 들었다. 부모님은 결코 유우 이야기를 하지 않기 때문에, 설령 시험당하는 것이라 한들 언니의 이야기는 귀중한 정보원이었다.

언니 말에 따르면, 대학교에 입학하면서부터 도쿄에서 혼자 살아온 유우는 고모가 돌아가신 후 야마가타의 집을 정리했다고 한다. 언니는 데루요시 삼촌이 유우의 학비를 대줬다는 사실이 불만스러운 모양이었지만, 나는 유우가 야마가타보다 훨씬 가까운 곳에 산다는 사실에 가슴이 술렁거렸다. 하지만 겉으로는 내색하지 않고 관심 없는 듯 "그래?" 하고 건성으로 대꾸했다.

졸업 후 남성복 도매 회사에 취직해 성실하게 일하고 있다는 이야기를 듣고는 분명 묵묵히 일하고 있겠지, 생각하며 여름방학 숙제를 거르지 않고 꼼꼼하게 하던 유우의 모습을 떠올렸다.

회사가 타사에 흡수합병되면서 유우가 희망퇴직했다는 이야기를 들은 건 일 년 전쯤이었다.

"불황이라 일찌감치 관둬야 퇴직금도 많이 나와서 자원했나 봐. 운이 안 좋긴 했지만, 은근히 챙길 건 다 챙긴다니까. 한동안 실업급여 받으며 아키시나에서 쉴 거래."

"아키시나에서……?"

유우 이야기에는 절대 반응하지 않으려 애썼는데, 그리운 이름에 나도 모르게 말이 튀어나왔다.

"그래. 옛날부터 삼촌이 걔를 유독 예뻐했잖아. 사랑하는 할머니 집에서 한동안 쉬면서 몸과 마음의 안정을 찾고 싶다고 울먹이며 애원했나 봐. 삼촌도 참 무르다니까. 내가 보기엔 그대로 거기 눌러앉을 심산인데. 유우 걔, 이혼한 제 아빠 유산도 챙겨서 그걸로 먹고사는 모양이더라고. 정말 무슨 생각을 하는지 모를 애야. 미쓰코 고모가 종종 애가 외계인 같아서 무슨 생각하는지 모르겠다고 했는데, 정말 그 말이 딱이지 뭐야."

"그래?"

나는 표정을 보이지 않으려 고개를 숙이며 간신히 그렇게 대꾸했다.

그로부터 일 년이 지났다. 언니 말대로 유우는 아직 새 직장을 구하지 않고 아키시나 집에 눌러앉아 있었다.

그때 전화벨이 울렸다.

"어머, 오랜만이에요! 네, 네…… 네? 뭐라고요? 아키시나에요? 도모오미가 그렇게 말하던가요?"

남편 이름을 듣고 흠칫한 나는 통화하는 엄마를 향해 "누구야?" 하고 입모양으로 물었지만, 엄마는 혼란스러운 듯 수화기를 쥔 채 머리를 조아리고 있었다.

"네, 네, 아뇨, 저희야 괜찮죠. 네, 네……."

전화를 끊은 엄마가 곤혹스러운 표정으로 말했다.

"사부인이 도모오미를 잘 부탁한다고, 도모오미가 한동안 아키시나에서 지낸다고 하시는데 이게 다 무슨 소리니?"

"어머님이?"

나는 경악해 되물었다.

"지금 그 집에는……."

"알아. 남편이…… 가보고 싶다고 하긴 했는데, 나는 분명 안 된다고 했어."

"그럼 사부인이 왜 이런 전화를 하셨어."

"나도 몰라. 도모오미가 착각했나 봐. 집에 가서 잘 말할게."

언니가 조카를 안으며 나를 도발하듯 말했다.

"뭐 어때. 가서 쉬다 오라고 해. 나쓰키 신혼여행지로는 아키시나가 딱이잖아."

"기세!"

엄마가 소리쳤지만, 언니는 태연한 얼굴로 이쪽을 보고 있었다.

"뭐 어때. 유우가 살아도 되면 나쓰키도 살아도 되지. 유우 걔도 좀 뻔뻔하지 않아? 아무리 삼촌이 괜찮다고 했어도, 돈 한 푼 안 내면서 계속 눌러앉아 있다니. 나가라고 해도 할 말 없지."

언니의 말에 엄마가 난감한 표정을 지었다.

"그 집은 데루요시 삼촌이 물려받았으니까 누구한테 빌려주든 우리가 이러쿵저러쿵 할 계제가 아니야."

"유우는 미쓰코 고모 아들이니까 데루요시 삼촌하고는 상관

없잖아. 할머니 돌아가시고 나서 삼촌이 유독 개를 싸고도는데, 왠지 그 집 꿀꺽하려는 것 같아서 짜증나."

"팔아 봤자 얼마 되지도 않아, 그런 다 쓰러져가는 집."

엄마가 인상을 찌푸리며 툭 내뱉었다.

마음이 영 편치 않았지만, 이대로 나가버릴 수도 없어서 나는 말없이 거실에 우두커니 서 있었다.

정말 아키시나에 가게 될 줄은 몰랐는데. 신칸센 열차 안, 신이 나 도시락을 먹는 남편을 바라보며 한숨을 내쉬었다.

역시 남편이 내 이야기를 듣고 설레발을 치며 시어머니에게 말한 것이었다. 아키시나에 갈 수 있을지도 모른다는 가능성만으로도 마음이 들떠 말실수를 한 모양이었다.

친척들은 서로 전화를 돌렸다. 정말 거기 보내도 되는지, 유우를 다른 데로 보내야 하는지. 부모님도 열심히 상의에 동참했다.

옛날 일이고 이제는 결혼해 남편도 있으니 상관없지 않겠느냐고 말을 꺼낸 건, 아빠의 큰누나인 리쓰코 고모였다.

"나쓰키도 그땐 너무 어렸잖아. 여태 할머니 무덤조차 못 보고 가엾지 않니. 장례식 때 나쓰키도 불러서 다 같이 보내드려야 했는데, 지금도 그게 후회가 된다. 이제 다들 컸는데 언제까지 옛날 일 붙잡고 늘어질 거야. 그 집에서 애들 웃고 떠드는 소리 듣는 게 아버지의 유일한 낙이었어. 그 뒤로는 백중절도 영 분위기가 안 살고. 돌아가신 분들도 얼마나 외로우시겠어. 나쓰키도 할아버지랑 할머니 뵈러 가야지."

리쓰코 고모는 친척들 사이에 문제가 생겨도 그다지 참견하지 않는 성격이었지만, 막상 중요한 일을 결정할 때는 영향력이 세서 데루요시 삼촌조차 거역하지 못했다. 아빠와 엄마는 마지못해 나와 남편의 아키시나 여행을 허락했다.

"유우한테 다른 데 가 있으라고 하면 좋은데, 도쿄 집을 정리해서 지금 살 곳이 없대. 우리가 돈 대줄 테니 어디 여관에 묵으라고 하는 것도 웃기고."

엄마는 유우의 존재가 영 꺼림칙한지 이름을 언급하는 것조차 끔찍하다는 듯 짜증을 냈다. 아빠는 엄마에 비하면 냉정한 편이었는데, "뭐, 집이 넓으니까. 도모오미도 있으니 괜찮겠지" 하고 의외로 담담한 태도를 보였다.

남편은 사사모토 집안 사람들이 전화 회의까지 벌이며 엄청난 혼란에 빠졌던 줄도 모르고, 태평하게 창밖을 구경하고 있었다.

"아, 정말 기대된다……! 드디어 아키시나에 가다니, 정말 꿈만 같아!"

아키시나에는 나가노 역에서 버스나 차를 타고 가야 한다. 버스가 하루에 한 대밖에 없어서 데루요시 삼촌이 역으로 데리러 오기로 했다.

"마중까지 나와주신다니 죄송하네. 나나 당신이 운전을 할 줄 알면 좋을 텐데."

"운전할 줄 알아도 그 산길은 자주 안 다니는 사람한테는 너무 위험해. 우리 엄마도 면허는 있지만, 산길에서는 무조건 아빠가 운전할 정도로 길이 험해."

"와, 가슴이 막 뛰어! 산이라니, 초등학교 때 캠프 다녀온 뒤로 처음이야. 우리 집은 여행 같은 건 거의 안 다녔거든. 학교 행사 말고 어디 가는 건 처음일지도 몰라."

마음이 무거웠지만 남편의 들뜬 모습을 보니 오길 잘했다는 생각도 조금 들었다.

남편이 창밖을 보며 혼잣말하듯 중얼거렸다.

"고마워, 나쓰키. 정말 죽어버리려고 했거든. 그 전에 당신하고 이렇게 공장 밖으로 나올 수 있어서 다행이야."

남편은 졸린지 나에게 기댔다. 스킨십을 좀체 하지 않는 우리 사이에서는 드문 일이었다.

어깨를 누르는 머리 무게를 느끼며 창밖을 바라봤다. 터널이 줄지어 이어지고 있었다. 산지에 가까워졌다는 증거였다.

나가노 역에 도착하자 개찰구에서 우리를 기다리고 있는 삼촌의 모습이 보였다.

"여기까지 일부러 나와주셔서 감사합니다."

머리카락이 하얗게 샌 삼촌을 순간 못 알아봤다. "나쓰키" 하고 손을 흔드는 모습에서는 이십삼 년 전의 삼촌보다 할아버지가 보이는 것 같았다.

"나쓰키한테 아키시나 얘기 많이 들었습니다. 정말 여기 오다니 꿈만 같아요, 감사합니다!"

"그렇게 말해주면 고맙지. 거기는 지금 한계마을65세 이상 고령자가 인구의 절반을 넘는 지역이라고 하지, 빈집도 많아져서 영 썰렁해. 젊은 사람들이 일부러 찾아오다니 할아버지도 기뻐하실 거다."

삼촌은 내 기억 속 모습보다 왜소해진 것 같았다. 내가 초등학생 때보다 자라서 그렇기도 하겠지만, 그 이유만은 아닌 것 같았다.

"어디 들러서 밥이라도 먹고 갈래? 아키시나에는 아무것도 없으니 마을에서 먹을 걸 좀 사가는 게 좋을 거다."

"말씀 감사해요. 그럴 줄 알고 필요한 물건은 대충 챙겨왔어요."

어깨에 멘 큰 가방을 보이며 말하자 삼촌은 "역시 나쓰키야, 준비성이 좋아" 하고 웃었다.

"전 화장실 좀 다녀오겠습니다."

남편이 화장실로 달려가자 삼촌이 말했다.

"도쿄보다 춥지? 차 안에서 기다려도 된다."

"아니에요, 괜찮아요. 그럴 줄 알고 겉옷도 가져왔어요."

"그렇구나. 하긴 아키시나 날씨는 나쓰키도 잘 아니까."

내 말에 삼촌이 눈꼬리에 주름을 보이며 말했다.

"……유우한테는 내가 잘 이야기해뒀다. 유우는 자기가 다른 데로 옮기겠다고 했는데, 좀 급작스럽게 결정돼서 달리 갈 곳을 못 찾았어."

"죄송해요. 갑자기 들이닥쳐서."

"아냐, 괜찮다. 그 집도 너희 할머니 돌아가신 뒤로 계속 비어 있었으니까. 무너지기 전에 철거하자는 얘기까지 나온 판이라, 유우가 들어오고 싶다고 했을 때는 고맙더라고. 왠지 옛날로 돌아간 느낌이랄까. 유우도, 나쓰키 너도 그 집을 아주 좋아했지……."

삼촌은 눈을 게슴츠레 뜨며 기억을 되짚듯 중얼거리더니 고개를 떨궜다.

"……그때는 너희한테 못 할 짓을 했어."

나도 모르게 고개를 들었다.

"너희는 어려서 아무것도 몰랐어. 그뿐이었는데 어른이 되어

가지고는 야단법석이나 치고. 무작정 덮어두고 안 보이게 하는 데 급급했지. 난폭하고 오만해, 어른이란 것들은."

"아니에요…… 저도 이제 어른이고, 그러니까 어른의 사정도 잘 알아요. 삼촌이 잘못하신 거 없어요."

"그때 일을…… 네 남편은 아니? 괜한 참견일지도 모르겠다만……."

"그 사람 일은 걱정 마세요."

단호하게 딱 잘라 말하자 삼촌은 마음이 약간 놓였는지 "……좋은 사람을 만났구나"라며 웃었다.

"괜찮아? 울렁거려?"

"……괜찮아."

말을 걸자 남편이 손수건으로 입을 막으며 신음하듯 말했다.

삼촌의 차는 가드레일도 없는 구불구불한 산길을 능숙하게 달려나갔다. 기억하는 것보다 더 험하고 비좁은 산길이었다. 커브를 돌 때마다 나와 남편의 엉덩이가 뒷좌석 시트에서 미끄러져 맞부딪쳤다.

"초행길인 사람은 좀 힘들 거야. 잠깐 차 세우고 쉴까?"

"아뇨, 괜찮습니다."

"그래? 사실 별 탈 없으면 이대로 단번에 빠져나가는 게 오히려 편해. 이 길이 익숙하지 않은 사람은 힘들지. 나쓰키는 괜찮니?"

"네, 괜찮아요."

실은 길이 기억보다 훨씬 비좁고 구불구불해 벼랑 아래로 떨어지는 건 아닌지 조마조마했지만 가슴을 펴고 대답했다. 도시 생활에 젖어 아키시나 산의 험준함을 잊은 것처럼 보이고 싶지 않았다.

"역시 나쓰키야."

삼촌이 기쁜 듯이 말했다. 오랜만의 만남으로 인한 긴장감은 차츰 사라지고, 어린 시절 나를 예뻐해주던 그리운 삼촌의 모습으로 돌아온 것 같았다.

"앞으로 커브 세 번만 돌면 아키시나야. 조금만 참으렴."

나뭇잎이 창문을 긁고 있었다. 수풀이 옛날보다 더 많이 길을 침범한 것 같았다. 어린 시절에 그랬듯 창문에 달라붙어 풀과 나무를 바라봤다.

오랜만에 만나는, 녹색 터널 같은 구불구불한 길을 귀가 먹먹해질 때까지 올라갔을 즈음 불현듯 시야가 트였다.

"도착했다. 나쓰키, 도모오미, 아키시나에 잘 왔다."

삼촌의 목소리에 나도 모르게 눈물이 날 것 같았다.

낯익은 빨간 다리 너머, 머릿속에서 몇 번이고 기억을 재생했던 아키시나의 풍경이 펼쳐져 있었다.

차멀미가 싹 나은 듯 신난 남편을 위해 삼촌은 빨간 다리 바로 옆에다 차를 세웠다.

"삼촌, 이 강이 옛날에 마중불이랑 배웅불 하던 강이에요……?"

차에서 내려 강이라고 하기에는 너무나도 좁고 얕은 물가로 달려갔다.

"그래. 기억 안 나니?"

"더 깊고 컸던 것 같은데…… 어릴 적에 수영복을 입고 여기서 헤엄친 기억이 나요."

"그랬나? 여긴 얕아서 헤엄치긴 어려운데. 삼촌이 어렸을 적에는 친구들이랑 돌로 물을 막아 웅덩이를 만들어서 헤엄치고 놀기는 했다만. 나쓰키가 왔을 때 그렇게 해서 다 같이 물놀이를 했을지도 모르지."

"그렇군요……."

그러고 보니 돌로 물을 막았지. 어렴풋이 기억이 되살아났다. 아키시나 일이라면 뭐든 또렷하게 기억하는 줄 알았는데, 군데군데 기억이 흐리멍덩한 부분이 있었다.

마을을 에워싼 산은 기억보다 훨씬 웅장했다. 녹색 이미지밖에 없던 산 곳곳은 단풍으로 붉게 물들어가고 있었다. 기억 속에서는 훨씬 멀리 있던 할아버지의 묘소도 바로 옆이었다.

"전봇대가 이제 나무가 아니네요……."

"그래, 옛날에는 나무였지. 기억력이 좋구나. 휴대전화 전파는 여전히 안 잡히지만, 요즘은 손자들 놀러 왔을 때 불편하다며 안테나를 설치하자는 이야기도 나오고 있단다."

"우아, 아키시나에서 스마트폰을 쓰게 되겠네요."

오래도록 기억 속 아키시나를 떠돌다 갑작스레 이십삼 년을 타임슬립한 기분이었다. 과거와 현재를 좀처럼 일치시키지 못한 채, 구름 위를 걷듯 불안정한 걸음으로 강변을 걸었다. 기억과 같은 곳도 있는가 하면 다른 곳도 있어서, 평행 세계에 떨어진 듯 신기한 감각이었다.

"저기 보인다. 기억나니?"

삼촌의 손끝이 가리킨 곳에 그리운 창고가 보였다.

창고는 기억 속 모습과 똑같았다. 나도 모르게 한달음에 달려갔다.

"기억나요, 기억했던 거랑 똑같아요!"

"옛날에 숨바꼭질을 하면 아이들은 모두 창고에 숨었지."

삼촌이 눈을 가늘게 뜨며 말했다. 남편은 "와, 굉장하다! 정말 굉장해!" 하고 환성을 지르면서, 스마트폰으로 사진을 찍으며 뒤따라왔다.

창고 앞 작은 길로 올라가자 정원과 안채가 모습을 드러냈다. 정원은 기억보다 훨씬 작았다. 너머에 있는 안채는 지금 봐도 컸지만, 사람이 오래 살지 않아서인지 지붕과 기둥이 조금 삭은 것 같았다.

초인종 같은 건 없는지 삼촌이 유리문을 두드렸다.

"유우, 우리 왔다!"

대답은 없었고, 안은 조용했다.

"이상하네. 오늘 낮에 올 거라고 어제 전화로 말해뒀는데."

삼촌은 뒷문을 둘러본다며 집 옆, 잡초로 뒤덮인 비탈을 올라갔다.

나와 남편은 문 앞에 남겨졌다. 어쩌면 유우는 나와 만나고 싶지 않아 도망친 걸지도 모른다. 왠지 배신당한 기분이었다.

"벌레가……."

남편이 중얼거렸다. 자세히 보니 미세하게 벌어진 문틈으로 처음 보는 녹색 벌레가 들어가려 하고 있었다.

벌레를 내보내려고 살며시 문을 잡았는데 문이 스르륵 열렸다. 문의 진동에 놀란 벌레는 날아가버렸다.

"……안녕하세요, 안에 계세요……?"

쭈뼛쭈뼛 허공에 인사하며 현관으로 들어갔다.

어스름한 현관은 도쿄의 원룸 아파트 넓이만 했다. 세 평 남짓한 현관에 농기구 몇 개와 삿갓, 호스, 등유를 넣는 기름통, 장화가 나란히 놓여 있었다. 먼지를 뒤집어쓴 장화 옆에 있는 남색 운동화만 새것이었는데, 이게 유우의 신발이라면 유우는 지금 안에 있는 게 아닐까 생각한 순간 현관 옆 계단에서 삐거덕거리는 소리가 났다.

"……어서 와."

가냘픈 목소리가 들리더니 유우의 모습이 드러났다.

마지막으로 만난 이후 이십삼 년이나 지났는데, 유우의 인상은 거의 그대로였다. 팔다리는 길어졌지만 머리 모양도 그대로였고, 생김새도 그다지 달라지지 않았다. 기억 속 어린 유우의 모습이 파괴되지 않고 지금과 겹치는 게 도리어 기묘하게 느껴졌다.

"나, 사사모토 나쓰키야. 네 사촌인……."

내 외양이 많이 바뀌었다고 생각했기에 정중하게 자기소개를 했다. 유우는 눈을 가늘게 뜨며 "나쓰키……?" 하고 작게 중얼거렸다.

"아, 남편 되는 사람입니다."

남편은 이상한 자기소개를 하더니 고개를 꾸벅 숙였다.

"데루요시 삼촌이 지금 뒷문을 살펴본다고 가셨는데……."

"아, 미안. 그쪽 문은 잠가뒀어. 내가 가볼게."

"저기, 데루요시 삼촌이 어제 전화하셨다고……."

하얀 셔츠를 단정하게 차려입은 유우를 보니 어디 외출하려던 참이었나 싶어 불안해졌다.

"응, 얘기 들었어. 오늘부터 한동안 여기서 지낼 거라고."

"불편하지 않겠어?"

"그럴 리가. 애초에 우리 집도 아닌걸. 편하게 지내다 가."

유우는 싱긋 웃더니 장지문을 열었다. 장지문 너머로 사촌들과 자주 놀던 거실이 보였다.

"일단 들어와. 나는 뒷문을 열러 갈게. 편히 있어. 좀 지저분하지만……. 우리 집도 아닌데 들어오라고 하는 것도 좀 이상하네."

유우는 나와 남편에게 슬리퍼를 건네더니 욕실 쪽으로 걸어갔다. 그쪽에 뒷문이 있는 걸 어릴 적에는 몰랐다.

나와 남편은 짐을 들고 조심스레 안으로 들어갔다.

마치 그 일이 없었던 양 자연스럽게 대해주는 유우를 보고 가슴을 쓸어내렸다. 남편은 "뭔가 생물의 냄새가 나"라고 중얼거렸다. 동물 냄새가 난다는 건지, 이 집에 있는 사람에게서 냄새가 난다는 건지, 정확히 이해되지 않았다.

"와, 옛날 생각난다."

거실에는 할머니 물건이 가득한 선반, 고타쓰, 텔레비전이 놓여 있었다. 텔레비전은 분명 구식 다이얼 모델이었던 걸로 기억하는데, 시간이 오래 흘러서인지 지금은 최신식 슬림 모델이었다.

"와, 신기해! 나쓰키 얘기 듣고 상상하던 바로 그 방이야. 이쪽이 툇마루인가?"

남편이 신이 나서 방방 뛰고 있는데 삼촌과 유우가 거실로 들어왔다.

"먼 길 오느라 힘들었지. 차 한잔할래?"

"고마워."

"아, 난 그만 가보마. 집에 손자가 와 있어서. 저녁 먹기 전까지 들어가야 해."

삼촌의 말에 나와 남편은 황급히 고개를 꾸벅했다.

"바쁘신 중에 일부러 나와주셔서 감사합니다."

"별말을 다 한다. 이 집에 활기가 돌면 나야 기쁘지."

삼촌은 주름진 얼굴로 씩 웃더니 익숙한 동작으로 현관에 벗어둔 신발을 신은 뒤, 손을 흔들며 떠났다.

삼촌의 자동차 소리가 멀어지자마자 실내에는 정적이 감돌았다. 어색해진 나는 유우에게 어떤 말이라도 걸어야겠다고 생각했다.

"이 방이 원래 이 넓이였나? 어렸을 때 밤에 여기서 사촌들끼리 카드놀이를 했던 것 같은데…….”

고타쓰가 놓인 지금의 거실은 아이들이 모두 모여 놀기에는 퍽 비좁아 보였다.

“나도 처음 왔을 땐 기억보다 좁아서 놀랐어.”

유우가 굳은 표정을 풀며 대답했다.

다 같이 고타쓰에 둘러앉아 차를 마시며 유우가 내어온 양갱을 먹었다. 유우는 남편에게 나가노 특산품을 먹어보라며 에고도 가져다줬다. 유우가 간단히 집에 대해 설명했다.

“나중에 안내하겠지만, 화장실과 욕실은 복도 끝에 있습니다. 부엌은 이 안쪽에 있고요. 수돗물은 지하수를 끌어다 써서 깨끗하고 맛있는데, 신경 쓰이면 산 밑에 갔을 때 생수를 사올게요. 버스는 하루에 한 대밖에 없어서 장은 제가 보러 갑니다. 필요한 게 있으면 말해주세요.”

“인터넷으로 주문할 수는 없나요?”

남편의 물음에 유우가 대답했다.

“여기까지 배달해주는 곳은 없을 겁니다. 인터넷이 되는 집이 있는지나 모르겠네요. 이동 슈퍼도 없어요. 택시도, 아키시나의 지리를 잘 아는 차가 아니면 운행을 거부하는 산간벽지니까요. 여기 이 지역 택시 번호를 적어두긴 했는데, 어디 나가고 싶을 때는 제가 운전해드릴 테니 편히 말해주세요. 스마트폰 전파는 빨간 다리를 건너면 약하게나마 잡히니까, 혹시 메시지 같은 거 보낼 일 있으면 거기까지 걸어가서 쓰시면 됩니다. 집에서는 여기 있는 검은 전화를 쓰시고요. 번호는 여기 적어뒀어요."

"네."

"보시다시피 이 동네에는 가게가 하나도 없어요. 자동판매기도 없고요. 필요한 물건은 차를 타고 내려가서 사옵니다. 마을에 내려가도 편의점 같은 건 꽤 멀리까지 가야 나와요. 미치노에키지방자치체와 도로관리자가 연계해 설치 및 관리하는 상업, 휴게, 숙박, 지역진흥 목적의 도로 시설에서 대부분의 야채를 구할 수 있고, 지역 슈퍼가 있어서 식재료는 거기서 조달하죠. 삼촌이 주신 야채나 쌀은 부엌 옆 봉당에 있으니까 마음대로 드세요. 배도 아직 많이 남았을 겁니다."

남편이 조심스레 유우에게 물었다.

"죄송한데 '봉당'이 뭐죠?"

"마루를 깔지 않은 방 같은 건데…… 보면 아실 겁니다."

"이따가 다락방도 봐도 될까요?"

얼굴을 들이대며 묻는 남편에게 유우가 웃으며 대답했다.

"그럼요. 정말 시골집을 좋아하시나 봐요. 화장실은 나쓰키가 어릴 적에는 재래식…… 우리는 푸세식이라고 부르던 그 화장실 그대로니까 사용할 땐 조심해야 해요. 욕실은 가스식이고요.

이것도 옛날 그대로죠."

"잠은 어디서 자면 돼?"

"어디서든지."

유우는 거실을 에워싼 장지문을 가리키며 말했다.

"이쪽이 손님방이고, 저쪽이 불단 방이야. 천천히 둘러보고 마음에 드는 방을 써. 내가 지금 이층 계단 앞 방을 쓰고 있으니 그 방만 빼고."

유우의 말에 남편이 엉덩이를 들썩였다.

"거기가 누에님 방입니까?"

"아, 누에를 키우던 곳은 아마 계단을 올라가서 안쪽 끝에 있는 방이었을 거예요…… 정말 잘 아시네요. 나쓰키가 말해줬어?"

나는 "응" 하고 고개를 끄덕였다.

"그랬구나. 누에를 기억하다니, 기억력이 좋네. 아무튼 내가 쓰는 방 말고는 어디든 마음대로 써. 부부가 쓸 거면 넓은 방이 좋겠네."

"아, 얘기가 나왔으니 말인데 가급적이면 방을 따로 쓰고 싶습니다."

남편이 미안한 듯 말을 꺼냈다.

"우리는 일반적인 '부부'와 좀 다릅니다. 혼인관계이긴 하지만, 잠자리를 같이 할 정도로 가까운 사이는 아니라……."

"네……?"

고개를 갸웃거리는 유우를 위해 나도 설명을 보탰다.

"나는 여럿이 같이 자는 것도 별로 불편하지 않아서 같은 방을 써도 상관없는데, 남편은 영 불편한가 봐…… 여행 가서도 싱글룸을 두 개 잡거든. 유우만 괜찮다면 할머니가 쓰던 이 방을 남편이 써도 될까? 나는 어디든 상관없어. 누에님 방도 괜찮고, 불단 방도 괜찮고."

"그래, 그렇게 해……."

유우의 의아스러운 낯을 보고 남편과 나는 눈을 맞췄다.

"한동안 같이 생활할 테니 우리 사이에 대해 정식으로 설명하는 게 좋을까?"

"그러자."

나는 고개를 끄덕였다. 유우는 불안한 듯 우리 얼굴을 번갈아 보았다.

"포하피핀포보피아별, 기억해?"

어릴 적에 싫어했던 에고는 지금 먹으니 식감이 산뜻해 맛있었다. 좋아라 먹는 남편 옆에서 말문을 열었다.

"……응, 기억해."

순간의 침묵이 흐른 뒤, 유우가 힐끗 남편을 보더니 고개를 끄덕였다.

"그 뒤로 얼마 안 있어서 실은 나도 포하피펀포보피아성인이라는 걸 알았어. 퓨트가 가르쳐줬거든. 남편에게는 말했어. 하지만 이제 우주선이 없잖아. 그러니까 숨을 죽이고 지구성인_{지구별 인간을 칭함}으로 살아갈 수밖에 없지. 어른이 되면 세상이 날 세뇌시켜줄 거라 생각했는데 그런 일은 일어나지 않더라. 좀 지쳐서 잠시 여기서 쉬기로 했어. 여기는 별에서도 가까우니까."

유우가 다시 남편을 힐끗 보더니 고개를 끄덕였다.

"그렇구나. 난 전혀 몰랐네."

"아내를 딱히 사랑하지는 않지만 공장의 눈을 피하기 위해 혼인관계를 맺었습니다. 나는 아내와 달리 세뇌당하는 게 두려워요. 공장이 정말 무섭다고요. 우리를 노예로 만들어버리니까."

"죄송한데 그 공장이라는 게 뭔가요?"

유우는 신중하게 말을 고르며 남편에게 물었다.

"아, 우리는 우리가 사는 세상을 그렇게 부릅니다. 그렇지 않습니까? 우리는 육체로 이어진 부품입니다. 끝없이 아이를 만들어, 유전자를 미래로 운반하는 게 전부인 부품이죠. 어릴 적부터 어렴풋이 공포를 느꼈는데 아내를 만나고 나서 똑똑히, 이건 기묘한 일이라고 단언할 수 있게 됐습니다."

남편이 제 눈꺼풀을 만지며 말했다.

"나에게도 '외계인의 눈'이 다운로드된 겁니다. 아내와의 만남으로……."

"외계인의 눈이요……?"

당혹스러워하는 유우에게 내가 최대한 정중히 설명했다.

"외계인이 본 세상을 보는 눈이라는 뜻이야. 분명 누구나 갖고 있어. 평소에 잘 보이지 않는 것뿐이지."

"맞아요, 내 안에도 있죠. 지금은 아내보다 내 외계인의 눈이 더 잘 보이는 것 같아요."

유우는 우리 부부가 쏟아내는 이야기에 상당히 난감해하는 눈치였다.

"……그렇군요. 서로 가치관이 잘 맞는 부부네요."

"아니, 그 '가치관'이라는 것도 공장의 세뇌입니다. 아내는 언젠가 공장에 세뇌되고 싶다고, 포하피핀포보피아성인이 아니라 지구성인으로 살고 싶다고 생각하는 눈치입니다만, 나는 아닙니다. 나는 외계인의 눈을 소중히 여기고 싶어요."

남편이 점점 얼굴을 들이대며 말하자 유우는 도움을 요청하듯 힐끗 나에게 시선을 보냈다.

"도모오미, 진정해. 유우가 놀랐잖아."

남편은 흠칫하며 미안한 듯 자세를 바로 했다.

"죄송합니다. 늘 이런 얘기를 꾹 참은 채 공장 사람들한테 들키지 않기 위해 숨죽이고 살아와서……"

남편은 나와 달리 공장을 증오한다. 나는 어차피 우주선도 없고, 고향 별에 돌아갈 수 있는 것도 아니니까 차라리 세뇌됐으면 좋겠다고 생각한다.

"유우 씨는 그렇게 생각한 적 없습니까? 이 세상은 공장이고, 나는 외계인이라고."

남편의 말에 유우가 희미하게 미소를 지었다.

"저는 한 번도 없네요. 어릴 적에는 그런 공상을 했을지도 모르지만 이제 어른이잖아요. 저는 누가 뭐래도 지구인이고, 평생이 별에서 나갈 일은 없을 겁니다."

저녁이 되자 유우는 모처럼 왔으니 나가노의 맛을 느낄 수 있는 음식을 먹어야 한다며 식재료를 사러 산 밑으로 내려가겠다고 했다. 하지만 미안해서 그냥 냉장고와 봉당에 있는 재료로 간단한 전골 요리를 만들자고 제안했다.

남편은 야채를 썰고, 유우는 전기밥솥에서 밥을 퍼 담았다. 나는 우리가 쓸 식기를 꺼내 씻고 있었다.

"이 컵 보니까 옛날 생각난다."

어릴 적 할머니 집에 놀러 왔을 때, 파란 꽃무늬 유리컵과 빨간 꽃무늬 유리컵 중에 뭘 쓸 것이냐를 두고 사촌들과 자주 다

뒀다. 나는 파란 꽃무늬가 어른스러워 보여서 좋았는데, 하루타도 이 무늬가 멋지다며 한 발도 양보하지 않았다.

"옛날 생각난다고? 그런가? 어릴 적에도 이 컵을 썼던가?"

"응, 컵 갖고 다투다가 하루타 울린 적도 있잖아. 기억 안 나?"

"글쎄. 하루타 지금 우에다에 살아. 가끔 놀러 오기도 해. 저번에 딸을 낳았는데, 그 애도 조금 크면 여기 올지도 모르겠다."

"옛날 우리처럼 친척들 다 여기 모여서 놀면 좋겠다."

"그러게, 언젠가 그러겠지."

남편은 우리 대화에 끼지 않고 썰어놓은 야채를 거실로 날랐다. 남편은 아이나 친척과 관련된 이야기를 그다지 좋아하지 않는다. 핏줄로 이어진 관계나, 친척 간 모임을 좋아하는 것도 공장이 하는 세뇌의 일종이라며 극도로 혐오했다. 그런 측면도 분명히 있겠지만, 할아버지의 유전자를 물려받은 아이가 어떻게 생겼을지 호기심도 들었다. 나는 남편보다 더 세뇌되어, 이제 지구성인에 가까워졌는지도 모른다.

"나쓰키는 꼭 냉동됐던 것 같네."

"그래?"

"뭐든 다 기억하잖아, 이곳에 관련된 일은."

"그런가……."

기억과 달라 당황한 부분도 있었지만 유우에게는 그렇게 보이지 않았겠지. 유우는 밥이 담긴 그릇을 쟁반에 올려서 부엌을 나갔다. 남겨진 나는 컵을 씻기 위해 수도꼭지를 틀었다. 산에서 솟아오르는 차가운 물이 손등에 부딪쳐 블라우스에 튀었다.

간단히 식사를 마친 뒤 우리는 각자 방에서 잠자리에 들었다.

상의한 결과 이층 계단 앞 방은 그대로 유우가 쓰기로 했고, 남편은 누에님 방에서 자기로 했다. 남편은 꿈만 같다며 들떠 있었다.

나는 불단이 있는 방에서 자기로 했다. 향냄새가 나서 기분이 좋았고, 안쪽 방은 너무 넓어서 오히려 싱숭생숭했기 때문이다.

이층에서 이불을 가져다 다다미 위에 깔았다. 메밀껍질이 든 베개에 얼굴을 대자 그리움이 밀려들었다.

생각해 보니 나무로 만든 건물에서 자는 건 오랜만이었다.

천장이 삐거덕거리거나 장지문이 떨리는 미세한 소리가 이 집에 있는, 내가 아닌 나머지 동물 두 마리의 기척을 전해줬다.

눈을 감으니 창밖에서 여름과는 다른, 가을 음색의 벌레 소리가 밀려들어왔다. 이층에서 전해지는 삐거덕거리는 소리에 귀를 기울이며 어느샌가 잠에 빠져들었다.

4

내가 이가사키 선생님 집에서 '마녀'를 죽인 건, 그 사건으로 나가노에서 끌려온 직후의 일이었다.

그 당시 일은 백일몽처럼 잘 기억나지 않는다. 아키시나에서 돌아온 후 나는 방에 갇혔다. 가족들은 문에 커다란 자물쇠를 달아놓고, 집에 아무도 없을 때는 자물쇠를 잠갔다. 화장실에 가고 싶을 때도 언니나 엄마가 돌아올 때까지 가만히 기다려야 했다.

친구들에게 전화를 할 때도 언니나 엄마가 옆에 서서 유우와 전화하는 게 아닌지 감시했다. 여름방학 내내 하루의 대부분을 방에서 보냈다.

어스름한 방에서 유우와 나눠 가진 반지와 혼인서약서를 바라보는 날이 이어졌다. 그러다 하나둘 신기한 일이 일어났다. 변신용 콤팩트와 종이로 된 요술봉에서 빛의 입자가 흘러넘치는 게 보이거나, 퓨트가 떠드는 소리가 선명하게 들렸다. 악의 조직의 마법에서 풀려난 퓨트는 빈번히 나에게 말을 걸어왔다.

마법소녀로서의 능력이 진화한 게 아니냐고 묻자, 퓨트는 "바로 그거야!" 하고 또렷한 목소리로 대답했다.

한편, 내 입은 여전히 고장 나 있었다. 무엇을 먹어도 아무 맛도 나지 않아 식사가 즐겁지 않았다.

식사 시간이 되어 일층에 내려가도 음식에는 거의 손도 대지 않았다. 다시 방으로 돌아가려 하면 엄마는 "왜 저렇게 반항적인지 몰라" 하며 한숨을 내쉬었다.

"학원 방학 특강 가야지."

엄마가 그렇게 말한 건, 아무 맛도 나지 않는 햄버그를 한 입 먹고 나서 방으로 올라가려 했을 때였다. 할아버지가 돌아가신 지 일주일쯤 지난 날이었다.

"왜? 방에서 나가면 안 되는 거 아니었어?"

"너는 어쩜 한 마디를 안 지려고 하니. 학원에는 가도 돼. 대신 통금 시간 어기면 바로 경찰서에 신고할 거다."

날짜 감각이 사라지고 있었다. 방으로 돌아와 달력을 봤다. '앞으로 삼 일' '앞으로 이 일'. 달력에는 백중절까지 남은 기간이 적혀 있었고, 아키시나에 갔던 날에는 '끝'이라고 작게 적혀 있었다. 그날 이후의 달력은 아무 글씨 없이 새하얀 상태였다. 정말 그날로 모든 걸 끝낼 생각이었구나.

가방을 뒤져 학원 프린트를 보니 방학 특강은 사흘 후부터였다. 그리고 특강이 시작되기 전날 밤, 이가사키 선생님한테서 집으로 전화가 왔다. 큰 소리로 통화하는 엄마 목소리가 이층까지 들렸다.

"어머, 선생님, 일부러 전화 주셔서 감사해요! 아, 전화하셨었구나. 상을 당해서 시댁에 좀 다녀왔거든요. 물론이죠, 작년에도 선생님 방학 특강이 얼마나 도움이 됐는데요. 우리 애도 선생님 수업이 좋대요. 네, 그럼요, 그렇게 말해둘게요."

엄마의 끈질긴 권유로 오른쪽 귀에 수화기를 대자 "기다릴게" 라고 말하는 선생님의 쾌활한 목소리가 들렸다. 선생님의 숨결이 수화기를 넘어 귀에 달라붙어서 꼼짝도 할 수 없었다.

그날부터 입뿐 아니라 오른쪽 귀도 고장이 났다. 입처럼 늘 고장 나 있는 건 아니었지만 가끔 눈앞의 소리가 들리지 않고, 대신 파도 소리 같은 소리나 전자음이 계속해서 울려 퍼졌다. 그에 반비례하듯 퓨트의 목소리는 점점 또렷해졌다.

나는 마법 연습에 전념했다. 특히 열심히 연습한 건 유체이탈 마법이었다. 능수능란하게 조절할 수 있다면 어딘가 멀리 갈 수 있지 않을까 생각했다. 하지만 유체이탈 마법은 좀처럼 성공하는 경우가 없었다.

무슨 일이 있어도 살아남을 것.

내게는 이 말만이 남겨졌다. 내가 살아남을 방법은 마법밖에 없었다.

방학 특강 첫날, 언니가 나를 감시하러 학원에 따라왔다.

"도망치면 이걸로 처맞을 줄 알아."

언니는 어디서 구했는지, 기념품 가게에서 팔 법한 작은 죽도를 가방에 넣고 자전거로 내 뒤를 따라왔다.

"사사모토, 내일 시간 좀 있니?"

이가사키 선생님이 나에게 말을 건 것은, 언니도 방학 특강이 시작되어 감시가 사라진 이튿날이었다.

"네."

고개를 끄덕였다. 오른쪽 귀에서 파도 소리와 퓨트 목소리가 계속 울려 퍼졌다.

"내일은 수업이 없는 날이긴 하지만 선생님이 특별히 '공부' 시켜줄게. 집 열쇠 어디 있는지 기억나지? 점심이 좋겠다. 선생님 집으로 와. 알지, 선생님이 특별히 '공부'시켜주는 거니까 아무한테도 말하면 안 돼. 어머니한테도 방학 특강이라고 말하고."

"네."

그날 밤, 나는 퓨트와 머리를 맞대고 상의했다.

"선생님은 악당의 앞잡이고, 나쁜 마녀한테 조종당하고 있으니까 구해줘야 해."

퓨트는 그렇게 나를 설득했다.

마녀는 이미 나의 입과 오른쪽 귀를 망가뜨렸다. 빨리 마법소녀로 변신해 쓰러뜨리지 않으면 다음번에는 목숨을 잃을지도 모른다.

"무슨 일이 있어도 살아남을 것."

퓨트는 마치 유우가 빙의라도 한 듯 반복해서 속삭였다.

선생님에게 달라붙은 마녀는 내일 내 몸을 완전히 부숴버릴 것이다. 그렇게 되기 전에 그를 쓰러뜨려 살아남을 기회는 오늘 밤밖에 없었다.

가방에 퓨트와 변신 콤팩트, 요술봉을 넣고 집을 빠져나왔다.

감시가 시작된 뒤로 줄곧 얌전히 있었기 때문인지 부모님도, 언니도 방심한 것 같았다. 그 덕에 놀랍도록 쉽게 집에서 탈출할 수 있었다.

살며시 문을 열고 밖으로 나간 순간 불현듯 어떤 생각이 스쳤다. 조용히 창고 문을 열어 '마녀와의 전투'에 이용할 만한 물건을 챙겼다. "아얏." 어둠 속에서 더듬더듬 도구를 찾다가 손에 가시가 박혔다. 발밑에 있던 장갑을 끼고 창고 안 선반을 뒤졌다.

무기가 될 만한 것을 챙겨 창고 문을 닫으려 할 때 손전등이 보여 배낭에 같이 넣었다.

그리고 여름 축제 날 갔던 선생님 집으로 향했다.

전에 없이 말이 많아진 퓨트가 내 오른쪽 귀에 끊임없이 속삭였다.

"빨리, 빨리. 네가 마녀한테 당해버리면 이 세상은 멸망해. 네 마법이 유일한 희망이야. 힘을 내! 힘을 내! 힘을 내서 살아남는 거야!"

선생님 집까지 달려가서 스누피 손목시계를 보니 3시였다. 이 야밤에 간식 시간이 아닌 또 하나의 3시가 존재한다는 사실이 신기했다.

아키시나의 밤에 비해 인간 공장의 밤은 휘황찬란했다. 수많은 가로등이 길을 비추고 있어서 별은 하나도 보이지 않았다. 밤이 깊었는데 아직 불이 켜진 집도 있었다. 이곳은 인간 공장이니, 심야에도 쉬지 않고 인간을 만들어내는 걸지도 모른다. 갑자기 욕지기가 올라와 달리는 동안 목구멍을 타고 올라온 위액을 화단에 토했다.

선생님 집에 도착한 나는 그날 선생님이 가르쳐준 대로 오른쪽에서 세 번째 화분 밑에서 열쇠를 꺼냈다. 선생님이 전화하면 바로 이 열쇠로 문을 열고 들어오게 되어 있었다.

"여름 동안 선생님 집에는 아무도 없어. 그러니까 자주 불러서 '공부'시켜줄게. 나쓰키는 모범생이니까 '공부' 더 하고 싶지?"

그날, 선생님은 그 말을 몇 번이고 반복했다. 마녀는 선생님이 내게 열쇠를 숨겨두는 장소를 가르쳐준 사실을 알고 있을까.

열쇠는 찾았지만 집에 들어가는 건 무서워서 한동안 유체이탈 마법을 시도했다. 하지만 역시 그 마법은 쓸 수 없었다. 대신 오른쪽 귀에서 속삭이던 퓨트의 목소리가 점점 커졌다.

"빨리빨리빨리! 이대로 가면 마녀가 계속 무서운 마법을 쓸거야! 당하기 전에 퇴치해야 해! 넌 정의의 용사야. 네가 없으면 이 세상은 멸망해! 빨리빨리빨리!"

그래, 나는 지구를 지켜야 해. 퓨트의 목소리를 따라 조용히 집으로 들어갔다.

정적에 휩싸인 실내는 공기 흐름조차 완전히 멈춰 있었다. 어쩌면 선생님도 이 집에 없을지 모른다. 방에 가보고 선생님도, 마녀도 없는 걸 확인하면 오늘 밤은 그냥 돌아가자.

분명 없을 테니 괜찮을 거라는 근거 없는 용기가 솟아올랐다. 만일을 위해 배낭에서 무기를 꺼내 들고는 그때 끌려갔던 선생님의 방으로 걸어갔다.

선생님의 집 계단도, 문도 모두 그날과 같아서 다리가 후들거렸다. 도저히 발을 내딛지 못하겠다고 생각한 순간, 귓속에서 울려 퍼지던 전자음이 확 커져서 그대로 바닥에 웅크렸다.

"……키, 나쓰키, 나쓰키!"

퓨트의 목소리에 고개를 드니 선생님의 집이 변해 있었다. 벽도, 천장도, 모두 핑크색이었다.

놀라서 두 손을 보니 내 손도 핑크색이었다. 마치 핑크색으로 인쇄한 사진 속에 들어온 것처럼.

"네 마법의 힘으로 세상이 핑크색으로 변했어. 지금이라면 분명 마녀를 이길 수 있어. 빨리빨리빨리!"

퓨트의 목소리가 집 전체에 울려 퍼지는 게 아닐까 싶을 정도로 크게 들렸다. 목소리가 너무 커서 머리가 지끈거렸다. 머리를 누르며 핑크색 계단을 올라갔다.

마녀가 내 눈도 망가뜨린 걸까. 그렇게 생각하니 무서웠다. 입, 오른쪽 귀, 눈. 다음은 어디가 망가질까.

이윽고 선생님 방 앞에 멈춰 섰다.

순간적으로 이대로 냅다 뛰어서 도망칠까, 하는 생각이 스쳐 지나갔다.

왜 내 발로 이런 데 걸어들어온 걸까. 유체이탈 마법도 쓰지 못하는 나 같은 미숙한 마법소녀가 마녀를 상대로 이길 수 있을 리가 없는데.

방에서는 아무 소리도 들리지 않았다.

그때 불현듯 무언가 거대한 것이 다가오는 기분이 들었다.

유체이탈 마법이다. 정신을 차려 보니 나는 그 축제 날처럼 몸에서 빠져나와 나 자신을 바라보고 있었다.

"드디어 성공했어, 마법에 성공했어."

겨우 유체이탈 마법에 성공했는데도 기분은 덤덤했다. 내 몸은 방문을 열고 조용히 안으로 들어갔다. 유체이탈한 나는 그 모습을 물끄러미 바라봤다.

침대에는 선생님이 잠들어 있었다. 어찌된 영문인지 공포는 온데간데없이 사라진 상태였다. 내 몸은 천천히 선생님에게 다가갔다.

다음 순간, 시야가 종잇장처럼 구겨지더니 손바닥에서 뭔가 부드러운 것을 으깨버린 감촉이 느껴졌다.

눈앞에 파란 덩어리가 있었다. 창고에서 꺼내온, 옛날에 아빠가 아키시나에서 가져온 낫을 몇 번이고 그 파란 덩어리를 향해 휘둘렀다.

유체이탈 마법은 어느샌가 풀려 있었다. 파란 덩어리에서 금빛 액체가 뿜어져 나왔다. 이게 뭐지. 마녀의 번데기인 걸까. 직감적으로 생각했다. 마녀가 부화하기 전에 죽여버려야 해. 그렇지 않으면 무시무시한 일이 벌어진다. 그것만큼은 확실히 알고 있었다.

선생님은 방 어디에도 없었다. 벌써 마녀에게 잡아먹힌 건지도 몰랐다. 금빛 액체가 온 사방에 튀었다.

"자, 지금이야, 마법의 주문을 외워!"

나와 퓨트는 주문 연습을 해본 적이 없었다. 나는 제일 먼저 머릿속에 떠오른 말을 몇 번이고 외웠다.

"포하피핀포보피아, 포하피핀포보피아, 포하피핀포보피아, 포하피핀포보피아, 포하피핀포보피아, 포하피핀포보피아."

그것이 온전히 주문으로 발동했는지는 확신할 수 없었다. 푸르뎅뎅한 덩어리에서 금빛 액체가 더욱더 뿜어져 나왔다.

"빨리빨리빨리! 죽여죽여죽여! 마녀마녀마녀마녀! 죽여죽여죽여!"

"포하피핀포보피아포하피핀포보피아포하피핀포보피아포하피핀포보피아포하피핀포보피아포하피핀포보피아포하피핀포보피아포하피핀포보피아포하피핀포보피아포하피핀포보피아포하피핀포보피아."

퓨트의 말을 따라 필사적으로 주문을 외우며 파란 덩어리를 낫으로 내리찍었다.

그렇게 시간이 얼마나 흘렀는지 모르겠다. 일 분쯤 지난 것 같기도 했고, 몇 시간째 그러고 있던 것 같기도 했다.

"이제 됐어. 아직이야. 이제 됐어. 아직이야."

퓨트가 노래했다.

"포하피핀포보피아포하피핀포보피아포하피핀포보피아포하
피핀포보피아포하피핀포보피아포하피핀포보피아포하피핀포
보피아포하피핀포보피아포하피핀포보피아포하피핀포보피아
포하피핀포보피아."

퓨트의 노래에서 "아직이야"가 사라지고 "이제 됐어"만 남았
을 즈음, 파란 덩어리는 더 움직이지 않았다. 슬슬 마법이 풀려
가는 걸지도 모른다. 정신을 차려 보니 주머니에 넣어뒀던 요술
봉은 잔뜩 구겨져 있고, 빛의 입자도 더 흘러나오지 않았다. 곧
마법이 풀릴 거야. 나는 서둘러 선생님의 집을 빠져나왔다.

"옷이 더러워졌어."

퓨트를 향해 중얼거렸다. 내 옷은 파란 덩어리에서 튄 금빛
액체로 흥건히 젖어 있었다.

문득 선생님의 집에서 학교가 가깝다는 사실을 떠올렸다. 뜀
박질로 교정까지 가서 손전등을 켜고, 입은 옷을 죄다 벗어 소
각로에 넣었다. 장갑과 사용한 낫도 넣었다. 배낭은 비교적 깨
끗해서 속옷 차림으로 배낭을 메고 서둘러 집으로 돌아왔다.

살며시 문을 열고 집에 들어간 뒤에야 손이 끈적거린다는 걸
깨달았다. 배낭을 짊어진 채 욕실로 들어가 샤워를 했다.

"이제 됐어. 이제 됐어. 아직이야. 아직이야."

오른쪽 귀에서 퓨트의 우렁찬 노랫소리가 계속 울려 퍼졌다.

"너 이 시간에 뭐해?"

그때 욕실 밖에서 언니의 목소리가 들렸다.

소스라치게 놀라 어깨가 들썩였다. 핑크색이었던 시야가 갑자기 원래대로 돌아왔고, 비쩍 마른 내 맨몸이 욕실 거울에 모습을 드러냈다.

"아무것도 아냐…… 이상한 꿈 때문에 땀을 많이 흘려서 목욕 좀 하려고."

"이불에 오줌 싼 거 아냐? 너 아직 애잖아."

언니는 나를 놀리더니 속이 시원해졌는지 탈의실을 나갔다^일

본 주택은 욕실과 화장실이 분리된 곳이 많고, 욕실 밖에는 세면대와 옷을 갈아입는 공간이 따로 있다.

나는 흠뻑 젖은 배낭을 수건에 싸서 안고 방으로 올라왔다.

마법을 너무 많이 써서인지 몸이 무겁고 졸렸다.

"아직이야. 아직이야. 이제 됐어. 이제 됐어."

퓨트의 노래가 귓속에 계속 울려 퍼졌다. 어째서인지 무척 마음이 놓여 그대로 푹 잠들었다.

이튿날, 몸에 열이 나 방에 누워 있었다.

열이 거의 40도까지 올라 독감인 줄 알고 황급히 병원에 실려갔지만, 의사는 피로와 감기 때문이라고 진단을 내렸다.

"그리고 아이가 밥을 제대로 안 먹은 것 같네요. 면역력이 약해졌어요."

의사의 말에 엄마는 어째서인지 "죄송합니다" 하고 머리를 조아렸다.

열이 좀처럼 떨어지지 않아 새 학기가 시작될 때까지도 계속 앓았다.

선생님이 살해됐다는 소식을 들은 건, 간신히 열이 내려 학교에 가 시즈카를 만났을 때였다.

"몰랐어? 이가사키 선생님이 정신이상자한테 살해됐대."

"몰랐어……."

한참을 울었는지 눈이 새빨개진 시즈카는 손수건을 꼭 쥐고 있었다.

"선생님이 워낙 잘생겼잖아. 그래서 정신이상자의 표적이 됐나 봐. 대학 친구한테 스토킹을 당하고 있다고 털어놨는데 얼마나 무서운지 밤에 잠도 안 와서 평소에 수면제를 먹었대. 그래서 스토커가 집에 침입한 것도 모르고 자다가 살해된 거야. 너무 끔찍하지. 그 범인 절대 용서 못 해!"

"절대 용서 못 해!"

나는 시즈카의 말투를 흉내 내서 외쳤다.

"범인을 목격한 사람이 한 명도 없대서 선생님 가족이 역 앞에서 전단지를 돌리면서 목격자를 찾고 있어. 우리 학원 애들도 모두 이가사키 선생님을 좋아했잖아! 그래서 선생님 부모님께 꼭 범인을 잡아내자고, 전단지 돌리는 거 돕겠다고 다 같이 편지 썼어. 나쓰키도 같이 할 거지?"

"당연하지!"

집으로 돌아와 며칠 전 신문을 펼치자 '사라진 미소, 하루아침에 빼앗긴 청춘'이라는 제목의 기사가 눈에 들어왔다. 기사 내용은 이랬다. 용모가 수려한 대학생 청년이 어느 날부터 스토커에게 시달린 끝에 정신적으로 피폐해져, 수면제를 처방받을 정도로 힘겨워했다. 타고나기를 심성이 여렸던 청년은 부모에게 사정을 말하지 못하고, 친한 친구에게만 고민을 털어놨다. 청년은 학원 강사 아르바이트를 했는데 아이들에게 사랑받는 훌륭한 인물이었다. 부모가 일 관계로 집을 비운 여름 동안 사건이 일어났다. 수차례 흉기로 찔린 탓에 치아로 신원을 확인했을 정도로 시신이 심각하게 훼손됐다. 범인은 아직 붙잡히지 않았지만, 경찰은 청년이 생전 친구에게 하얀색 왜건에 쫓기고 있다고 한 말을 단서로, 수상한 왜건의 목격 정보를 조사하는 중이다.

기분이 묘했다. 그럼 내가 쓰러뜨린 파란 덩어리는 대체 무엇이었을까. 선생님은 거기에 없었고, 나는 그날 마녀와 싸웠는데 마녀는 흔적도 없이 사라져버렸다.

오른쪽 귀는 여전히 들렸다 안 들렸다 했다. 입은 역시 완전히 망가져서 뜨겁거나 차가운 감각만 느껴질 뿐, 맛은 느껴지지 않았다. 그래서 여전히 식욕이 없는데 엄마는 절대로 밥을 남기면 안 된다고 으름장을 놓았다. 급식은 남겨도 들키지 않았지만 집에서는 다 먹는 수밖에 없었다.

주말에 학원 수업이 끝나면 역 앞에 가서 유족과 함께 전단지를 돌렸다. 전단지에는 '목격자를 찾습니다! 빼앗긴 소중한 생명, 절대 범인을 용서하지 않는다!'라고 적혀 있었다.

"고맙구나."

선생님 부모님은 무척 점잖은 신사 숙녀였다. 눈물을 머금고 아이들의 손을 꼭 잡는 두 분과 단단히 악수를 나누었다.

집에 돌아오면 매일 같이 퓨트에게 말을 걸었다.

무엇을 물어도 퓨트는 고맙다는 말만 했다.

"너는 마녀를 죽였어. 너는 마녀를 퇴치했어. 고마워! 고마워!"

"그 파란 덩어리는 어디 간 걸까? 선생님은 스토커가 아니라 마녀한테 살해당한 게 아닐까?"

"너는 마녀를 퇴치했어! 고마워! 고마워!"

퓨트는 고장 난 것처럼 같은 말을 반복할 뿐이었다.

그날 마녀를 본 건 사실 꿈이 아니었을까, 그렇게 생각하게
됐다.

나는 학원 친구들과 전단지 돌리는 일을 계속했다.

역 앞에서 전단지를 돌린 뒤 집으로 돌아가는 길에 시즈카가
말했다.

"있잖아, 흉기를 아직 못 찾긴 했지만 경찰에서는 칼이 아니
라 낫 같은 걸 사용한 것 같다고 했대."

"낫······?"

"정신이상자 생각을 우리가 어떻게 알겠어. 무서워! 빨리 찾
아서 체포했으면 좋겠다."

"무서워!"

시즈카 흉내를 내며 따라 외치면서도, 혹시 범인이 내가 마녀
를 퇴치하는 데 쓴 낫을 주워서 그걸로 선생님을 죽인 게 아닐
까 생각했다.

월요일 아침, 서둘러 소각로로 가봤지만 그날 버린 물건은 어
디에도 없었다. 옷은 몰라도 날붙이 정도는 남아 있을지 모른다
고 생각했는데, 소각로 안에는 복사용지와 쓰레기밖에 없었다.

집으로 돌아와 말리지도 않고 침대 밑에 쑤셔 넣은 배낭을 꺼
내서 보니 금빛이던 액체는 어디에도 없었다. 그 대신 손잡이
부분에 작고 검은 얼룩이 묻어 있었다.

밤이면 또 퓨트에게 말을 걸었다.

"퓨트, 혹시 그날 내가 마녀를 퇴치하는 데 쓴 무기를 범인이 훔쳐 갔을지도 몰라."

"나쓰키, 고마워! 나쓰키, 고마워!"

"퓨트, 대답 좀 해봐. 나 불안해. 저기, 어쩌면, 어쩌면 선생님 은⋯⋯."

진지하게 말을 걸자 퓨트가 잠깐 침묵하더니 여느 때보다 더 커다란 소리로 내 오른쪽 귀에 대고 말했다.

"나쓰키, 좋은 소식을 알려줄게. 네 덕에 나쁜 마녀의 마법이 세상에서 완전히 사라졌어. 그러니까 이제 변신도 안 해도 되고, 싸울 필요도 없어. 이제 얼마 안 있어 너는 내 목소리를 듣지 못하게 될 거야."

"왜?"

"내 사명을 완수했으니까. 마지막으로 너에게 할 말이 있어. 나는 너를 찾아내서 너한테 콤팩트와 요술봉을 주고 마법소녀로 만들었어. 하지만 그건 우연이 아니었어. 너는 갓난아이일 때 여기로 보내진 포하피핀포보피아별의 마법전사야. 사실 임무가 끝나면 포하피핀포보피아별로 돌아갈 예정이었지. 생각보다 시간이 더 걸린 탓에 우주선은 이미 떠났지만⋯⋯."

"그랬구나! 난 지구성인이 아니었어! 나도 포하피핀포보피아성인이었어!"

방방 뛰며 퓨트를 껴안았다. 퓨트도 기뻐하며 귀를 움직여 끄덕였다.

"그래! 너도 어렴풋이 알고 있었지? 네가 지구성인이 아니라는 걸. 네가 지구성인에 적응하지 못하거나, 이상하다 느끼는 것도 당연해. 왜냐면 너는 포하피핀포보피아성인이니까."

"좋아! 너무 좋아! 그랬구나!"

"포하피핀포보피아별의 사람들도 너를 찬양하고 있어. 다들 기뻐해."

"나도 언젠가 돌아갈 수 있을까……?"

"■ ■ ■ ■ ■"

퓨트가 뭐라고 말했지만 그 말은 들리지 않았다.

나는 그대로 깊은 잠에 빠져들었다. 침대 밑에 숨겨놓은 배낭은 더러워졌으니 내일 버리자. 배낭에 든 콤팩트와 요술봉도 더는 못 쓴다. 하지만 내가 포하피핀포보피아성인이라는 사실을 안 것만으로 충분하다. 오랜만에 별이 쏟아지는 아키시나의 밤하늘을 떠올리며 잠들었다.

그날 밤을 끝으로 퓨트는 한 마디도 하지 않았다. 나는 미라가 돼버린 듯한 퓨트를 혼인서약서와 결혼반지와 함께 양철 상자에 소중히 넣어 보관했다.

선생님 사건에 대한 수사는 난항에 부딪혔지만 유족과 학생들이 전단지를 돌리는 모습은 이따금 지역 방송에서 보도됐다. 나도 시즈카의 권유로 계속 역 앞에서 같이 전단지를 돌렸다.

사람들은 용모가 수려한 남자 대학생이 정신이상자에게 살해됐다는 이야기를 수군거리며 연신 슬프다고 말하면서도, 은근히 즐거워하는 것 같았다.

나는 마법소녀로서의 능력을 잃고, 우주선을 놓친 평범한 포하피핀포보피아성인으로 여생을 보내고 있다. 고향 별로 돌아갈 길이 요원한 지금, 포하피핀포보피아성인으로 살아가는 건 고독한 일이었다. 날마다 지구성인이 나를 완벽하게 세뇌해주기를 바랄 따름이었다.

5

아침에 눈을 떴을 때 남편은 벌써 정원에 나가 활기차게 움직이고 있었다.

"유우 씨가 일어나면 창고를 좀 구경해도 될까?"

"되긴 되는데 아마 재미있는 건 없을 거야. 나도 어릴 때 자주 탐험하고 놀았는데 농기구랑 기계밖에 없었어."

"그래도 보고 싶어!"

남편은 도쿄에 있는 동안 은둔형 외톨이 같이 생활했다는 사실이 무색하게 환한 표정으로 들뜬 듯 말했다. 어릴 적 나를 보는 기분이었다.

"잘 잤어? 일찍 일어났네."

운동복 차림의 유우가 툇마루로 나왔다.

"도모오미 씨, 간밤에는 편히 주무셨나요?"

"아, 덕분에요. 맞다, 오늘 아침식사 당번은 나였죠?"

남편이 서둘러 샌들을 벗고 집으로 들어왔다.

"저도 도울게요."

"아뇨, 그럼 당번을 정한 의미가 없잖아요. 느긋하게 아침 공기를 즐기십시오. 저는 어제 수확한 야채로 된장국을 만들어보고 싶네요."

"너무 이상한 음식은 만들지 마."

걱정돼서 한 말이었건만 남편은 한껏 의욕을 내비쳤다.

"조금 쌉쌀할 것 같긴 하지만 빨리 맛보고 싶어. 아아, 이곳은 정말 멋져."

유우는 남편이 부엌으로 가는 걸 보더니 나에게 "뭐라도 걸쳐, 감기 걸리겠다"라고 말한 뒤 세면실로 갔다.

나는 툇마루에 앉아 유우와 남편이 집을 돌아다니며 내는 어렴풋한 삐거덕거리는 소리에 귀를 기울였다.

그날부터 우리는 매일 아침식사를 마치고 셋이서 산책을 나갔다. 유우가 매일 산책한다는 걸 듣고 남편이 같이 가겠다고 나선 것이다.

먼저 우리는 빨간 다리까지 가서 저마다 스마트폰을 켜 메일과 부재중 전화를 확인했다. 그리고 강을 따라 천천히 걷다가 이웃 마을로 가는 산길이 나오는 부근에서 다시 집으로 되돌아왔다.

남편 눈에는 모든 것이 신기하기만 한 모양이었다.

남편은 이웃 마을에도 가보고 싶다고 했지만, 유우가 산길이 꽤 험하니 포기하는 게 좋다고 타이르자 마지못해 단념했다.

가끔 코스를 바꿔서 산 쪽이나 폐교 근처까지 가는 날도 있었지만 대체로 강가를 왕복하는 게 다였다.

할아버지 할머니 무덤에 들러 꽃이나 음식을 두고 올 때도 있었다. 그럴 때면 유우는 먼저 집에 들어간다며 절대로 같이 가지 않았다.

산책을 하다 보면 늘 기묘한 감각에 휩싸였다.

남편과 유우가 양옆에서 걷는 건 무척 신기한 광경이었다. 얼마 전까지만 해도 유우는 과거의 사람, 남편은 현재의 사람으로 두 시간은 단절되어 있었는데 둘 중 누군가 타임머신을 타고 나타난 기분이었다.

남편은 산책을 하다 보면 늘 흥분해서 말이 많아졌다.

"나는 이곳에서의 생활을 계기로 인간이 절대 하지 않는 일을 해볼 작정입니다."

"그렇게 생각하신 이유가 뭐죠?"

유우의 질문에 남편이 가슴을 펴고 말했다.

"그러면 세뇌가 풀릴 테니까요. '금기' 같은 건 인간이 인위적으로 만든, 일종의 세뇌에 불과합니다. 외계인의 눈으로 보면 한심하기 짝이 없죠. 비합리적입니다."

"이를테면 어떤 게 있을까요?"

"음…… 이상한 걸 먹는 거? 예를 들면 곤충이라든지……."

"유감이지만 이 지역 주민은 원래 곤충을 먹습니다. 메뚜기 같은 건 나가노뿐 아니라 여러 지방에서 먹고 있지 않나요?"

"그런가요……."

"그래도 관심 있으면 다음에 사올게요. 메뚜기와 벌 유충…… 아 맞다, 도모오미 씨가 좋아하는 누에를 먹는 지방도 있다는군요. 삼촌 말씀으로는 할머니 집에서는 누에를 먹지 않았다고 하지만요."

"와, 꼭 먹어보고 싶네요. 아주 귀엽겠죠……."

지난 며칠 동안 유우와 남편은 제법 친해졌다. 유우는 나와 최대한 거리를 두고 가급적 남편과 이야기하려고 애쓰는 것 같았다.

남편이 절실함이 느껴지는 목소리로 말했다.

"우리가 살던 곳이 인간 공장이라면, 이곳은 공장이 철거된 터로군요. 이제 새로운 물건을 만들어내지 못하는 공장. 만들라고 하는 사람도 없고요. 나는 원래 살던 곳보다 여기가 훨씬 마음이 편합니다. 제 역할을 마친 부품으로서 앞으로 쭉 이곳에서 살고 싶어요."

"그런가요. 저는 여기서도 가끔 듣긴 하는데요. 젊으니까 빨리 장가가서 아이 낳으라는 말이요."

"그건 공장의 망령입니다. 폐허에는 망령이 떠도는 법이죠."

남편이 심각한 낯으로 말하자 유우가 재미있다는 듯 웃었다.

"맞아요, 이 마을에는 망령이 떠도는지도 모릅니다."

물 흐르는 소리가 들렸다.

기억 속 모습보다 훨씬 작은 강에는 지금도 물이 흐르고 있었다. 아키시나에 발길을 끊은 뒤로도 그 소리는 좀처럼 귓가에서 떨어지지 않았다.

흐르는 물소리를 옆에 두고 진짜 유우와 걷고 있었다. 이 순간이 마냥 신기했다.

강 건너로 조상의 무덤이 보였다. 대학생 때, 아빠가 삼촌과 통화하면서 "아직 흙이 꺼지지 않았어"라고 말하는 걸 들은 적이 있다. 그로부터 이십 년도 더 지났지만, 할아버지의 관을 덮은 흙은 여전히 꺼지지 않고 봉긋한 상태였다.

할아버지는 지금 그 무덤에서 어떤 모습을 하고 있을까. 그 뒤, 회사 상사나 친구 부모님 등의 장례식에 여러 차례 참석했

지만 매장을 본 적은 없었다. 머리카락이나 피부는 남아 있을
까. 예전에 조사하다 본 바로는 완전히 흙으로 돌아가기까지는
백 년 이상 걸린다고 하니, 생각과는 달리 원래 모습 그대로 우
리를 바라보고 있을지도 모른다.

"무슨 생각을 그렇게 해?"

남편이 내 쪽을 돌아보며 물었다. 걸음을 멈췄던 나는 황급히
두 사람에게 달려갔다. 강 건너 무덤이 보였다. 무덤 앞에 올린
음식에 까마귀 떼가 몰려들어 있는 듯했다.

가을방학은 한 달. 그것이 나와 남편의 한계였다.

더 지나면 모아둔 돈도 사라지고, 공장도 가만히 있지 않는
다. 들키면 다시 끌려갈 것이다.

"겨울이 오기 전에 떠나는 게 좋을 거예요. 눈이 엄청나게 오
거든요. 일층이 눈에 파묻히기도 하고요."

유우도 그렇게 충고했다. 남편은 아쉬운 모양이었지만 우리
의 휴일은 여기까지인 것 같았다.

집 앞길로 나가면 웅장한 산이 보인다. 산은 날로 붉게 물들
어 지금은 절반 이상이 단풍으로 뒤덮여 있다.

산책을 마친 우리는 아침으로 오야키_{안에 팥, 야채 등을 넣고 구운 일본}
_{식 만두}를 먹으며 오늘은 무엇을 할지 이야기를 나눴다. 유우는 정

원을 손질한다고 했고, 남편은 수영을 찾아보겠다고 했다. 수영이 가을에도 나는지 모르겠다고 말했지만 의욕에 찬 남편은 아랑곳하지 않았다. 나는 맛을 느끼지 못하니 만일 수영을 찾아도 이제 그 신맛을 느끼지 못할 것이다. 그렇게 생각하니 영 흥이 나지 않아 그냥 집에서 식기를 정리하기로 했다.

"삼촌한테 옛날에 쓰던 유리컵 하나 가져가도 되냐고 물어보면 허락해주실까?"

"일단 리쓰코 고모한테 먼저 말하는 게 좋을걸. 중요한 물건일지도 모르니까."

"알았어."

툇마루 밖에 있는 정원수도 조금씩 단풍이 들기 시작했다. 그 광경을 바라보며 중얼거렸다.

"아키시나의 가을은 처음 봐. 여기에는 늘 여름에만 왔으니까. 눈 내리는 풍경은 상상이 안 가네."

내 말에 유우가 시선을 돌리지 않은 채 말했다.

"매해 겨울 내내 눈 덮인 풍경을 볼 수 있어."

"머리로는 알겠는데 상상이 안 가네."

"나쓰키는 자기 눈에 보이는 것만 보니까."

유우의 말에서 가시가 느껴져 순간적으로 고개를 숙이고 나지막이 반론했다.

"안 그런 사람도 있어?"

"세상에는 보고 싶지 않은 걸 보면서 평범하게 사는 사람도
많아."

재회 후 내가 외계인이라는 사실을 털어놨을 때부터 어렴풋
이 눈치채고 있었다. 유우는 나를 경멸한다.

"눈이 오면 분명 단풍과는 또 다른 아름다운 광경을 볼 수 있
겠네요."

남편이 황홀한 표정으로 말했다.

"도쿄에서 태어나서 눈이 가득 쌓인 풍경을 본 적이 거의 없
습니다. 분명 아름답겠죠."

"그렇게 낭만적이진 않습니다."

유우가 표정을 누그러뜨리더니 남편에게 미소를 지어 보이
며 말했다.

"그런 혹독함도 이 마을의 일부겠죠. 직접 겪고 싶네요."

어렵다는 걸 알면서도 남편이 중얼거렸다.

"도모오미 씨는 정말 이곳을 좋아하시는군요."

유우는 남편의 말을 나무라는 적은 있어도 부정하지는 않았
다. 이것이 내가 아는 유우였다.

유우는 미쓰코 고모가 자신을 연인처럼 대해도, 내가 결혼을
강요해도 한 번도 거절하지 않았다. '복종하는 것'이 어린 시절

유우의 처세술이었던 것이다.

"물론이죠! 겨울도, 봄도 다 이 눈으로 보고 싶어요. 하지만 쉽지 않겠죠. 공장 놈들이 무슨 짓을 할지 모르니까……."

남편은 중얼거렸다.

남편도, 나도 느끼고 있다. 이제 곧 공장에서 '사자'가 올 것이다.

우리는 공장의 일부이면서 태업을 하고 있었다. 그러니 아마 가까운 시일 안에 공장으로 끌려갈 것이다. 나는 그 사자를 손꼽아 기다리고 있다.

사자에게 끌려간 우리는 다시 공장으로 가 남편은 노동을, 나는 출산을 하도록 유도되겠지. 자연스럽고도 강제적인 방식으로. 모두 노동과 출산이 얼마나 멋진 일인지 우리에게 설파할 것이다.

나는 그때를 기다리고 있다. 이번에야말로 나를 완벽히 세뇌해준다면, 내 몸은 공장의 일부가 되리라.

내 자궁도, 남편의 정소도 우리 것이 아니다.

그렇다면 빨리 뇌까지 세뇌시켜주기를. 뇌까지 전부 세뇌된다면 분명 더는 괴롭지 않을 것이다. 모두가 살고 있는 가상현실 세계에서 나 역시 웃으며 살아갈 수 있을 것이다.

내 소원을 들어준 것일까. 사자가 아키시나 집 문을 두드린 건 그 이튿날이었다.

점심을 먹고 양치질을 하고 있는데 문 두드리는 소리가 들렸다. "네" 하고 대답하며 문을 열자 언니가 서 있었다.

언니는 조카의 손을 잡고 있었다. 홈웨어 차림의 나를 힐끗 보고서는 순간 씩 웃은 것 같았다.

"나쓰키? 손님 오셨어?"

부엌에서 유우가 얼굴을 내밀었다. 언니를 보고 단번에 누구인지 알았는지 표정이 굳었다.

"안녕, 유우. 오랜만이네. 나 기세야, 알아보겠니?"

"⋯⋯네, 오랜만에 뵙네요."

"너희가 예정보다 오래 내려가 있다고 엄마가 걱정이 이만저만이 아니시기도 하고, 나도 너희 어떻게 지내나 싶어서 들여다보러 왔어."

언니는 뭔가에 도취된 말투였다. 어떤 드라마를 너무 많이 봐서 그 흉내를 내는 게 아닌가 싶을 정도로, 어투가 연기라도 하듯 작위적이었다.

"아, 처형, 오랜만입니다!"

거실에서 나온 남편이 언니보다 더 연기하듯 큰 소리로 인사했다.

남편은 언니를 싫어했다.

언니는 어른이 되어 공장에 구제된 사람 중 하나였다. 어린 시절, 사회에 잘 적응하지 못했던 언니는 공장의 도구가 됨으로써 구제받고 열광적인 공장 신자로 성장했다.

남편은 늘 몰래 "공장 놈들 중에서도 저 사람은 유독 징글징글해"라며 험담을 했다.

언니를 거실로 안내하고 찻물을 끓였다. 곧 초등학교에 입학하는 조카는 신이 나서 집 곳곳을 뛰어다녔다.

"계속 여기 있을 생각은 아니지?"

언니는 점심은 이미 먹었다며 유우가 내어온 오야키에는 손도 대지 않고, 그저 나를 보며 말했다.

"그럴 생각인데……."

"부부가 너무 오래 있으면 유우한테 민폐잖아. 옛날처럼."

그 말에 유우의 얼굴이 파랗게 질렸다.

"빨리 집에 가서 둘만의 생활로 돌아가야지. 제부도 그렇게 생각하죠?"

"글쎄요……."

남편은 연기하는 것도 귀찮아졌는지 건성으로 대꾸하며 오야키를 먹었다.

"오늘은 그냥 어떻게 지내나 보러 온 거예요. 엄마도 걱정 많으셔. 하필이면 유우가 사는 이 집에 부부 여행을 오다니."

"죄송합니다. 제가 다른 데 가 있었어야 하는데."

나와 남편이 듣는 둥 마는 둥 해서 그런지 유우가 쩔쩔매며
언니에게 사죄했다.

"네 잘못은 아니지. 마을 사람들이 뭐라고 하지는 않아? 얘네
부부 때문에 곤욕을 치르지는 않을지 걱정했어."

언니는 자의로 말하는 게 아니라, 세상에 조종당하는 말투로
말했다. 나는 그런 언니가 부러웠다.

조카가 집에서 노는 데 질리기 시작했을 즈음, 언니가 그만
가보겠다며 일어났다.

"더 놀다 가시지 않고요."

남편은 재빨리 일어나 현관으로 나가는 장지문을 열더니, 환
한 얼굴로 언니를 밖으로 안내하며 말했다. 빨리 나가라는 양
언니의 신발을 돌려놓으며 다시 한 번 "아쉽네요" 하고 말했다.

"다음에 또 올게."

언니는 남편이 자신을 싫어하는 걸 잘 아는지, 내쫓는 거나
다름없는 태도에도 딱히 개의치 않고 집을 나섰다.

언니의 차를 배웅하기 위해 밖으로 따라 나왔다.

"그 산길을 운전해서 온 거야?"

"응."

"언니, 운전 잘하는구나. 옛날에는 차만 타면 멀미하더니."

"나쓰키, 역 앞에서 돌리는 전단지, 다시 화제된 거 알아?"

너무도 뜬금없는 말이라 언니가 무슨 이야기를 하는지 바로 알아듣지 못했다.

"일전에 옆 동네 남자 고등학생이 끔찍하게 살해된 사건 있잖아. 범인이 잡혔는데, 그 사건과 유사성이 있다고 이가사키 선생님 사건이 방송에 나오더라고. 벌써 이십 년도 더 지난 사건인데 말이야. 그걸 계기로 선생님 부모님이 다시 전단지를 돌리기 시작했나 봐. 보통 그런 사건이 일어난 집에서는 살기 힘들 텐데 이사도 안 가고 있었더라고. 반상회에서 들었는데 혹시 부모가 범인이고, 그 집에 증거를 숨긴 거 아니냐는 소문도 돌았대. 너무하지 않니?"

"그렇구나……."

"너도 옛날에 같이 전단지 돌렸지? 이번에도 좀 도와주면 어때?"

"……생각해볼게."

언니의 차가 멀어져갔다.

비척비척 안채로 돌아가니 남편이 불단 방에서 소리를 지르고 있었다.

"아아아아! 쫓아왔어, 놈들이!"

남편이 내 이불을 밟고 미끄러질 뻔하다 내 어깨를 붙잡았다.

"저 여자는 공장에 완전히 세뇌됐어. 나는 또 온전히 내 것이 아니게 될 거야! 놈들 때문에!"

"진정해. 언니는 우리를 억지로 데려갈 수 없고, 지금으로선 저렇게 은근히 압력을 가하는 것밖에 못 하니까. 당분간은 여기서 느긋하게 지내도 돼."

"그 여자 눈 봤어? 미쳤어. 마치 우리를 죄인 보듯 보면서 '지금 돌아오면 용서해줄게'라는 투였잖아. 왜 내가, 나로 사는 걸 누구한테 허락받아야 하는데. 지긋지긋해!"

흥분한 모습을 보고 아연해하던 유우가 간신히 제정신을 되찾고, 남편의 등에 손을 대며 말했다.

"진정해요. 몸이 차네요. 고타쓰에 앉아서 좀 쉬어요."

"알겠습니다……."

고개를 푹 숙인 남편을 위로하는 유우는 뭔가 생각에 잠긴 눈치였다.

그날 밤, 남편이 목욕하는 동안 툇마루에서 별을 보고 있는데 유우가 장지문을 열고 말을 걸었다.

"그런 데 있으면 춥지 않아?"

"탕파 안고 있어서 괜찮아."

"그래."

유우가 내 옆에 앉았다. 남편이 함께 있지 않을 때는 최대한 나와 다른 공간에 있으려 애쓰는 유우였기에 웬일인가 싶었다.

"저기…… 내가 이런 얘기를 하는 것도 이상하긴 한데, 도모오미 씨도 우리 어릴 적 일을 알아?"

"우리는 옛날 얘기 잘 안 해. 도모오미가 내 파트너이긴 하지만 친구는 아니니까."

"파트너라면 얘기를 해야지. 나중에 알면 오해할 수도 있고, 상처받을지도 모르잖아."

"오해? 무슨?"

내 말에 유우는 당황한 것 같았다.

"나하고 나쓰키가…… 그, 관계가 있다는 식으로."

"너 꼭 텔레비전 드라마에 나오는 사람 같다. 관계가 있다니, 사촌이니까 관계가 있는 건 당연하지."

"이건 드라마가 아냐. 현실이지. 혹시라도 오해를 받으면, 나쓰키 너도 너희가 공장이라 부르는 곳에서 더 소외될 거야. 윤리에 반하는 행동을 하는 사람은 처벌받으니까."

"도모오미는 괜찮아. 나보다 더한 포하피핀포보피아별 신자니까."

유우가 한숨을 내쉬었다.

"나쓰키, 우리는 이제 어린애가 아냐. 그런 황당무계한 논리는 안 통해. 이제 정신 차리고 제대로 살아야지. 어른으로서 자기 문제와 마주해야 할 거 아냐."

"문제가 뭔데? 제대로 사는 건 뭐고? 난 유우한테 제대로 설명했어. 나하고 도모오미 관계. 분명히 전달했는데 너한테는 안 들리는 거구나. 세상의 소리를 듣고 있으니, 우리가 아무리 말해도 네 안에서 우리 말은 하잘것없는 것밖에 안 되고, 아무 의미도 가지지 못하는 거겠지."

유우를 올려다봤다. 유우는 나보다 키가 조금 더 컸다.

"네가 부러워. 너는 제대로 세뇌됐잖아. 나도 빨리 그렇게 되고 싶어. 나는 도모오미처럼 외계인의 눈이 부럽지 않아. 빨리 '지구성인의 눈'을 갖고 싶어. 그러면 분명히 편하게 살 수 있을 텐데."

유우가 한숨을 내쉬었다.

"……나쓰키는 어릴 때랑 똑같네. 하나도 안 변했어. 정말 냉동인간 같아."

유우는 나를 경멸한다. 하지만 나도 어찌할 도리가 없다. 이미 내 안엔 외계인의 눈이 다운로드됐다. 그 눈으로 보는 세상밖에 볼 수 없다. 공장의 일원으로 사는 게 훨씬 편하다는 건 나 역시 알고 있었다.

"내일 도모오미한테 말할게. 유우가 그렇게까지 말하는데 지구의 규칙에 따라야지. 나는 반역자가 아니니까."

그렇게 말하고 나서 탕파를 꼭 끌어안았다. 품 안에 남아 있는 건 미지근한 온기뿐이었다.

이튿날 아침식사 자리에서 남편에게 할 이야기가 있으니 나중에 시간을 내달라고 했다. 그러자 남편은 자기도 할 말이 있다며 나와 유우에게 말했다.

"할아버지하고 섹스 해보려고."

유우는 쿨럭거리며 마시던 된장국을 고타쓰에 뿜었다.

"왜 그런 생각을 했어?"

나는 유우에게 걸레와 휴지를 건네며 남편에게 물었다.

"인간은 근친상간을 안 하잖아. 금기지. 그러니까 금기를 범하면 세뇌에서 한 걸음 해방될 수 있을 거야."

"음, 그런가……."

남편의 아이디어는 인간의 가치관에서 비롯된 것이라, 오히려 인간다운 발상이라는 생각밖에 들지 않았다.

"일단 살인을 제외한 금기 중에서 가장 인간이 저지르지 않을 것 같은 일이라서."

"잠깐만요."

유우가 다급히 끼어들었다.

"뭐라고 말을 해야 할지…… 좌우지간 합의되지 않은 성관계는 범죄입니다."

"괜찮아. 도모오미의 할아버지는 식물인간 상태로 입원중이거든."

"그럼 더더욱 안 되지!"

"왜?"

나는 유우의 눈을 응시했다.

"유우, 그런 건 눈에만 안 보일 뿐 전세계에서 벌어지는 일이야. 지금도 누군가 도구로 쓰이고 있어. 오늘도 일어나고 있는 일이라고. 그뿐이야."

"나쓰키, 그건 범죄야. 비정상이라고."

"그게 뭐? 비정상을 무시하는 게 어른의 일이잖아. 언제나 그랬으면서 왜 지금 이 순간에만 착한 척하는데? 유우는 '평범한 어른'이잖아? 무시하면 돼. '평범한 어른'답게."

나는 남편이 저지르려는 범죄에 대해 아무런 간섭도 할 생각이 없었다. 남편이 그렇게 외계인이 되고 싶으면 외계인이 되면 되고, 자신의 정소로 누군가에게 상처를 주고 싶으면 그렇게 하면 된다. 진짜 실행한다면 적어도 괴물은 될 수 있겠지. 생각하려니 손이 덜덜 떨리고, 오른쪽 귓속에서 매미 소리 같은 전자음이 울려 퍼졌다.

"듣고 보니 유우 씨 말에도 일리는 있어요. 범죄가 아닌 건 아니네요. 할아버지가 알아채지 못해서 입건되지 않을 뿐이니까. 내가 잘못 생각했습니다."

남편은 그렇게 말했다. 나는 손끝이 떨리는 걸 느끼며 담담히 남편에게 말했다.

"왜? 범죄가 뭔데? 지구성인은 늘 저지르는 일이잖아. 언제나 아무렇지도 않게 범죄를 저지르잖아."

"그렇게 말하니 할 말이 없네. 나쓰키는 역시 포하피핀포보피아성인이야."

남편이 말했다.

"엄마는 간병하느라 바빠서 시간이 없을 것 같으니까 근친상간은 형하고 해야겠어. 물론 상호합의하에 할 수 있도록 알아듣게 설명해야지."

"잠깐만요, 그런 짓을 해서 뭘 어쩌자는 겁니까?"

남편은 의아스레 유우를 봤다.

"어쩌긴요, 외계인이 될 겁니다. 몇 번이나 설명했잖습니까."

"그런 짓을 해도 우리가 인간이라는 사실을 뒤집을 수는 없어요."

"해보지 않으면 모르죠. 어쨌든 도전하고 싶어요. 나는 공장에 다시 끌려가기 전에 인간성을 전부 버리고 싶습니다."

남편이 힐끗 내 쪽으로 시선을 돌렸다.

"나만 얘기해서 미안. 당신 할 얘기는 뭐야?"

"어, 나랑 유우는 초등학생 때 우리가 연인이라 생각하고 섹스를 한 적이 있어. 몰래 결혼식도 올렸고."

"뭐야, 그런 얘기였어?"

남편이 한숨을 쉬었다.

"그런 걸 신경 쓰다니, 당신은 정말 공장에 세뇌되고 있구나. 실망이야."

"저…… 제가 나쓰키한테 이야기하라고 했어요. 죄송합니다."

유우가 황급히 우리 대화에 끼어들었다.

"혹시라도 오해할까 걱정돼서……."

"걱정……? 그런가요? 나는 당신이 더 걱정입니다."

남편은 염려스레 유우의 얼굴을 들여다봤다.

"이런 '공장 폐허'에 사는 행운을 누리면서도 당신은 꼭 공장의 저주를 받은 사람 같아요. 하지만 걱정 마십시오. 언젠가 외계인의 눈이 다운로드될 때가 올 겁니다."

"외계인의 눈……."

눈이 부신 것인지, 남편을 혐오하는 것인지, 아니면 그저 졸린 것인지 유우는 게슴츠레 남편을 바라봤다.

남편이 찻잔을 들고 유우에게 다정하게 말했다.

"그래요. 그때야말로 유우 씨도 진정한 세상을 볼 수 있을 겁니다. 뇌에 더럽혀지지 않은, 당신 눈이 실제로 보고 있는 순수한 세상을. 그 광경이야말로 우리 부부가 당신에게 보내는 최고의 선물입니다."

유우가 반론하려는 듯 입을 벌렸다가 이내 남편의 강렬한 시선에 집어삼켜진 듯 그대로 멍하니 허공을 봤다.

"유우 씨에게는 진심으로 고맙게 생각해요. 여기에 우리를 숨겨줘서 정말 감사합니다. 감사의 뜻을 전하고 싶어요. 적어도 그때까지 공장에 끌려가지 않았으면 좋겠는데……."

남편은 찻잔을 내려놓고 나와 유우를 번갈아 봤다.

"아무튼 주말에 본가에 가서 가족 중 누구하고든 성관계를 맺고 오겠습니다. 물론 합의하에, 아무도 다치지 않는 방법으로. 만일 내가 근친상간에 성공하면 축하해주세요. 두 사람이 축복해준다면 무척 행복할 겁니다."

나는 알았다며 고개를 끄덕였다. 온화한 투로 설명하는 남편의 목소리를 들어도 손끝의 떨림은 멎지 않았다.

그날 밤, 나는 좀처럼 잠을 이루지 못했다. 오른쪽 귓속에서는 계속 전자음이 울려 퍼졌다.

중학생이 되어서도, 고등학생이 되어서도, 내 입은 여전히 망가져 있었다. 맛을 느끼지 못하니 무엇을 먹어도 맛이 없어서 몸은 날로 비쩍 말라갔다.

주변 사람이 하나둘 인간 공장의 부품으로 작동하기 시작하는 가운데, 덩그러니 홀로 남겨졌다.

언제 이렇게 모두 인간 공장에 세뇌된 걸까. 모두 '사랑'을 꿈꾸며 그에 걸맞은 여자가 되기 위해 노력하기 시작했다. 그런 현상이 일제히 발생하는 게 왠지 섬뜩했다.

"왜?"

종종 이런 질문을 받았다. 좋아하는 사람이 있느냐는 질문에 없다고 대답할 때마다. 여자들은 모두 사랑 이야기를 좋아했고, 끝까지 하지 않는 사람이 있으면 안쓰럽게 여겼다.

나는 고해하기 위한 '교회'를 찾고 있었다. 몸 안의 말을 전부 꺼내어 보여줄 수 있는 상대가 필요했다. 이성이 아니라 동성을 택한 건 대화를 나눠본 적 있는 남성이 거의 없기도 했고, 무엇보다 이해받지 못할 것임을 직감했기 때문이다. 한시라도 빨리 내 안의 말을 매장하고 싶었다.

고등학생 때, 친구인 가나에게 용기 내 털어놓은 적이 있다. 가나에는 같은 동네에 살고 같은 학교에 다녀서 친하게 지내는 친구였다. 시즈카와 달리, 다른 학원에 다녔던 까닭에 내

이야기를 색안경 끼지 않고 들어줄 것 같았다.

"가나에, 우리 초등학교 때, 역 앞 학원 선생님이 살해된 사건 기억나?"

"아, 그 잘생긴 선생님 말이지. 그때 다른 학원 다니긴 했는데 기억나. 불쌍하더라."

"나 그 학원 다녔어."

"그래? 그 학원 다닌 애들은 서로 다 친하더라. 다 같이 전단지를 돌리는 걸 보고 대단하다고 생각했어."

"하지만 그 선생님, 좀 이상한 데가 있었어…… 죽은 사람을 나쁘게 말하고 싶지는 않은데……."

"이상해? 어디가?"

"그게……."

용기 내 선생님 이야기를 했다. 최대한 에둘러서 조심스럽게 생리대 이야기와 입에 뭔가 넣은 이야기를 하자 가나에가 얼굴을 찡그렸다.

"그게 무슨 소리야? 둘이 사귄 거야? 초등학생하고 대학생인데?"

"아냐. 그게 아니라…… 그러니까, 변태 같은 사람이었어."

가나에가 웃음을 터뜨렸다.

"설마. 너 혹시 자의식과잉 아냐? 그때 초등학생이었잖아. 뉴스에서 그 선생님 사진 봤는데 인기 엄청 많을 것 같았어. 그냥 망상 아냐? 나쓰키 같은 타입을 좋아할 것 같지는 않았는데."

"아냐. 그게 아니라 정말 싫었어."

"싫으면 그렇게 말하지 그랬어. 딱 잘라 거절 못 한 사람 잘못 아냐? 애초에 싫은데 집에는 왜 따라갔어?"

"그건 그런데, 그래도……."

"네 말이 다 사실이라고 쳐. 결국 잘생긴 사람이라 일부러 빈틈을 보인 거잖아. 그거 합의한 거 아냐? 왜 비극의 여주인공 행세를 하는지 모르겠네."

"아냐, 그게 아니라."

가나에가 커다랗게 한숨을 쉬며 말했다.

"저기, 그럼 무슨 말을 듣고 싶은 건데? 나한테 왜 이런 얘기를 하는 거야? 의도도 모르겠고, 솔직히 완전 깨거든."

그 말을 듣자 나는 누군가에게 힘들었구나 같은 말을 듣고 싶었는지도 모른다는 생각이 들었다.

그 이튿날부터 가나에는 나와 거리를 두기 시작했다.

"쟤, 거짓말쟁이야."

뒤에서 그렇게 말하고 다닌다는 걸 다른 친구가 가르쳐줬다.

대학생이 되어 친구인 미호가 전철을 타면 늘 성추행을 당한다고 털어놨을 때, 두 번째 커밍아웃을 했다. 이번에는 신중하게 나와 같은 피해자를 '교회'로 삼았다.

가나에처럼 거짓말이라고 여길까 봐 걱정이었지만, 이번에는 좀 더 용기를 냈다. 순화해서 말하지 않고 명백한 범죄행위라는 사실을 강조했다. 가해자가 나중에 죽었다는 정보 같은 건 동정을 살 수 있으니 말하지 않고, 나를 동정할 만한 에피소드만 신중하게 골라 말했다. 거짓말은 하지 않았지만 미호는 선생님을 잘생긴 대학생 청년이 아닌 뚱뚱하고 추한 중년 남자로 생각한 모양이었다. 이해하기 쉬운 '불행한 이야기'였던 까닭에 미호는 가나에와 달리 나를 가엾이 여겨줬다.

"그게 뭐야, 완전 소름 끼쳐. 변태 자식! 진짜 말도 안 돼. 그건 범죄잖아. 나쓰키 너무 불쌍해."

화를 내는 미호를 보고 안도했다.

하지만 내가 대학교 2학년, 3학년이 되어서도 남자와 거의 말을 섞지 않자 이번에는 다른 형태로 걱정하기 시작했다.

"나쓰키, 옛날 일 때문에 괴로운 건 알겠는데 그러면 너만 손해야. 행복해지는 게 최고의 복수라는 말도 있잖아. 계속 그렇게 칙칙하게 살면 그 아저씨만 좋아할걸?"

"맞아."

나는 맞아, 알아, 그렇게 대답할 뿐 남자와 이야기하려 하지 않았다.

"저기, 이런 말하기는 좀 그렇지만 사실 끝까지 당한 것도 아니잖아. 그런데 계속 피해자라고 생각하는 거 좀 그렇지 않아? 나도 여러 번 성추행 당해봤고 기분 진짜 더러웠지만 다들 참으면서 살잖아. 그 정도로 평생 아무하고도 안 사귀면 인류 멸망이야. 그리고 내 친구 중에는 더 심한 짓을 당한 애들도 많은데다 남자친구 있어. 괴로운 기억은 잊고 긍정적으로 산다고. 나쓰키밖에 없어, 그런 일로 대학생이 되어서도 남자하고 대화조차 못 하는 애는. 좀 이상하다고."

미호의 말이 지당할지도 몰랐다. 하지만 나는 웃기만 할 뿐 어떤 대꾸도 하지 않았다.

어느 날, 미호의 연락을 받고 약속 장소로 향했다. 미호가 모르는 남자와 함께 나를 기다리고 있었다.

"이 사람 누구야?"

내가 묻자 미호는 웃으며 "나쓰키한테 소개하려고"라고 답했다.

"미안, 얘가 남성공포증 같은 게 있거든. 넌 청순한 스타일이 좋다며? 둘이 잘 어울릴 것 같아서."

남자는 미동도 없이 미호만 응시하는 내 모습에 겁에 질린 눈치였다.

"이 사람 누구야?"

내가 다시 물었다. 미호가 누구인지 헷갈리기 시작했다. 왜 이렇게 신이 난 건지, 왜 나와 누군가를 섹스 시키려고 하는 것인지 도무지 이해할 수 없었다.

곧장 그 자리에서 나왔다.

"중고보다 처녀가 좋다고 한 건 사실이지만, 저건 아니지."

그렇게 말하며 웃는 남자 소리가 들렸다.

내가 인간 공장의 도구로서 의무를 다하고 있지 않다는 것은 이미 알고 있었다. 포하피핀포보피아성인이기 때문에 지구성인이 하는 일을 이해하지 못하는 건지도 모른다. 지구에서 젊은 여자는 반드시 연애를 하고 섹스를 해야 하며, 그러지 않는 사람은 '외롭고' '재미없으며' '나중에 후회하는' 청춘을 보낸다는 낙인이 찍힌다.

"되찾아야 해."

미호는 늘 내게 그렇게 말했다. 원하지도 않는 걸 왜 되찾아야 하는지 이해할 수 없었다.

곧 공장으로 출하되는 우리는 출하를 위한 준비를 착착 진행하고 있었다.

먼저 출하 준비가 된 이들은 아직 준비가 덜 된 사람을 '지도'한다. 나는 미호에게 '지도'받은 것이다.

지구성인의 행동은 도무지 이해할 수 없다. 하지만 만일 나도 지구성인이었다면, 미호처럼 아주 자연스럽게 유전자의 지배를 받았을지도 모른다.

그건 분명 의문의 여지조차 없는 아주 평온한 생활이리라.

크리스마스가 가까워진 거리에는 녹색과 하얀색 트리가 늘어서 있었다.

세상은 사랑을 하는 시스템에 지배되고 있다. 사랑을 못하는 사람은 사랑에 가까운 행위를 하라고 강요받는 시스템이다. 시스템이 먼저인지 사랑이 먼저인지 모르겠다. 지구성인이 번식을 위해 이 시스템을 만들어냈으리라는 것만은 이해할 수 있었다.

전철을 타고 뉴타운 역에 내려 개찰구를 나가자, 역 앞 큰길에서 선생님의 유족이 전단지를 돌리고 있었다.

사람들은 그들의 비통한 표정과 "사소한 것이라도 좋으니 아시는 분은 연락주십시오!"라는 호소를 무시한 채 거리를 오갔다. 모두 어떻게 대응할지 모르겠다는 얼굴로, 전단지를 내미는 늙은 손을 은근슬쩍 피하고 있었다. 사건 당시에는 세간의 동정을 한 몸에 받았지만, 계속해서 전단지를 돌리자 동네를 시끄럽게 만드는 골칫거리 취급을 받고 있었다.

나는 선생님 부모님에게서 고개를 돌리고는 눈에 띄지 않도록 걸음을 옮겨 집으로 향했다.

제 유전자를 물려받은 생물이 살해됐다는 사실은 인간을 극

도로 흥분시킨다. 선생님의 유족은 그날부터 지금까지 줄곧 슬픔과 분노에 휩싸여 있다.

내가 어릴 때와 달리 역 앞에는 쇼핑몰과 아웃렛이 생겨 북적거렸다. 수많은 가족과 교복 차림의 학생 커플이 손을 잡고 형형색색의 크리스마스 장식으로 꾸며진 길을 걷고 있었다.

공장은 연애가 얼마나 멋진 일인지, 그리고 그 결과로서 인간을 생산하는 행위가 얼마나 아름다운지 점점 더 힘주어 선전하는 것 같았다.

이 거대한 인간 공장을 위한 자궁은 내 아랫배에 이미 완성되어 있다. 이 장기를 공장을 위해 쓰겠다는 시늉을 하지 않으면 규탄받는 나이에 접어들고 있었다.

이튿날 아침, 바스락거리는 소리에 눈을 뜨니 남편이 채비를 마치고 나가려 하고 있었다.

"아침 안 먹고 가?"

"하룻밤만 있다가 다시 올 거야. 택시 불렀어. 최대한 빨리 완수하고 올게."

"그래. 힘내."

남편이 나가자 이층에서 유우가 내려왔다.

"도모오미 씨는?"

"나갔어."

"벌써? 내가 바래다준다고 했는데."

"성미가 좀 급하거든."

유우가 한숨을 내쉬며 말했다.

"그럼 나도 아침 먹고 나갈게."

"어디 가려고?"

"오늘 밤에는 산 아래 여관에서 자려고."

"왜?"

"우리는 단둘이 이 집에 있으면 안 된다는 거, 너도 알잖아."

유우는 그렇게 대답했다.

유우에게는 내 말도, 남편의 말도 전해지지 않은 게 분명했다. 그저 세상의 목소리만 따르는 유우. 그의 결벽적인 태도가 내 눈에는 세뇌가 완료됐다는 증명처럼 보여서 부러울 따름이었다.

"내가 나갈까? 우리가 손님인데……."

"나쓰키는 운전 못 하잖아. 버스도 하루에 한 대밖에 없으니 내가 나가는 게 여러모로 편하지."

유우가 귀찮은 듯 대꾸하더니 세면실로 들어갔다.

부부가 쌍으로 민폐를 끼치는 것 같아 미안했다. 최소한 아침 식사라도 준비해야겠다 싶어서 부엌으로 가려는데 밖에서 자동

차 소리가 들렸다.

남편이 뭘 두고 갔나 싶어 내다보니 처음 보는 오렌지색 차가 서 있었다.

차에서 까무잡잡한 얼굴의 남자가 내렸다.

남자는 내 모습을 보더니 의아하다는 낯으로 다가왔다.

"하루타?"

얼굴을 보니 무의식적으로 이름이 튀어나왔다. 데루요시 삼촌의 큰아들인, 아키시나에서 늘 함께 어울리던 하루타였다.

"……나쓰키?"

놀란 얼굴로 되묻는 하루타를 보며 고개를 주억거렸다.

"여긴 어떻게 왔어?"

"남편하고 같이 잠시 여기서 지내고 있어."

"유우는?"

"안에 있어."

그때 유우가 밖으로 나와 표정이 어두워진 하루타에게 말을 걸었다.

"하루타 왔어?"

유우는 한숨 돌린 표정이었다.

"마침 잘 왔어. 아침 먹고 가. 나는 먹고 바로 나갈 거야."

"그래. 그런데 나쓰키 남편은 어디 있어?"

"도쿄에 볼일이 좀 있어서 아까 나갔어. 오늘은 나도 내려가서 여관에 묵으려고."

"그랬군. 그나저나 나쓰키 남편도 좀 이상하네. 아무리 사촌이라지만 보통 남녀를 둘만 두고 나가지는 않지 않나? 부부가 같이 움직이면 되잖아."

"그렇지. 나도 그렇게 생각해."

유우가 안도한 듯 맞장구를 쳤다.

유우는 하루타의 상식에 진심으로 공감하는 것 같았다. 같은 상식을 공유하는 사람에게는 이토록 마음을 여는 것일까. 지금까지와는 딴판으로 편안한 상태의 유우를 보며 그런 생각을 했다.

유우가 근친상간 같은 과격한 단어를 '일' 같은 다른 말로 바꾸어 능수능란하게 설명하자, 석연치 않아 하던 하루타도 일단 납득한 것 같았다.

"뭐, 그런 사정이 있으면 어쩔 수 없지. 유우, 우리 집에서 자. 여관비 아깝잖아."

"그래도 돼?"

하루타는 부인과 아이와 함께 우에다에 산다고 했다.

하루타는 완벽히 공장의 부품으로 작동하고 있구나. 내심 감탄했다.

"아까는 내가 말이 심했어. ……그 일 이후로 여름에 친척끼리 다 같이 여기 모이는 일도 거의 없어졌잖아. 난 아무것도 몰랐어서 마냥 서운했지. 할머니 돌아가셨을 때는 그래도 다들 모이긴 했지만, 나쓰키 넌 안 왔잖아. 아버지한테 이유를 물었더니 '너도 이제 다 컸으니까' 하면서 할아버지 장례식 날에 있었던 일을 말해주는 거야. 놀라기도 놀랐고, 솔직히 소름 끼치기도 했어."

유우는 옆에서 고개를 끄덕이며 하루타의 이야기를 듣고 있었다. 자기한테 소름 끼친다고 말하는데도 왠지 기뻐 보였다. 나와 남편하고 같이 있을 때의 불안한 표정은 온데간데없어지고, 자신을 되찾은 것처럼 보였다. 상식은 전염병이라 혼자 계속 발생시키기는 어렵다. 유우는 하루타를 만나 오랜만에 같은 상식을 공급받은 건지도 모른다.

"유우가 여기 온 뒤로 어떻게 지내나 궁금해서 종종 들여다보러 와. 나쓰키를 오랜만에 보기도 했고, 왠지 옛날 일이 생각나서 예민하게 굴었어."

"이해해."

유우는 맞장구를 치며 들뜬 손길로 하루타의 찻잔에 차를 따랐다.

"너희는 이제껏 한 번도 안 만났어?"

"그날 이후로 연락 한 번 한 적 없어."

말이 떨어지기 무섭게 유우가 대답하자 하루타가 아련한 표정으로 말했다.

"그렇겠지. 그 후로 고모도 거의 못 봤어. 절연당한 거나 마찬가지라고 하더라. 자살하신 것도 장례식장 가서야 알았어."

"자살하신 거야?"

언니가 사인까지는 말해주지 않았는데. 하루타는 "몰랐구나" 하며 놀란 나를 봤다.

"너한테는 정말 아무 말도 안 해줬구나."

"……응."

"그 후로 다들 소원해졌어. 우리가 정말 잘못한 거야."

유우가 중얼거렸다.

"……잘못한 일. 그렇구나, 너한테는."

"누구한테나 마찬가지야."

유우가 나를 똑바로 바라봤다.

"우리는 잘못을 저질렀어."

뭐라 반박하기 위해 침을 삼킨 나와, 그런 나를 노려보는 유우 사이를 막아서듯 하루타가 밝은 목소리로 말했다.

"그나저나 할머니 집도 이제 낡았네. 불단 방 다다미는 많이

상했겠는데?"

"맞아. 이 거실에서 그 많은 사촌이 모여 놀았다니 믿기지가
않아."

"그러게, 어떻게 그랬는지 나도 모르겠다."

나와 유우도 고개를 끄덕였다.

"여름마다 정원에서 불꽃놀이했잖아. 지금 생각하니 꼭 꿈만
같다."

유우가 기억을 되짚듯 눈을 가늘게 뜨며 말했다.

"하루타는 혼자 두 개나 차지한다고 삼촌한테 자주 혼났지."

"나는 선향 불꽃처럼 쩨쩨한 건 싫었어. 아버지가 늘 큰 불꽃
을 터뜨렸잖아."

"하루타랑 서로 파라슈트 불꽃 쏘아 올리는 타입의 불꽃을 갖겠다고
다투기도 했지."

우리는 저마다 간직한 기억을 풀어놨다. 과거의 세계에서 우
리는 분명 모두 모여 이 툇마루에서 수박을 먹었다. 이제 어디
에도 없는 광경이었다.

셋이서 아침을 먹은 뒤 하루타와 유우는 차를 타고 산을 내려
갔다.

하루타는 내가 신경 쓰였는지 "혼자서 괜찮겠어? 같이 갈래?

집사람이랑 같이 자면 되니까"라고 말했지만, 유우가 "남편한테 말도 없이 그럴 순 없지" 하고 제지했다.

상식의 보호 아래 있을 때 인간은 타인을 심판하게 된다. 서늘한 눈빛으로 나를 쏘아보는 유우에게 "여기서 혼자 잘게" 하며 고개를 끄덕여 보였다.

남편이 돌아온 건 이튿날 점심이 지나서였다.

고타쓰에 앉아 게으르게 시간을 보내고 있는데 문 열리는 소리가 났다. 돌아보니 해쓱한 얼굴의 남편이 현관에 서 있었다.

"왔어? 어떻게 됐어?"

"쫓기고 있어. 당장 어디 숨어야 해."

벌벌 떠는 남편에게 사정을 묻기도 전에 밖에서 차 소리가 났다. 남편은 "으악" 하고 비명을 터뜨렸다.

남편을 부엌에 숨기고 현관 쪽으로 나가니 남편을 쫓는 사람이 아닌 유우의 차가 보였다. 유우가 느긋하게 차에서 내렸다.

"도모오미 씨가 탄 택시를 봤는데, 벌써 돌아왔어?"

"그게······."

설명을 시작하기도 전에 밖에서 다시 차 소리가 들렸다. 조심스레 밖으로 나가자 이번에는 커다란 검은 차가 보였다.

차에서 새카만 그림자가 내렸다. 나는 유우의 손을 낚아채 황급히 집으로 들어와 문을 잠갔다.

"어쩌지, 공장의 사자가 도모오미를 쫓아왔어."

"사자……?"

남편은 부엌에 웅크려 떨고 있었다.

이내 유리문 너머로 커다란 검은 그림자가 나타났다.

"도모오미! 썩 나오지 못해? 거기 있는 거 다 알아!"

유우가 나에게 속삭였다.

"누구야?"

"도모오미 아버지."

유우의 눈이 휘둥그레졌다.

"그럼 안으로 모셔야지. 없는 척하면 어떡해."

유우는 "실례합니다, 이 집 사는 사람인데요" 하고 문 너머를 향해 말하더니 "지금 열겠습니다" 하며 문을 열었다.

현관 앞에는 목부터 얼굴까지 검붉게 물든 시아버지가 서 있었다.

"실례합니다. 제 아들 안에 있습니까?"

시아버지는 묻는 동시에 불쑥 집으로 들어와 "도모오미!" 하고 외쳤다.

곧 부엌에서 남편이 끌려 나왔다.

"이 덜 떨어진 놈이!"

얻어맞는 남편을 보며 꼭 드라마를 보는 것 같다고 생각했다.

어릴 적 가족드라마를 볼 때면 극 중 상황이 아무리 심각해도 웃음이 터지고 마는 순간이 자주 있었다. 이렇게 실제로 눈앞에서 그 상황을 연기하는 모습, 완전히 믿는 모습을 보니 웃음이 터질 것 같았다.

"아버님, 일단 고정하시죠."

필사적으로 말리려는 유우의 연기력도 훌륭했다. 유우 역시 시아버지가 펼치는 가족드라마에 완벽하게 녹아들어 있었다.

"그만해요, 도와줘!"

남편이 비통한 비명을 내질렀다. 유우가 시아버지를 붙잡고 있는 동안 남편이 내 발밑으로 도망쳤다.

나는 남편에게 물었다.

"정말 도와줬으면 좋겠어?"

현관에는 풀을 베는 낫이 놓여 있었다.

"당신, 정말 내가 도와줬으면 좋겠어? 진심이면 온 힘을 다해 도울게."

내 시선이 닿은 곳을 알아챈 남편이 황급히 도리질했다.

"아냐, 사실은 안 도와줬으면 좋겠어."

"그래. 알았어."

나는 수긍했고, 남편은 유우의 손을 뿌리친 시아버지에게 다시 붙잡혀 "그만해요, 도와줘!" 하고 소리를 지르며 가족드라마를 이어 찍기 시작했다. "이 모자란 놈아!" 시아버지는 몰입한 얼굴로 대사를 외치며 남편을 계속 때렸다.

발밑으로 남편의 부러진 이가 날아왔다. 피에 젖어 있었다. 피투성이 이를 주워 주머니에 넣었다.

유우는 남편 옆에서 "이러지 마세요" "고정하십시오" 하며 매달려 애원하고 있었다. 나보다 훨씬 더 남편의 아내 같았다.

시아버지에 따르면 남편은 정말로 친형의 집을 찾아가 진지한 표정으로 자신과 근친상간을 하지 않겠느냐고 제안한 모양이었다. 연애 감정이 있는 건 아니고, 다만 근친상간이라는 행위를 통해 자신이 인간이 아닌 무언가가 될 수 있을 것 같다며 혼신의 힘을 다해 설명했다고 한다.

시아주버니는 동생이 뭔가 이상한 종교에 빠진 거라 생각하고, 아이폰으로 몰래 대화를 녹음하면서 남편을 달래 식사를 대접했다. 취한 남편이 소파에서 자는 걸 확인하고 시아버지를 찾아가 동생이 미친 것 같다고 상담했다. 아무것도 모른 채 자고 있던 남편은 머리끝까지 화가 난 시아버지의 전화를 받고 일어나 황급히 신칸센과 택시를 타고 아키시나로 도망쳐왔다. 하지만 우리 부모님을 통해 아키시나의 주소를 알고 있던 시아버지는 쉽게 남편을 따라잡았다.

나와 남편은 그대로 시아버지 손에 끌려 차에 올랐다.

"나이도 먹을 만큼 먹은 녀석들이 정말 한심하구나."

시아버지가 짜증스레 액셀을 밟았다.

마치 그 여름날처럼 나는 다시 공장으로 끌려갔다. 정상적인
사람들은 늘 다시 나를 그 마을로 데려간다.

문득 창밖을 보니 창고 앞에 우두커니 서 있는 유우가 보였다.

유우는 멍하니 입을 벌린 채 우리를 보고 있었다. 차가 출발
하자 유우의 모습은 점점 멀어져갔다.

6

공장으로 다시 끌려온 우리를 기다리고 있던 건 심문과 취조의 나날이었다.

시부모님과 우리 부모님이 서로 연락을 취한 끝에 일단은 각자 본가로 끌려가 개별로 심문을 받았다. 남편은 도쿄 세이조의 집으로, 나는 지바 뉴타운의 본가로 부모님 손에 연행됐다.

드디어 완벽하게 세뇌될 기회라는 생각도 들었지만 남편을 위해 일단 묵비권을 행사했다. 엄마와 아빠, 뻔질나게 본가에 드나드는 언니가 날마다 나를 떠보려 했지만 입을 열지 않았다.

"나쓰키 고집을 누가 당해……."

엄마가 한숨을 내쉬었다.

취조가 시작된 지 일주일쯤 지난 어느 밤이었다.

"모처럼 모였는데 술이나 한잔할까?"

엄마가 섬뜩하게 친한 척을 하며 브랜디 병을 들고 오기에 됐다고 거절했다.

"그러지 말고, 가끔은 여자끼리 한잔하면서 허심탄회하게 얘기해보자. 응?"

엄마가 술 마시는 모습을 볼 기회는 별로 없었다. 하지만 브랜디에 얼음만 넣고 마시는 걸 보면 사실 술이 센 편일지도 몰랐다.

나는 마지못해 엄마가 가져온 술잔에 입을 댔다. 아무 맛도 나지 않았지만 서늘한 얼음의 감촉이 좋았다. 잠시 시간이 흐른 뒤, 엄마가 느닷없이 말을 꺼냈다.

"저기…… 일전에 너희 시부모님하고 만나서 얘기를 좀 했는데, 너희, '사랑'을 안 나눈다면서?"

깜짝 놀랐다.

남편이 우리의 특수한 결혼 생활에 대해 털어놓을 줄은 몰랐기 때문이다.

"그럼 안 돼. 부부 사이에 그게 얼마나 중요한 일인데. '사랑'을 많이 나누다가 섹스리스가 되는 젊은 사람들 얘기는 엄마도 방송에서 들어봤다만, 너희는 한 번도 나눈 적 없다면서?"

달칵거리는 소리가 나 내려다보자 술잔이 흔들리고 있었다.

내 손끝이 진동하는 모양새를 신기한 기분으로 바라봤다.

"'사랑'을 나누는 것도 아내의 의무야. 도모오미가 한 직장에 오래 못 다니잖아, 그런 의미에서도 나쓰키가 내조를 잘 해야지. 너희는 부부잖아."

내 몸은 내 것이 아니다. 공장의 도구로서 다해야 할 임무를 오래도록 몰래 방치해왔다. 규탄받을 때가 온 것이다.

언젠가 지구성인에 가까워져 세뇌당할 날이 오기를 체념한 상태로 손꼽아 기다렸다. 그러나 그때가 이토록 빨리, 이러한 형태로 올 줄은 상상도 하지 못했다.

남편과 만나 이야기하고 싶다고 말하자 엄마가 반색하며 말했다.

"그래, 그렇지? 벌써 일주일이나 떨어져 있었잖니. 만나고 싶겠지, 부부니까."

엄마는 내 등을 쓸며 말을 이었다.

"나쓰키. 엄마 말 잘 알아들었지? 제대로 '사랑'을 나눠야 한다. 도모오미는 내성적이니까 나쓰키가 먼저 리드해서 알려줘. 기본적인 것부터 하나씩. 하지만 어디까지나 자연스럽게, 남편 자존심이 상하지 않게 현명하게. 그게 사랑받는 아내의 의무란다."

이튿날, 세이조에 있는 남편 본가로 찾아가 초인종을 누르자,

시어머니가 환한 얼굴로 맞이해줬다.

"어머, 나쓰키 왔구나. 연락은 받았다. 오늘 밤은 여기 묵고,
내일 둘이 같이 집에 가렴."

거실에서 시어머니와 차를 마셨다.

"저기, 그 사람은……?"

"응, 그게, 보면 놀랄지도 모르는데……."

거실 장지문을 열고 시아버지가 나왔다.

그리고 그 뒤로 남편이 뒤따라 나왔다. 얼마나 얻어맞았는지
얼굴이며 팔이 멍투성이였고 머리는 빡빡 밀려 있었다.

시아버지는 심기가 불편한지 나를 힐끗 보고는 "왔냐" 하고
툭 말을 내뱉었다.

"정말이지 도모오미도, 너도 제정신인 거냐. 관계조차 안 가
졌다니, 차라리 석녀가 낫지."

"당신은 무슨 말을 그렇게 해요. 요즘에 그런 말은 차별 용어
예요. 새아기는 우리보다 젊은 세대의 신여성이라고요. 그런 부
분은 신경 좀 쓰세요."

시어머니가 시아버지에게 차를 따르며 나를 향해 미소 지어
보였다.

"알게 뭐야. 의무도 다하지 않고 권리만 주장하는 것들은 질
색이야."

시아버지는 여전히 짜증을 내며 시어머니가 따른 차를 마셨다. 그러더니 "차가 왜 이렇게 떫어. 다시 타 와" 하고 얼굴을 찡그렸다.

시어머니가 쓴웃음을 짓고는 찻주전자에 새로 물을 받으며 나를 바라봤다.

"그런 식으로 말하면 새아기가 마음이 상해서 어디 말을 제대로 듣겠어요?"

"좌우지간 애부터 만들어라. 관계를 못 가지겠으면 갈라서. 너희는 정상이 아니야."

그러자 민머리의 남편이 가냘픈 목소리로 대꾸했다.

"그건 우리 마음이죠."

시어머니가 한숨을 내쉬었다.

"도모오미, '사랑'을 많이 나누고 나서 서로 가족 같아져서 부부 관계가 식어버리고, 남자가 밖으로 나돌며 바람을 피우는 일은 옛날부터 수없이 많았어. 멀쩡한 남자 중에 바람 한두 번 피우지 않은 사람이 있게? 너희 아버지도 예전에는…… 아휴, 아무튼 그래도 처음부터 아무 관계조차 안 가졌다는 건 말이 안 돼. 그런 건 부부가 아니야."

"LA에서는 부부 관계를 안 갖는 게 심각한 이혼 사유다. 상담이라도 받아보는 게 어떠냐?"

느닷없이 여기서 왜 LA 얘기가 나왔는지는 모르겠지만, 시아버지는 진지한 표정을 하고서는 시어머니가 새로 끓여온 차를 마셨다.

"그래. 새아기도 우리 집안에 들어왔으면 '아내'로서의 의무를 다해야지."

"당신들은 미쳤어."

남편은 그렇게 중얼거리며 고개를 떨궜다.

그날 밤 화장실에 가기 위해 일어났는데 시부모의 이야기 소리가 들렸다.

"걔는 생리나 제대로 하고 있는 거야? 나이도 많은데 벌써 폐경 온 거 아냐?"

"어머, 당신도 참. 생리는 아직 괜찮아요. 노산은 어쩔 수 없겠지만."

"이혼시키고 새 여자를 붙여주는 게 낫지 않겠어?"

"도모오미가 옛날부터 좀 힘든 아이였잖아요. 원체 내성적이기도 하고. 일 년쯤은 그냥 지켜보자구요. 그런데도 아이 소식이 없으면 그때 가서 생각하면 돼요. 남자는 여자랑 다르게 나이를 좀 먹어도 상대만 어리면 괜찮잖아요."

차라리 이렇게 도구 취급당하는 게 연애나 사랑 타령보다 훨씬 명쾌해 화도 나지 않는다. 도리어 평소에 징그러운 미사여구로 포장하고 있던 만큼 결국 인간 공장 놈들의 목적은 인간을 생산하는 것뿐임을 실감했다. 본성을 드러낸 시부모에게 꼴좋다고 외치고 싶기까지 했다.

시부모의 태도에 상처를 받은 건 오히려 남편이었다. 아침식사 자리에서도 남편은 열심히 내 편을 들었다.

"나쓰키는 특별한 사람이야. 이런 사람은 지구에 오직 하나뿐이라고."

"아주 단단히 빠졌구나. 하기야 새아기가 유독 별나기는 해."

시어머니가 쿡쿡 소리 내 웃으며 남편의 밥그릇에 밥을 펐다.

나도 따라서 쿡쿡 웃자 시어머니는 소름이 끼친다는 눈빛으로 나를 봤다.

시어머니의 자궁도, 시아버지의 정소도 모두 도구다. 고작 유전자 따위에 지배당하는 주제에 뭐가 저렇게 자랑스러울까. 자궁심까지 조종당하고 있는 것이다. 지구성인은 참으로 가엾고 사랑스러운 생물이다. 왠지 우스워졌다.

도구에게 도구 취급을 당한들 별생각은 들지 않았다. 하지만 부모님이나 언니가 기묘하게 살랑거리며 다가오는 시간은 몹시 끔찍했다.

"나쓰키 마음 다 안다. 엄마도 젊었을 적에는 그랬거든."

엄마의 말에 언니도 고개를 끄덕였다.

"그럼, 아주 잘 알지. 하지만 아이를 낳으면 경탄하게 될 거야. 이렇게 사랑스러운 존재가 이 세상에 있구나 하고."

엄마와 언니는 '어머니'가 되는 게 얼마나 멋진 일인지, 마치 종교를 설파하듯 속삭였다. 나는 세뇌되기를 오히려 바라고 있다. 하지만 '모성은 멋져'라고 아무리 염불을 외워대도 그것만으로 세뇌당할 리는 없었다. 결국 위화감만 커질 뿐이었다. 제발 더 연구해서 잘 세뇌해줘. 그런 생각을 하며 엄마와 언니의 '네 마음 알아' 주문을 쭉 듣고 있었다.

남편과 나는 몇 시간이나 이야기를 들은 끝에, 간신히 심문과 취조에서 해방되어 집으로 돌아왔다.

"정말 끔찍했어."

한숨을 내쉬었다. 남편은 미안한 듯 고개를 푹 숙이고 있었다.

"나 때문에 당신까지 심문을 당하다니, 정말 미안해."

"됐어. 난 외계인이니까 이쯤이야 아무것도 아니야. 그보다 당신은 괜찮아?"

남편은 고개를 끄덕였지만 안색이 좋지 않았다. 슬슬 한계가 가까워지는 건지도 모른다.

주말, 오랜만에 연락이 온 시즈카를 만나기 위해 외출했다.

남편 역시 초등학교 동창을 만나러 간다고 했다.

식사를 마치고 집으로 돌아와 멍하니 소파에 앉아 있는데, 현관에서 소리가 났다.

"왔어?"

"다녀왔습니다."

남편의 표정이 어두웠다. 직감적으로 질문을 던졌다.

"혹시 공장이 손을 쓴 거야?"

"……설마 당신도?"

고개를 끄덕였다.

나도, 남편도 어릴 적 친구의 연락을 받고 들뜬 마음으로 나갔지만 그건 공장의 함정이었다.

시즈카의 남편이 아이를 봐준다고 해서 역 앞 쇼핑몰에 있는 이탈리안 레스토랑에서 시즈카를 만났을 때였다.

"실은 너희 어머니가 부탁하셔서……."

시즈카의 말을 들은 순간 당했구나 싶었다.

친구가 얼마 없는 나는 만나자는 시즈카의 연락이 반가웠고, 오랜만에 부모님과 언니의 심문에서 해방되는 것도 상쾌했다. 그래서 들뜬 마음에 별생각 없이 나왔건만, 시즈카는 부모님과 연락을 주고받고 있던 것이다.

"친구니까 하는 말인데, 이상하긴 해. 너 일 안 나갈 때도 집안일 안 한다고 했지……? 얘기 들을 때마다 너희 남편은 참 집안일을 잘 도와주는구나 싶었는데…… 요리도, 빨래도, 청소도, 완전히 각자 하는 줄은 몰랐지. 분담은 좋지만 분단은 이상해. 룸메이트처럼 사는 거잖아. 그건 부부가 아냐. 그리고 '사랑'을 한 번도 안 나눴다니, 진짜 놀랐어."

놀란 건 나였다. 만날 때마다 내 임신 여부를 궁금해할 정도로 아무런 낌새도 못 알아채던 시즈카가 어떻게 섹스에 대해서까지 아는 걸까. 엄마나 언니, 둘 중 누구인지는 모르겠지만 대체 우리 부부의 정보를 어디까지 넘긴 걸까. '탈출닷컴'에서 만난 것까지 들키면 억지로 이혼시킬지도 몰랐다. 섬뜩했다.

하지만 시즈카는 우리가 어디서 만났는지까지는 모르는 눈치였다. 어쩌면 남편의 친구 중 누군가가 정보를 흘렸는지도 모른다. 남편의 친구는 어쩌다 가사 분담 이야기를 들은 뒤로 나를 '식충이'라고 부른다고 들었다. 정확한 루트는 짐작이 가지 않지만, 시즈카가 그 정보를 입수했는지도 모른다.

"부부는 '사랑'을 나눠야 진짜 부부가 되는 거야."

지구성인은 왜 갑자기 섹스를 '사랑'이라 부르기 시작한 걸까. 지구성인 사이에서 말은 전염되는지도 모른다.

"이대로 '사랑'을 안 나눌 거면 헤어지는 게 나아. 서로를 위해서. 비정상적이잖아, '사랑'을 안 나누는 부부라니."

"그래" "맞아" 하고 적당히 맞장구를 치며 시계를 봤다. 앞으로 시간이 얼마나 더 지나야 집에 돌아갈 수 있을까.

남편도 마찬가지였던 듯했다. 공장의 앞잡이가 된 어릴 적 친구의 설득에 귀에 딱지가 앉을 정도였는지, 한숨을 내쉬며 두 손으로 얼굴을 감쌌다.

"왜 이런 꼴을 당해야 하는 거야. 우린 그냥 행복하게 살고 싶을 뿐인데."

남편이 머리를 싸안으며 소파에 앉았다.

"우리는 감시당하고 있어. 공장 놈들한테 찍힌 거야. 이제 도망칠 수 없어."

"지구에서는 부부가 꼭 교미를 해야만 하는 걸까?"

"차라리 일하는 게 낫지. 교미는 절대 싫어. 당신하고 교미하면 우리는 더는 우리가 아니게 돼."

"하지만 우리 몸은 어차피 우리 게 아니라 세상의 것이잖아. 우리는 세상의 도구니까 교미하지 않으면 박해당할 거야."

"대체 왜. 우리 몸인데."

"여기는 공장이니까. 우리는 아마 유전자의 노예일 거야."

남편은 고개를 떨군 채 꼼짝도 하지 않았다. 우는 건지도 몰랐다.

초인종 소리가 났다. 택배일 수도, 다시 찾아온 공장의 사자

일 수도 있다.

이튿날 아침, 언니가 할 얘기가 있다며 역 앞 쇼핑몰 근처에 있는 노래방으로 나를 불러냈다.

호출과 설득이라면 이제 지긋지긋했지만 "엄마 앞에서는 못하는 얘기야"라는 말을 듣고 마지못해 약속 장소로 나갔다.

다른 사람이 내 스마트폰을 보는 일은 절대 없게끔 주의를 기울여왔지만, 어쩌면 언니는 나와 남편이 이용한 '탈출닷컴' 사이트를 알고 있을지도 모른다. 만일 시부모가 거기까지 알게 되면, 더는 남편과 혼인관계를 유지하기 어렵겠지. 연애교 신자인 언니에게는 어떻게든 내가 남편을 '사랑한다'라는 믿음을 줘야 한다. 그런 생각을 품고 언니와 마주 앉아, 주문한 우롱차를 한 모금 마시려는데 언니가 뜻밖의 이야기를 꺼냈다.

"나, 알아. 네가 왜 '사랑'을 못하는지."

언니가 느긋한 어조로 말을 이었다.

"옛날에 학원 선생님한테 '몹쓸 짓' 당했지?"

그 순간, 목이 바싹 마르며 숨을 쉴 수가 없었다.

"……어떻게 알았어?"

"봤거든, 축제 날에. 집에 안 오길래 데리러 갔더니 웬 남자가 널 데리고 집에 들어가더라고. 무슨 일인가 궁금해서 정원으로 들어가 몰래 봤는데 네가 선생님하고 키스하고 있더라."

키스라는 행위를 내가 했나. 그때의 기억은 워낙 흐릿해 하지 않았다고 확실히 말할 수 없었다.

언니는 달뜬 표정으로 말했다.

"그때 생각했어. 좋겠다……."

"좋겠다고……?"

나는 바보처럼 그 말을 되풀이했다.

"아직 어린데, 명문대 학생에다 잘생기기까지 한 남자한테 선택받다니 너무 부러웠어. 그때 난 연애는 하느님이 허락한 사람만 할 수 있는 거라고 생각했거든. 뚱뚱하고, 못생기고, 털도 많고, 전교의 웃음거리였던 나에게 연애해도 된다는 허락은 떨어지지 않았어. 하지만 나쓰키 넌 달랐지. 유우뿐 아니라 어른 남자한테까지 '간택'된 거잖아. 부러웠어."

언니가 무슨 소리를 하는지 도무지 이해할 수 없었다.

"옛날부터 굳게 믿었어. 동화 속 신데렐라처럼, 지금은 보잘것없고 비참한 신세지만 언젠가 왕자님이 날 데리러 올 거라고. 하지만 그때 나를 찾아주는 사람은 아무도 없었지. 하느님은 나에게 연애를 허락해주지 않았어. 그런데 그 선생님은 죽었지. 네가 죽였어?"

"그럴 리가."

바로 대답하자 언니가 고개를 끄덕였다.

"그렇겠지. 하지만 넌 그때 너무 어려서 남자에게 간택되는 게 여자한테 얼마나 의미있는 일인지 몰랐잖아. 그래서 혹시나 해서 물어본 거야. 그럴 리가 없긴 하지만. 그때 넌 초등학교 6학년이었잖아. 성인 남자를 해칠 수 있을 리가 없지."

"어린애가 어떻게 그러겠어. 정신이상자가 죽인 거라며. 뉴스에서 그러던데."

냉정한 목소리로 말하려 애썼지만 말끝이 살짝 떨렸다. 언니는 으스스할 정도로 미소를 잃지 않은 얼굴로, 평소에는 거의 입지 않는 치마 아래의 다리를 연신 이리저리 바꿔 꼬며 내 얼굴을 들여다봤다.

"그렇겠지. 만일 네가 그런 거면 난 무슨 수를 써서라도 널 감싸야 했을 거야. 살인범의 언니라니, 평생 아무에게도 간택되지 못할 거 아냐. 여자로서의 인생은 끝나는 거지."

언니가 미소 지었다. 앞니에 묻은 립스틱이 타액과 섞여 번들거렸다. 언니는 어른이 되어서도 제 목숨의 열쇠를 남에게 맡기고 있다. 그 사실이 두렵지 않은 걸까. 왜 이토록 활기찰까.

"하지만 나쓰키, 지금 이 상태로는 안 돼. 내가 언니로서 충고하는데 언제까지고 그렇게 도망만 치는 건 용서받을 수 없어. '사랑'을 해서 아이를 낳고, 정상적인 삶을 살아가야 돼."

"누가? 누가 나를 용서 못 하는데?"

"모두가. 이 지구상의 모든 사람들이."

언니가 태연하게 대답했다.

"나도 사춘기 때에는 힘들었어. 하지만 남편을 만나고 처음으로 가치 있는 존재가 됐지. 남편이 날 발견해줬기 때문에 이렇게 여자의 행복을 누리는 거야. 남편에게 '간택돼서' 너무 행복해. 그러니까 나는 이 행복을 반드시 지킬 거야. 나쓰키 너도 옛날 일은 잊고 얼른 여자로서의 행복을 찾아. 그게 우리 자매에게 가장 좋은 길이니까."

나는 무의식적으로 오른쪽 귀를 막았다. 삐삐삐, 전자음이 들리며 언니의 목소리가 수화기 너머에서 전해지듯 멀어졌다.

"유우도 이제 겨우 정신 차리고 '정상'적으로 살려는 것 같더라. 너희가 떠난 뒤에 삼촌한테 말해서 아키시나 집에서 나왔대. 지금은 잠시 삼촌 집에 얹혀 살면서 취직 준비도 하고, 집도 알아보나 봐."

"유우가……"

유우 또한 나와 남편처럼 인간 공장의 부품이 되는 것이다. 전자음에 섞여 끊임없이 이어지는 언니의 목소리를 들으며 멍하니 그런 생각을 했다.

집으로 돌아와 옷장을 열었다. 양철 상자를 살며시 열자 누워 있는 퓨트가 보였다.

"퓨트. 대답해줘. 제발."

이십삼 년 만에 처음으로 대화를 시도했지만 퓨트는 아무 말도 하지 않았다.

"다시 한 번 마법을 쓰고 싶어. 그때 그건 마녀였지? 부탁이니까 대답 좀 해."

오랫동안 씻지 않아서인지 퓨트에게서는 퀴퀴한 곰팡이 냄새가 났다.

퓨트를 껴안은 채 쭈그려 앉았다. 퓨트는 미동도 하지 않았다. 내 떨림이 전해졌는지 무릎 위 상자에서 철사 반지가 달칵달칵 소리를 냈다.

화장도 지우지 않고, 옷도 갈아입지 않은 채 어느새 잠들었던 모양이다. 세수하려고 밖으로 나가니 양복을 빼입은 남편이 거실 거울 앞에 서서 넥타이를 매고 있었다.

"어디 나가려고?"

"일어났어?"

남편의 표정이 굳어 있었다.

"난 공장에 복종하기로 했어. 일단은 일자리를 구하러 헬로워

크 공공직업안내소에 다녀올게."

"알았어……."

"그리고 구청에 가서 이혼 서류 받아올게."

"……이혼 서류?"

"나쓰키, 나하고 헤어져줘."

넥타이를 제대로 매지도 못한 남편이 나를 돌아봤다.

"왜?"

"나는 이제 끝이야. 공장에 붙잡혔어. 하지만 당신은, 당신만
은 도망쳐. 붙잡히지 말고."

뭐라 말하기 위해 입을 벌렸지만 남편은 그를 제지하듯 내 어
깨를 꾹 잡았다.

"유우 씨가 당신이 외계인이 아닐지도 모른다고 의심하는 거
알아. 어쩌면 당신조차 스스로 의심하고 있을지도 몰라. 하지만
당신은 포하피핀포보피아성인이야. 분명히. 난 알아."

숨을 삼키며 남편을 올려다봤다. 남편의 눈동자는 아키시나
에서 보이는 우주처럼 새카만 빛깔이었다.

"당신만은 공장의 손아귀에 붙잡히지 말고 도망쳐. 나는 공장
의 노예가 될 거야. 죽은 거나 다름없는 인생이지. 하지만 당신
만큼은 살아남아줘. 당신이 포하피핀포보피아성인으로 살아가
준다면 나도 분명 살아남을 수 있을 거야."

남편은 나보다 나를 더 잘 알고 있었다. 그의 말대로 나는 내가 사실 지구성인이 아닐까 무의식적으로 생각하고 있었다. 포하피핀포보피아성인이 된 건 나 자신을 보호하기 위한 정신병이니까 나는 결국 이 공장의 노예가 될 수밖에 없다고.

　그 사실을 남편은 알고 있던 것이다.

　"나…… 아마도 사람을 죽인 적이 있는 것 같아."

　남편을 올려다보며 말했다.

　남편은 대수롭지 않다는 듯 대꾸했다.

　"그래? 당신은 포하피핀포보피아성인이잖아. 지구성인을 죽이는 건 인간이 쥐를 죽이는 것과 별반 다를 게 없겠지. 그래서?"

　"그래서라니?"

　"그리고?"

　"그게 다야."

　"뭐야."

　남편이 한숨을 내쉬었다.

　"내가 무섭지 않아?"

　남편이 내 어깨에서 손을 떼고 넥타이를 고쳐 매며 말했다.

　"정말 무서운 건 세상이 말하게 하는 말을 자기 말이라고 믿는 거야. 당신은 달라. 그러니까 당신은 분명히 포하피핀포보피아성인이야."

나는 남편을 껴안았다. 남편이 놀란 표정으로 순간 흠칫하더니 이내 힘을 빼고 내 등을 어루만졌다.

처음으로 남편의 체온을 느꼈다. 남편의 체온은 낮았고, 가슴도 손도 찼다.

남편에게서 떨어져 선언하듯 말했다.

"나는 포하피핀포보피아성인입니다. 그리고 당신도 이제 포하피핀포보피아성인입니다. 포하피핀포보피아성인은 전염됩니다. 지구성인이 지구성인이라는 것에 전염되어 지구성인이 되듯, 포하피핀포보피아성인도 전염됩니다. 그러니까 지금 당신은 포하피핀포보피아성인이 된 겁니다."

남편의 찬 손을 잡았다.

"같이 도망가자."

"어디로?"

"별과 가까운 마을이 좋겠어."

"그럼 유우 씨도 같이 가자고 하자. 포하피핀포보피아성인이 전염된다면 분명 유우 씨도 전염됐을 거야. 유우 씨가 기다리는 아키시나로 가자."

"이제 유우는 거기 없어. 우리가 떠나고 바로 아키시나 집을 나와 삼촌 집으로 옮겼대. 당신한테는 말 안 했지만 사실 유우도 포하피핀포보피아성인이야. 어렸을 때 유우가 말해줬어. 어쩌면 유우 역시 혼란스러워진 걸지도 몰라. 하지만 유우도 분명 포하피핀포보피성인이야."

내 설명을 들은 남편이 버럭 외쳤다.

"이럴 수가! 당장 구하러 가자. 이대로면 유우 씨가 지구성인 쪽에 전염될 거야."

우리는 간단히 짐을 싸서 택시를 타고 역으로 갔다.

"삼촌 집 주소는 알아?"

"주소록에 등록해놨어."

"다행이다. 곧장 거기로 가자."

"……당신은 왜 그렇게까지 유우를 생각해주는 거야?"

남편은 왜 그런 걸 묻느냐는 듯 고개를 갸웃거렸다.

"왜냐니, 우리를 숨겨줬잖아. 그뿐 아니라 유우 씨는 내가 내 말을 할 수 있게 허락해줬어. 지구성인은 모를 수도 있지만, 그런 존재와 만나는 건 평생에 한 번 있을까 말까 한 일이야. 기적이라고. 나는 유우 씨한테 은혜를 갚고 싶어."

"고마워."

남편의 손을 꼭 쥐었다.

"이 별에 와서 당신과 결혼하길 잘했어."

창밖으로 새하얀 인간 공장이 급속히 멀어져갔다. 인간 공장 안에는 수많은 암컷과 수컷이 둥지에 갇혀, 오늘도 번식에 힘쓰고 있었다.

삼촌의 집은 나가노 역에서 그리 멀지 않은 곳에 있었다.

내 기억으로 삼촌 집에 온 건 이번이 두 번째였다. 아빠와 삼촌 사이가 나쁜 건 아니었다. 하지만 과묵한 성격의 아빠는 사교적인 삼촌과 같이 있으면 지치는지, 삼촌이 백중절을 보내고 돌아가는 길에 집에 들렀다 가라고 해도 번번이 거절했다. 삼촌 집에 간 건 태풍 때문에 전부 발이 묶여 각자의 집으로 돌아가지 못하고, 다 같이 묵었을 때뿐이었다.

역에 도착해 대뜸 전화를 걸어 집으로 가겠다고 했는데도 삼촌은 흔쾌히 "어서 오너라"라고 말해줬다.

택시를 타고 삼촌 집에 도착하자 삼촌은 "잘 왔다. 유우는 지금 잠깐 뭐 산다고 나갔는데 금방 올 거다"라고 말하며 거실로 안내했다. 삼촌의 집은 어릴 적 느낀 것보다 넓고 조용했다. 전에 왔을 때는 숙모도 있었고 어린 하루타와 사촌들이 뛰어 놀며 북적거렸는데, 지금은 숙모도 돌아가시고 삼촌 혼자 산다고 들었다.

유우는 아키시나의 집을 나오자마자 이곳으로 와, 예전에 사촌들이 쓰던 이층 방에서 일시적으로 머물고 있다고 했다.

"집도, 일자리도 알아서 찾겠다고 했는데 내가 힘들게 그럴 것 없다고 붙잡았다."

유우는 나가노에서 일자리를 찾았지만 괜찮은 곳이 없어서 결국 다음 주에 도쿄의 원룸으로 이사해 몇몇 회사의 면접을 볼 예정이라고 했다.

"더 쉬다 가라고 했는데 말을 안 듣네. 집안 사정으로 고생이 이만저만이 아니었던 애니까 자유롭고 행복하게 살았으면 하는데. 워낙 성실한 애라……."

삼촌의 이야기를 듣던 중 문 열리는 소리가 났다.

"아, 마침 왔나 보다."

면접용 정장을 사러 잠깐 외출했다는 유우는 거실에 들어서 우리 부부를 보더니 표정이 굳어졌다.

"네 걱정이 돼서 일부러 왔다는구나."

"제 걱정을 왜…… 나쓰키하고 도모오미 씨야말로 괜찮아요? 여기 있어도 괜찮은 겁니까?"

"우리는 오늘 공장을 나갈 겁니다."

"도모오미 씨!"

남편의 대답에 놀란 유우가 황급히 말을 끊었다.

삼촌은 공장이라는 게 직장을 말하는 줄 알았는지 "불황이라 어디든 다 힘들지"라며 남편에게 말을 건넸다. "그럼 얘들아, 그간 쌓인 얘기도 많을 테니 천천히 얘기 나눠라. 난 그만 나가 보

마. 개 산책도 시켜야 하거든." 삼촌은 그렇게 말하고 밖으로 나
갔다.

"······너무 특이한 소리를 하면 이상하게 볼 겁니다. 한번 이
상하다고 찍히면 앞으로 살기 힘들어져요."

삼촌이 집을 나간 걸 확인한 후 유우가 한숨을 쉬며 의자에
앉았다.

"유우 씨, 정말 아키시나를 떠날 작정입니까? 우리는 공장에
서 도망쳐 그 집에서 살려고 합니다. 우리하고 같이 도망치지
않겠습니까? 당신까지 인간 공장의 부품이 될 필요가 정말 있
는 겁니까?"

"도모오미 씨, 마음 써주셔서 감사합니다. 하지만 저는 원래
부터 한동안만 그 집에서 쉬다 갈 작정이었습니다. 어린 시절의
여름방학처럼요. 솔직히 너무 오래 쉬었죠."

"하지만 당신은 포하피핀포보피아성인입니다."

남편의 말에 유우가 멈칫했다.

남편이 몸을 내밀어 유우의 옷자락을 잡았다.

"나쓰키가 알려줬습니다. 당신은 어릴 적 우주선을 타고 지구
에 착륙한 포하피핀포보피아성인이라면서요. 진작 말해주지 그
랬습니까."

"그건······ 그건 어린 시절의 공상에 불과합니다. 진실이 아니

라고요."

"진실이 뭔데요? 내 눈에는 당신이 억지로 지구성인이 되려는 걸로 보이는군요."

순간 유우가 고개를 떨궜다. 하지만 이내 나와 남편의 얼굴을 똑바로 바라보며 말했다.

"명령이 들립니다. 어릴 적부터 어른들이 나한테 무얼 원하는지, 말로 하지 않아도 내 귀에는 들렸어요. 특히 어머니는 입 밖으로 내지는 않았지만 늘 나에게 명령했습니다. 그래서 나는 아무 생각도 하지 않고 명령에 복종했습니다. '살아남기' 위해서는 그럴 수밖에 없다는 걸 알고 있었습니다."

나와 남편은 담담하게 이야기하는 유우를 말없이 바라봤다. 유우가 이렇게 말하는 걸 본 건 처음이었다.

"어머니가 세상을 떠난 뒤로는 대학의 교수나 주변 어른의 목소리에 복종했습니다. 회사에 들어가서는 회사의 목소리에 복종했죠. 명령에 복종하며 아무것도 생각하지 않고 살아왔습니다. 회사가 갑자기 거의 도산에 가까운 형태로 흡수합병된다는 얘기를 들었을 때도 회사가 바라는 형태로 퇴직했습니다. 하지만 그날부터 나를 그토록 지배했던 명령이 들리지 않게 됐습니다. 무엇을 하면 되는지, 어떻게 살아가면 될지, 하나도 모르겠더군요. 소리 없는 명령에 복종하는 게 내 생존 방법이었는데 말입니다.”

남편이 유우의 옷자락을 한결 세게 쥐었다. 옷이 구겨질 것 같았지만, 유우는 아랑곳하지 않고 말을 이었다.

“그럴 때 삼촌이 좀 쉬라고 말해줬습니다. 너만 괜찮으면 한동안 우리 집에서 지내라고. 그때 문득 생각이 났습니다. 다시 한 번 아키시나의 집에 가보고 싶다고. 하지만 이제 그것도 끝입니다. 슬슬 새 명령이 들릴 때가 됐어요. 그뿐입니다.”

남편은 꾸중을 들은 어린아이처럼, 앳되지만 서글픈 얼굴로 유우를 올려다봤다.

“유우 씨…… 그렇게 말하면 꼭 인간 공장의 도구 같지 않습니까. 당신은 포하피핀포보피아성인인데요. 그건 정말 멋진 일인데.”

유우의 말에 마음이 불안해진 내가 나지막이 물었다.

“유우, 나도 유우에게 들리지 않는 목소리로 명령했던 걸까?”

유우가 뜻밖이라는 표정으로 나를 봤다.

“나쓰키가? 음…… 나쓰키에게선 늘 남들한테는 들리지 않는 목소리가 느껴지긴 했지만 어른들이 나한테 보내는 명령과 같은 종류는 아니었어. SOS 신호의 소리였지. 나는 왠지 그 소리에 끌렸어. 비슷하다고 느꼈는지도 몰라. 그래서 나는 내 의지로 나쓰키와 같이 있었던 거야.”

"그렇구나……."

마음이 약간 놓이기는 했지만 유우가 분위기를 살피고, 주변에서 원하는 대로 행동하는 아이라는 건 변함없는 사실이었다. 지금 한 말도 그렇게 말해줬으면 하는 내 바람을 느끼고 한 것일 수도 있었다.

"그럼 유우 씨는 이대로 지구성인이 되려는 겁니까. 그게 유우 씨의 바람입니까?"

"바람……."

남편의 말에 유우가 미묘한 표정을 지었다.

"바람 같은 건 없습니다. 내 바람은 살아남는 것뿐입니다."

생명을 미래로 운반한다는 의미에서는 유우가 올바른 선택을 한 걸지도 모른다. 아무 말도 찾지 못한 내 옆에서 남편이 벌떡 일어났다.

"알겠습니다. 그렇다면 이혼식이라도 합시다."

"이혼식?"

유우가 의아스레 되물었고, 나도 불안한 심정으로 남편을 올려다봤다.

"유우 씨와 나쓰키는 어릴 적에 결혼식을 했다면서요. 나와 나쓰키도 결혼했습니다. 하지만 결혼이란 계약은 앞으로의 우리에게 무용합니다. 그런 연을 모조리 끊는 식을 올리고 싶다고, 이곳에 오는 동안 생각했습니다."

남편이 약지에 낀 반지를 빼서 탁자에 올려놨다.

"자, 당신도."

나 역시 황급히 반지를 빼 남편의 반지 옆에 놨다.

"잠깐만, 그럼 이것도."

나는 가방에서 양철 상자를 꺼내 유우와 어릴 적 교환한 철사 반지를 꺼냈다.

"나쓰키, 이걸 아직 갖고 있었어?"

유우는 퍽 놀란 눈치였다.

"내 반지는 어머니가 보고 버렸어. 옛날 생각난다."

"여기서 셋이서 이혼을 맹세합시다. 우리의 끝과 시작을 축복하는 겁니다."

남편의 제안에 나와 유우는 탁자를 가운데 두고 일어났다.

남편이 손을 잡아와 서둘러 손을 맞잡았다. 우리는 반지를 에워싸고 원을 그렸다.

진중한 어조로 남편이 말했다.

"사사모토 유우 씨, 당신은 나쓰키 씨와 부부도, 무엇도 아닌 완전히 별개의 존재가 되려 합니다. 기쁠 때나 슬플 때나, 아플 때나 건강할 때나, 부유할 때나 가난할 때나 딱히 서로 사랑하지 않고, 존경하지도 않고, 위로하지도 않고, 돕지도 않고, 생명이 존재하는 한 자기 목숨만을 위해 살아갈 것을 맹세합니까?"

"······네, 맹세합니다."

"미야자와 나쓰키 씨. 당신도 유우 씨와 완전히 별개의 존재
가 되어, 생명이 존재하는 한 자기 목숨만을 위해 살아갈 것을
맹세합니까?"

"맹세합니다."

남편이 힘주어 고개를 주억거리더니 말을 이었다.

"그럼 유우 씨, 이번에는 우리 이혼을 지켜봐주십시오."

유우는 여전히 당혹스러운 표정을 하고 있었지만 남편이 한
것처럼 우리를 보며 같은 질문을 던졌다.

"음, 미야자와 도모오미 씨, 당신은 나쓰키 씨와 부부가 아닌,
완전히 별개의 존재가 되려 합니다. 어······ 기쁠 때나 슬플 때
나, 아플 때나 건강할 때나, 부유할 때나 가난할 때나, 서로 사랑
하지 않고, 존경하지도 않고, 위로하지도 돕지도 않고, 생명이
존재하는 한 자기 목숨만을 위해 살아갈 것을 맹세합니까?"

"네, 맹세합니다."

"나쓰키 씨. 당신도 맹세합니까?"

"맹세합니다."

남편이 재차 힘주어 고개를 끄덕이더니 "이것으로 우리는 갈
라졌습니다. 이제 가족도, 뭣도 아닙니다. 한 마리씩 그저 살아

있을 뿐입니다. 그럼 이 반지는 우리가 책임지고 처분하겠습니다. 감사합니다"라고 말했다.

남편이 손을 내밀었고 유우는 당혹스러운 표정으로 그와 악수를 나눴다.

"……그럼 이만."

나와 남편은 밖으로 나왔다.

"법률적으로는 아직 남편과 아내일지 모르지만, 우리는 지금 그런 관계를 초월한 거야."

"그래."

고개를 끄덕였다. 남편은 아직 내 남편이지만, 그보다는 포하피핀포보피아성인이었다. 결혼이라는 관계보다 그 사실이 훨씬 믿음직스러웠다.

택시가 지나는 큰길을 찾아 걸음을 옮기기 시작했을 때 뒤에서 문 열리는 소리가 났다.

"저기…… 이대로 가시려고요?"

"네, 그럴 생각입니다."

문을 열고 나온 유우에게 남편이 명랑하게 대답했다.

"괜찮으시다면 태워드리겠습니다. 아니…… 괜찮으시다면, 나도…… 아니, 뭐지…….."

유우는 혼란스러워 보였다. 남편은 의아스레 "왜 그러시죠?"

하고 물었다.

"모르겠습니다. 자유를 받았지만 자유가 불편합니다. 명령과
달리 이정표가 하나도 없으니까요. 하지만 나는 지금, 아니, 분
명 오래전부터 그걸 갖고 있던 거군요."

유우는 뭔가 결심한 듯 고개를 들고 우리를 봤다.

"……마음이 바뀌었습니다. 나도 같이 가겠습니다. 내 자유를
쓸 길이, 그것밖에 떠오르지 않는군요."

남편은 환하게 미소 짓더니 유우의 두 손을 꼭 잡았다.

"정말 기쁩니다. 유우 씨의 자유와 우리의 자유가 같은 곳에
있었군요. 이런 기적이 어디 있습니까."

"……공장에 쫓기고 있다면서요. 삼촌한테는 아키시나에 간
다고 말하지 마세요. 나중에 제가 셋이서 도쿄에 간다고 전화하
겠습니다. 짐은 거의 없으니까 잠깐만 기다려주세요."

유우는 아직 망설이는 눈치였지만 일단 우리에게 먼저 차에
타 있으라고 했다.

무슨 생각으로 아키시나에 같이 간다는 건지는 모르겠으나,
그래도 세 마리가 다시 함께 살 수 있다는 사실이 기뻤다.

나와 남편이 유우의 차 뒷좌석에 올라탔다.

"아, 달이다."

남편이 말했다. 어느샌가 일몰이 가까워졌는지 하늘이 푸른

색에서 조금씩 변해가고 있었다.

창 너머 밤의 거리가 발광하기 시작했다. 빛은 별의 표면을 빼곡히 뒤덮고 있었다. 발광하는 그 표면을 지구성인이 바삐 오가고 있었다.

별이 하늘을 채우기 시작했을 즈음, 우리는 다시 아키시나의 집에 도착했다.

한동안 아무도 살지 않아서인지 집은 버려진 둥지 같은 꼬락서니였다. 환기가 되지 않아 실내에는 퀴퀴한 냄새가 났고, 원래 삭아 있던 기둥과 다다미도 더욱 손상된 것처럼 보였다. 복도에는 인간이 아닌 다른 동물의 분변이 나뒹굴었다.

유우는 운전하느라 지친 모양이었다. 창문을 열어 환기를 하고, 고타쓰에 들어가 몸을 녹인 뒤 냉동고에 있던 오야키를 데워서 먹는 동안에도 거의 말이 없었다.

"고타쓰 하나로는 좀 춥네. 전기난로를 꺼내야겠어."

남편은 태평한 얼굴로 해맑게 말했다.

"우리, 앞으로 어쩌지?"

"그건 차차 정하면 돼. 이제 우린 그릇이 됐으니까."

남편이 오야키를 우물거리며 하는 말에 나와 유우는 어처구니가 없어 잠깐 말문이 막혔다.

"그릇?"

"그렇잖아? 우리에겐 고향 별이 없어. 포하피핀포보피아성인에 대해서 아는 것도 전혀 없고, 돌아갈 방법도 없잖아. 그러니까 우리는 빈 그릇인 거야."

남편은 이제 와서 무슨 소리냐는 듯 태연히 말하며 오야키의 가지 소가 묻은 입술을 닦았다.

"그러니까 앞으로 우리는 그릇으로서 살아가야 해. 오히려 그릇으로서 살아가는 게 포하피핀포보피아성인일지도 몰라. 그렇죠, 유우 씨?"

갑작스러운 질문에 놀랐는지 유우가 당혹스러워하며 머뭇머뭇 내 얼굴을 봤다.

"그런……가요."

"그렇습니다."

너무나도 단호하게 고개를 끄덕이는 남편을 보니 왠지 그게 맞는 일이라는 생각이 들었다. 나도 작게 고개를 끄덕였다.

"그럴 수도 있어…… 우리는 외계인이지만 고향 별에 대해선 아무것도 모르니까…… 다른 외계인도 다 그렇게 살지도 몰라."

"맞아."

남편이 마치 외계인을 여럿 아는 듯한 투로 말했다.

유우는 여전히 조금 불안해 보였다.

"앞으로 어떡하면 좋죠? 지금 우리는 거의 포하피핀포보피아 성인일지 몰라도, 계속 살아가려면 지구성인의 지식에 의지하는 수밖에 없습니다. 우리도 결국 얼마 지나지 않아 지구성인이 되고 마는 게 아닐까요."

"생각해야지. 산다는 건 아이디어를 내는 과정이야. 우리에게서 나온 아이디어로 살아가야 해."

남편이 진중한 표정으로 코를 훌쩍이며 답했다.

"아이디어……."

"그래요. 지구성인 흉내를 내는 게 아니라 우리 스스로 아이디어를 내서 살아가는 겁니다. 그렇게 다른 별에서 살아남는 거죠!"

나도 모르게 흠칫해 유우의 눈동자를 봤다. 우리는 지금도 살아남아 있다. 유우는 뭔가 생각에 잠긴 눈치였다.

"일단은 먹을 걸 찾아보죠. 방금 이 별에 불시착한 것처럼요. 그런 마음으로 세상과 다시 한번 조우하는 겁니다. 모든 것을 외계인의 눈으로 바라봅시다. 이 둥글고 희한한 식량은 무척 맛있습니다. 나무로 된 이 물건은 따뜻합니다. 하지만 더 생각해야 합니다. 이 별에서 그릇으로서의 우리가 뭘 할 수 있는지."

"알겠습니다. 하지만 이 별은 무척 추워요. 지구성인이 만든 이불이라는 도구는 잘 때 무척 유용한 것 같습니다. 저쪽에서 한번 써볼까요?"

"물론이죠!"

유우가 벽장에서 이불 더미를 꺼내 바닥에 내려놓고는 그대로 이불에 파묻혀 눈을 감았다. 늘 반듯하게 이불을 덮고 자던 유우가 이불을 여러 겹 깔아 만든 둥지 안에서 잠들었다.

"왠지 지금부터 새로 태어날 것처럼 보여."

나는 유우가 만든 이불 산을 바라보며 중얼거렸다. 그것은 무언가 기묘한 생물의 번데기처럼 보였다.

이튿날부터 우리의 생활은 이전과 꽤 달라졌다.

지구성인이 되어버리지 않도록 정식으로 매일 훈련하자는 말을 꺼낸 건 유우였다. 이제껏 지구성인이 되는 훈련을 했던 것과 같은 요령으로, 포하피핀포보피아성인으로서의 훈련을 하자는 것이었다.

아침과 밤이라는 개념에 얽매일 필요는 없었다. 다만 날이 밝을 동안에 한 번씩 다 같이 배회하는 시간을 갖기로 했다. 어두워졌을 때도 마찬가지로 적당한 때에 배회했다.

처음에는 '지금은 아침 7시다' '새벽 3시다' 같은 감각이 있었지만 차츰 밝다, 어둡다 같은 감각을 제외한 시간 감각은 사라져갔다.

포하피핀포보피아성인으로서의 감각은 잠들어 있었을 뿐, 분명 이 그릇에 깃들어 있던 것이다. 새로운 감각을 얻었다기보다는 원래 있던 것을 되찾은 기분이었다.

신기하게도 그것은 훈련을 통해 더욱더 발달했다. 외계인의 눈은 세 마리 모두에게 지구성인의 눈을 통해서 보는 것보다 합리적인 관점으로 사물을 볼 수 있게 해줬다. 외계인의 눈으로 무언가를 발견했을 때는 반드시 다른 두 마리가 칭찬을 했다. 눈에 들어온 것은 지식이나 문화가 아닌 '합리성'에 따라 판단했다.

나는 경험해본 적 없는 급속한 진화를 겪고 있음을 실감했다. 왜 공장 사람들은 이 훈련을 하지 않을까.

합리성의 기준은 '살아남는 것'이었다. 그날의 식량을 입수하는 것, 그것이 가장 중요한 기준이 됐다.

제일 먼저 '밝은 시간'에 혼자 나가, 이웃집 밭에서 채소를 훔쳐온 건 유우였다.

"고민해봤는데 얼마 안 남은 지폐를 쓰기보다는 훔치는 게 합리적인 것 같아서."

유우는 그렇게 말했다. 우리는 힘주어 고개를 끄덕거렸다.

"하지만 들키는 건 비합리적이야. 붙잡힐 테니까."

"맞아. 안 들키게 해야지."

우리는 광열비 지출 외에 지폐를 쓰지 않도록 최대한 노력했다. 광열비도 절약하려 애썼다. 고타쓰와 전기난로는 살아남는 데 필요하다고 판단했지만, 다른 전기는 거의 쓰지 않았다. 밤에는 실내의 전깃불을 끄고 어둠 속에서 살면 되는 일이었다. 가스는 요리할 때 자주 썼지만 보는 눈이 없을 때에는 장작불 사용에 도전하기도 했다.

지폐를 쓰지 않고 식량을 조달하기란 쉽지 않았다. 동물을 잡아서 먹는 건 상상보다 훨씬 힘든 일이라 그다지 합리적이지 않았다. 한편, 지구성인의 지식에 따르면 쥐처럼 비교적 포획하기 쉬운 동물이 위생적으로 문제가 있어 보이긴 해도, 가열의 과정을 거치면 먹을 수 있는 경우도 있음을 알았다.

동물보단 식물 중에 더 위험한 것이 많아서 채취할 때는 신중을 기해야 했다.

우리는 급속히 발달했다. 다락방의 책을 펼치거나 빨간 다리 너머에서 스마트폰을 켜 지구성인의 지식을 확보하고, 합리적인 눈을 겸비하자 세상이 완전히 다르게 보였다.

"왜 지구성인은 우리처럼 발달하려고 하지 않지?"

"지금까지 축적해온 걸 버리지 못하는 거야. 단순한 데이터에 불과한데."

내 질문에 유우가 답했다.

우리는 육체에 복종했다. 식욕 문제가 늘 최우선이었다. 배설에 관해서는 지구성인이 만든 장치를 감사히 사용했다. 수면은 언제든 자고 싶을 때, 바닥에 쌓아놓은 이불 속으로 파고들어가 잤다. 지구성인처럼 요를 바닥에 깔고 자는 것보다 이불을 쌓아두고 그 틈에 파묻혀 자는 게 따뜻했고, 두 마리, 세 마리가 모여잘 때는 서로의 체온을 활용하면 됐다.

집, 즉 둥지에서는 나체로 지내는 일이 많아졌다. 둥지에 있을 때는 거의 이불이나 고타쓰 안에 들어가 있는 데다 네 다리로 기어 다니고, 가끔 국물이 튀는 요리를 하기도 하니까 일일이 옷을 갈아입거나 위생을 고려해 세탁하는 건 쓸모없는 일인 듯해 상의해서 정했다.

두 마리의 수컷과 한 마리의 암컷이 나체로 돌아다녀도 위화감보다는 안도감이 더 컸다. 남편과 유우 역시 딱히 내게 뭔가 특별한 감정을 느끼는 것 같지 않았다.

하지만 우리에게 성욕이 없는 건 아니었다. 우리는 종종 번식과 성욕을 의제에 올렸다.

"일단 수컷과 암컷이 있으니 이론상으로는 번식할 수 있지."

물을 덥히는 에너지가 아까워 욕조에 찬물을 받아놓고, 셋이 같이 들어가 온기를 나누고 있을 때 유우가 중얼거렸다. 남편이 고개를 끄덕였다.

"성욕 처리는 혼자서도 할 수 있으니까 수컷과 암컷이 굳이 교미할 필요는 없어. 둘 중 뭐가 더 합리적이지?"

도둑질이라 부를 만한 밤의 활동을 마치고 진흙을 닦아낸 뒤 잠들 준비를 할 때면, 우리는 늘 이야기를 나눴다.

"번식을 목표로 할지, 성욕 처리만 하면 될지, 둘 중 무엇을 택하느냐에 따라 달라지겠죠."

유우는 이 주제에 무척 신중했다.

"우리 아이를 낳으면, 온전한 포하피펀포보피아성인의 생활을 거친 그릇이 어떻게 되는지 관찰할 수 있어. 그 데이터는 분명 도움이 될 거야."

내 의견에 유우도 수긍했다.

"실험이구나. 그건 합리적이네."

"하지만 그러면 유일한 암컷인 나쓰키에게 부담을 지우게 될 거잖아. 암컷 포하피펀포보피아성인을 찾아서 설득한 다음에 여기로 데려올까?"

남편의 의견에 유우가 고개를 저었다.

"관두죠. 그건 자궁이라는 기관을 도구화하는 행위입니다. 그러면 정소와 자궁이 우리 것이 아니었던 공장과 완전히 똑같아져요."

"그러네. 나도 동감이야."

남편과 유우의 의견에 마음이 놓였다.

"그럼 둘 다 번식이 아닌 성욕 처리를 우선해서 배출한 정액은 그냥 버리는 거야?"

"뭔가 이용 가치가 없을까 생각해보긴 했는데, 식품으로서는 어떨까?"

유우가 고개를 갸웃했고, 남편도 어깨를 으쓱하고는 말했다.

"영양가는 있을 테지만, 현재로서는 인간이 요리에 정액을 쓴다는 데이터를 발견할 수 없어. 시도해볼 가치야 있을지도 모르지만 다른 식재료와 섞었을 때 맛이 없으면 죄다 버려야 하잖아."

"영양가가 얼마나 있는지 알아볼게요."

두 사람이 담담하게 대화를 나누는 까닭에 전혀 성적인 물질의 이야기처럼 들리지 않았다.

점점 이야기를 이어나가는 남편과 유우를 막듯 내가 다시 물었다.

"그럼 번식은 안 할 거야? 포하피핀포보피아성인이 세 마리를 끝으로 이대로 멸종해도 돼?"

유우가 물속에서 소름이 돋은 팔을 문지르며 고개를 끄덕였다.

"그래. 그러는 게 좋을 것 같아. 불시착한 외계인이 제 수명까지 살아남은 것만으로도 횡재한 거지. 그리고 우리의 외계성은 전염되니까 어쩌면 지구에서 각성한 포하피핀포보피아성인이 찾아올지도 몰라. 훈련으로 얼마든지 외계인이 될 수 있다는 걸 지금 우리가 증명하고 있으니까."

"맞아. 번식이 아니라 이 훈련이야말로 우리의 증식 방법이야. 포하피핀포보피아성인을 전염시키며 생명을 미래로 이어가면 얼마나 좋을까! 그래, 더 확산시키자!"

남편이 큰 소리로 외치며 팔을 번쩍 쳐들었다.

"인간 뇌의 새로운 부분, 지금껏 사용한 적 없는 그 부분이 훈련을 통해 각성할 거야. 그건 다름 아닌 포하피핀포보피아성인의 진화이고, 그 데이터는 지구성인에게도 유용할 거야."

"그럼 이 그릇에 깃든 성욕은 어떻게 처리하지?"

내 질문에 남편과 유우가 마주 보며 조그맣게 웃었다.

"괜찮아. 그건 필요할 때 자연스러운 상태로 있으면 혼자 처리할 수 있어. 그게 가장 청결하고, 아무에게도 상처 주지 않는 깨끗한 방법이야."

유우의 말에 남편도 동의했다.

"지구성인의 지식을 빌려도 되겠지만, 자기 몸에 직접 물어보는 게 적절한 방법을 찾는 데에 제일 도움이 될 거야. 하지만 억지로 할 필요는 없어. 쓸모없는 성욕이 발생했을 때만 잘 처리하면 돼. 배설과 마찬가지야. 변의를 못 느끼는데 화장실에 갈 필요는 없지."

"그럼 사랑은?"

내가 묻자 유우가 의아한 듯 답했다.

"그건 정말 비합리적인 얘기네. 논의할 것까지도 없다고 생각
했어."

남편도 고개를 기울여 내 얼굴을 들여다봤다.

"사랑은 인간이 번식하기 위해 만들어낸 뇌내 마약, 마취에
불과해. 요컨대 괴로운 번식 행위를 미화하기 위해 환상을 날조
해서 성행위의 고통과 역겨움을 덜어보려는 거지. 뭔가 고통이
존재하는 상태라면 그 마취 방법을 이용해도 되겠지만 지금은
필요 없을 것 같아."

"그렇구나."

나는 고개를 끄덕이며 욕조에서 일어났다.

"먼저 나갈게. 감기 걸리는 건 비합리적이니까."

"하긴, 날씨가 더 추워지면 찬물 목욕은 어렵겠어. 죽을지도
몰라."

우리는 웃으며 수건으로 몸을 닦고, 나체 상태로 오늘 잡은
식량을 놓아둔 부엌으로 달려갔다. 바깥은 우주의 빛깔로 물들
었고, 어느샌가 우리는 '어두운 시간'을 보내고 있었다.

아키시나의 집에 전화가 걸려온 건 '밝은 시간'이 막 시작된, 아직 하늘에 먹색 빛깔이 옅게 남아 있을 때였다.

애초부터 전화는 받지 않기로 했다. 빈집으로 위장하면 주변 주민의 경계를 사지 않으니 도둑질하기도 쉽고, 합리적이라고 유우가 말했기 때문이다.

우리는 나체로 이불에 파묻힌 채 전화 벨소리가 멎기를 기다렸다.

그날의 전화는 끈질기게 세 번이나 걸려왔다. 벨소리가 멎을 즈음에는 이미 잠이 달아나버린 상태였다.

"전화선을 자르는 건 어떨까? 그럼 소리도 안 날 테고, 더 빈집처럼 보일 거야."

남편의 제안에 나와 유우도 "그러죠" "그게 좋겠어" 하고 동의했다.

언니에게 걸려온 엄청난 수의 부재중 전화를 발견한 건, 스마트폰을 주머니에 넣은 채 근처에 나물을 캐러 가고 있을 때였다.

빨간 다리를 건너 전파가 통하는 곳에 들어선 순간 알림음이 울려 퍼졌다. 깜짝 놀라 황급히 스마트폰을 무음으로 설정했다.

화면을 가득 채운 건 언니에게서 온 부재중 전화와 메시지였다. 아키시나의 집으로 걸려온 전화도 언니가 건 게 틀림없었다.

'배신자!'

메시지에 적힌 말뜻을 이해하지 못해 언니가 남긴 음성메시지를 들었다.

'당장 돌아와! 내 가정까지 파괴하면 용서 못 해!'

메시지는 전부 같은 내용이었다. 언니가 무엇 때문에 화를 내는지 도무지 알 수 없었다.

이 집념이라면 조만간 아키시나로 찾아올 수도 있었다. 집에 도착해 유우에게 언니 얘기를 털어놨다.

"나도 자세히는 모르겠지만 기세 누나 사생활을 남편이 알아버린 게 아닐까?"

"어? 언니가 왜?"

느닷없이 등장한 언니의 이름에 놀란 표정을 짓자 유우도 뜻밖이라는 표정을 지었다.

"몰랐어? 기세 누나 아르바이트하는 곳에서 꽤 자유분방한 성생활을 즐기고 있는지, 남편이 뒷조사를 하고 다닌다고 친척들 사이에서 소문이 돌던데……."

"그랬어?"

"어린 시절 일까지 알아보는지, 삼촌한테도 기세 누나 시부모님한테서 연락이 왔었나 보더라."

"왜 우리 집에는 안 왔지?"

"어쩌면 나쓰키에 대해서도 조사하는지 몰라. 그나저나 성생활이 자유분방하다고 그렇게 호들갑을 떨다니, 비합리적이지 않아? 유전자를 남긴다는 면에서는 오히려 칭찬받아 마땅한 일인데."

성실한 유우는 이제 포하피핀포보피아성인의 눈으로 세상을 바라보는 데 완전히 익숙해졌는지, 언니의 남편과 그 가족이 난리 법석을 떠는 걸 이해하지 못하는 듯했다.

"유우는 번식하고 싶어?"

내 물음에 유우가 고개를 갸웃했다.

"음, 생물로서는 그게 합리적일지도 모르겠네. 이대로면 포하피핀포보피아성인은 멸종할 테니까. 하지만 딱히 관심은 없어."

"그렇구나."

남편도 아마 유우와 같은 의견이리라. 실내에서 나체로 생활하는 우리는 사과를 먹기 전의 아담과 이브로 돌아간 듯, 천진난만했다.

저녁 즈음, 마음에 걸려서 다시 혼자 빨간 다리를 건너 스마트폰을 확인했다. 새로운 메시지가 한 건 도착해 있었다.

'네가 떠벌렸지? 다 알아. 나는 네 비밀 지켜줬는데. 용서 못해. 내 가정을 파괴한 너한테 반드시 복수할 거야.'

언니의 증오가 생생히 전해졌다. 하지만 이제껏 아무것도 몰랐던 나는 빗나간 분노에 황당할 따름이었다.

일이 성가셔질 것 같아 스마트폰을 바닥에 내던져 부순 뒤, 강에 던져버렸다.

사랑에 빠진 걸지도 모른다.

그런 비합리적인 생각을 한 건, 우리 세 마리가 이불 속에서 나체로 잠들어 있을 때였다.

그날은 좀처럼 잠이 오지 않아 잠깐 선잠을 자다 바로 눈을 떴다. 창 너머 달빛을 보며 어렴풋이 내 그릇에 깃든 욱신거림에 대해 생각했다.

지난 며칠간 후각과 청각이 모두 예민해져 몸이 각성해가는 듯한 감각을 느꼈다. 지금까지 줄곧 긴장해 있던 세포가 두 마리와의 나체 생활로 풀어진 것이다.

이제 내 인생에 성적인 행위 같은 건 없을 줄 알았다. 그런 기능은 이미 고장 났다고 생각했다.

하지만 난생처음 몸이 극도로 이완되는 경험을 했고, 동시에 그 안에 성적인 욕망이 깃든 것을 느꼈다.

이것은 세 마리가 같이 있을 때만 일어나는 현상이었다. 이가사키 선생님 일이 있기 전, 담요나 인형을 안고 있으면 감미로우면서도 왠지 성적인 감각이 안에서 꿈틀거리는 걸 느낀 적이 있는데 그와 비슷한 것 같기도 했다. 유우와 남편의 몸은 전에 없이 나를 안심시켰다.

어쩌면 이렇게 비합리적일까. 훈련을 더 해야 한다.

그렇지만 한편으로는 내 몸을 간신히 되찾은 듯한 감각에 더 없이 행복했다.

이건 마취일지도 모르니 그대로 두자. 앞으로 뭔가 격렬한 고통이 찾아왔을 때 이 마취가 도움이 될지도 모르니까.

가급적 마취의 힘을 빌리는 상황이 찾아오지 않기를 바라며, 세 마리가 동시에 입을 맞추는 망상에 잠긴 채 잠을 청했다. 잔잔한 쾌감이 줄곧 무릎 뼈 뒤쪽에서 간질거렸다.

"저쪽 산길이 폐쇄된 모양이야."

아침에 소식을 전해온 건 유우였다.

"그래? 그러고 보니 어제 눈이 내렸지."

나는 태평하게 대꾸했다.

"아니, 이 부근은 그 정도 눈 내린 건 아무것도 아냐. 산사태가 일어난 걸지도 몰라. 요새 잦더라고."

아키시나에 온 이후로 처음 눈을 보는 남편은 무척 들떠 있었다. 나도 할머니 집에서는 여름을 지낸 적밖에 없어서, 눈이 얇게 쌓인 광경이 신선하고 아름다워 보였다.

유우는 이 부근의 눈은 원래 이 정도 수준이 아니라 보통 생존과 직결되기 때문에 이만한 게 다행이라고 했다. 도쿄에서 나고 자란 남편은 시골의 눈을 거의 본 적 없어서인지 "아름다워" "눈도 음식에 포함되나?" 하며 하염없이 정원을 바라보고 있었다.

"마을에 지구성인의 기척이 거의 없어."

내가 식량을 구하기 위해 강으로 가 벌레를 잡는 동안, 남편과 유우는 식물을 채집했다. 강에서 돌아와 유우에게 그렇게 말하자 유우도 고개를 끄덕였다.

"어제 내린 눈이 진눈깨비에 가까웠잖아. 그것 때문에 산사태가 일어나기 쉬운 환경이 됐나 봐. 도로가 막힐 가능성이 있으니 산을 내려간 지구성인도 있겠지."

"그래? 식량 훔치기 더 쉽겠네."

"그거 잘됐다!"

남편이 신이 나 외쳤고 나와 유우는 마주 보며 웃었다.

그날 우리는 식량을 잔뜩 훔쳐 돌아와 진수성찬을 차렸다.

유우의 말대로 마을에 남은 지구성인은 얼마 없었다. 노인 혼자 사는 집에는 희미하게 불이 켜져 있기도 했지만, 차를 운전할 수 있는 개체가 있는 가구는 대부분 산을 내려간 것 같았다. 문단속을 제대로 하고 떠난 집이 적었기 때문에 당당하게 안으로 들어가 쌀이나 야채뿐 아니라 사과나 귤 같은 과일도 넉넉히 챙겼다.

"왠지 최후의 만찬 같아."

"예수의 최후의 만찬은 빵과 포도주로만 차린 소박한 식사였어."

내 말에 유우가 어깨를 으쓱하며 대꾸했다.

"그게 아니라, 왠지 그런 느낌이 드는 밤이라는 소리야."

"지구성인에게 처형당할지도 모르겠다. 이렇게 잔뜩 훔쳤으니."

남편은 그렇게 말하면서도 오랜만에 먹는 과일을 입에 잔뜩 넣고, 신나게 씹었다.

"만일 이곳에서 지구성인이 사라지면 포하피핀포보피아성인이 이 마을을 지배하는 거야!"

"그거 좋네. 새로운 문화와 풍습을 갖고 살아갈 수 있으면 좋겠다. 결코 공장이 되지 않도록 조심하면서."

우리는 시시껄렁한 이야기를 하며 훔쳐온 일본술을 마셨다.

나는 여전히 맛을 느끼지 못했지만 이날은 많이 먹었다. 유우가 주전자에 따뜻하게 데워준 술이 끝 모르고 넘어갔다.

오랜만에 마신 술에 잔뜩 취해 정체불명의 노래를 흥얼거렸다. 유우는 그에 맞춰 박수를 치는 남편의 모습을 웃으며 바라봤다.

완벽한 밤이었다. 나는 눈을 뜨면 포하피핀포보피아성인이 이 마을을 뒤덮고 있기를 바라며 잠들었다. 꿈에서 언니도, 부모님도, 시어머니도, 시아버지도 모두 포하피핀포보피아성인이 됐다. 꿈속 파티는 끝없이 계속됐다. 남편과 유우의 새근거리는 숨소리와 진동이 꿈과 현실의 경계까지 밀어닥쳐 꿈에서 웃고 있는 내 바로 곁까지 그 체온이 가까워졌다.

머리에 강렬한 충격을 느끼고 눈을 떴다.

아픔과 잠기운으로 의식이 몽롱한 가운데 게슴츠레 눈을 뜨니 어둠 속에서 희미한 빛줄기가 위를 향해 원을 그리는 게 보였다.

반사적으로 바닥으로 몸을 굴려 희미하게 보이는 빛의 윤곽에서 빠져나왔다.

아까까지 파묻혀 있던 잠자리가 푹, 하는 소리와 함께 격렬하게 흔들렸다.

"인간이에요?"

나는 순간적으로 외쳤다.

눈을 비비자 뭔가 휘두르는 커다란 생물이 보였다. 내 목소리에 흠칫하는 걸 알 수 있었다.

몸을 일으켜 할아버지가 쓰던 선반 쪽으로 내달렸다. 차츰 어둠에 눈이 익어 머리보다 몸이 먼저 움직였다. 어찌된 영문이든 일단 상대를 해치우고 살아남아야 한다고 머리가 신호를 보냈다.

남편과 유우의 기척은 느껴지지 않았다. 이미 당했는지도 모른다.

꿈틀거리는 검은 실루엣은 집 구조를 모르는지 벽에 부딪쳐 우왕좌왕하고 있었다. 숨소리를 듣고 상대는 지구성인임을 확신했다.

곰이 아니라 지구성인이라면 승산이 있다고 판단을 내린 순간, 나는 이미 선반에서 할아버지가 예전에 서예 대회에서 받았다는 트로피를 낚아채 휘두르고 있었다. 뇌에서 지령이 떨어지기도 전에 이미 본능이 몸을 움직이고 있었다. 손에 쥔 묵직한 트로피를 안면으로 추정되는 부분을 향해 힘껏 내리쳤다.

충격이 전해졌다. 부러진다기보다는 조각나는 감촉과 함께, 손끝에 끈적거리는 액체가 엉겨 붙었다.

여기다, 직감하고 서둘러 다시 트로피를 쳐들어 같은 곳을 두세 번 내리쳤다.

"우아아아콰아아아!"

지구성인이라는 건 알고 있었지만 비명을 듣기 전까지는 그것이 암컷인 걸 미처 몰랐다.

승리를 확신할 수 있을 때까지 동작을 멈추지 않았다. 기세가 약해져 몸을 한껏 웅크린 덩어리 위에 올라타 무심하게 트로피를 내리쳤다.

"그만해! 그만하라고!"

얼마나 쳐야 상대의 공격력을 떨어뜨리고, 내가 살아남을 확률을 백 퍼센트로 만들 수 있을까. 정확히 가늠할 수 없었다. 하지만 목소리를 낼 기운이 있는 상황에서는 반격해올 가능성이 있다고 판단하고, 안면으로 추측되는 부분을 중점적으로 내리쳤다.

상대의 몸이 흐느적거릴 때까지 공격을 계속하다, 만일의 경우를 대비해 더듬더듬 손을 뻗어 고타쓰에 연결된 전기 코드를 집은 다음 상대의 목을 세게 졸랐다.

그럼에도 불안이 가시지 않았다. 팔을 뻗어 전기포트의 코드도 빼 손발을 묶고, 트로피를 든 상태로 불을 켰다.

바닥에는 생각보다 더 흥건하게 피가 고여 있었고, 그 안에 자그마한 여자가 쓰러져 있었다. 어둠 속에서는 곰일지도 모른다고 생각할 정도였는데, 막상 불을 켜고 보니 연약해 보이는 초로의 여자였다.

여자 옆에는 처음에 나를 내리친 것으로 보이는 골프채가 나뒹굴고 있었다. 재빨리 골프채를 집어 무기로 삼자 마음이 조금 놓였다.

남편은 무사할까. 아직 남은 적이 있을 수도 있어 최대한 소리 내지 않고 이불 더미로 다가갔다.

이불 더미 옆에 남편이 쓰러져 있었다. 황급히 다가가 몸을 흔들자 신음 소리를 흘리며 눈을 떴다.

"도모오미, 괜찮아?"

안도하며 말을 건네자 남편이 게슴츠레한 표정으로 말했다.

"나쓰키⋯⋯? 무슨 일이야? 술 마시고 자고 있는데 갑자기 뭐가 머리를 때려서⋯⋯."

"지구성인이 집에 들어와서 우리를 죽이려 해. 일단 한 마리는 붙잡았는데 또 있을지도 몰라. 유우는?"

"모르겠어."

잔뜩 쌓인 이불을 뒤집어봤지만 유우는 없었다.

"도망친 걸까, 그럼 다행인데⋯⋯."

유사시에 대비해 식칼을 가지러 부엌으로 갔다.

그때 밖에서 커다란 소리가 들렸다.

오른손에는 식칼을, 왼손에는 아까 입수한 골프채를 쥐고 밖으로 달려갔다. '어두운 시간'이라 사위가 온통 어둠에 휩싸인 와중에도 빛의 덩어리가 보였다.

자세히 보자 불을 켠 차 안에서 유우와 덩치 큰 남자가 몸싸

움을 벌이고 있었다.

"유우!"

"유우 씨!"

우리의 목소리에 남자가 고개를 돌렸다.

"너구나, 다카키를 죽인 게……!"

남자가 무시무시한 낯으로 이쪽으로 몸을 내밀자 유우가 뒤쪽에서 그를 걷어찼다.

남자가 순간적으로 몸을 움츠렸고, 남편이 그런 남자에게 달려들려고 하기에 왼손에 든 골프채를 건넸다.

"고마워."

남편은 아직 잠이 덜 깼는지 더듬대는 손길로 골프채를 받아들더니 남자를 내리쳤다.

남자가 약해진 것을 확인한 후 곁으로 다가가 먼저 식칼로 눈을 찔렀다. 남자의 움직임이 완전히 둔해진 후에는 목과 심장 등 피가 많이 나올 만한 곳을 중점적으로 공격했다.

"밤중에 차를 타고 와서 우리를 죽이려 한 거군."

남자는 이내 축 늘어져 움직이지 않게 됐고, 숨소리와 비명도 완전히 멎어들었다. 하지만 언제까지 찔러야 하는지 판단이 서지 않아 마치 재료를 손질하듯 계속해서 찔렀고, 남편도 내 옆에서 연신 골프채를 휘둘렀다.

"이제 그만해. 이미 죽었을 텐데 계속하면 다짐육처럼 돼버릴 거야."

유우의 침착한 목소리를 듣고서야 우리는 간신히 공격을 멈췄다.

"대체 어떻게 된 거야?"

"자고 있는데 갑자기 입을 막고 차로 끌고 갔어. 누군가를 찾는 것 같았어."

"아마 나를 찾으러 온 걸 거야."

남편과 유우가 고개를 들어 나를 봤다.

"다카키는 이가사키 선생님의 이름이야."

"선생님? 그게 누군데?"

"내가 죽인 사람. 나, 어릴 적에 사람을 죽인 적이 있어. 이 사람들은 그 선생님 유족이고."

나이가 지긋한 여자의 차림새가 왠지 낯이 익다 싶었다. 이 사람들은 늘 역 앞에서 전단지를 돌리던, 이가사키 선생님의 부모님이다.

선생님을 죽인 게 나라는 걸 어떻게 알아냈을까. 짐작도 가지 않았다. 다만 집요하게 나를 노린 이유는 똑똑히 알고 있다. '가족'이 살해당했기 때문이다.

인간을 죽이는 건 비합리적이다. 한 마리를 죽이면 몇 십 년이 지나서도 이렇게 '가족'이 보복하러 찾아오니까.

남편도, 유우도 똑바로 나를 바라보고 있었다. 순간 남자의 몸이 꿈틀거렸다. 나는 순간적으로 손에 든 식칼로 다시 남자를 찔렀다.

몇 번을 찔러도 되살아날 것만 같은 느낌에 계속해서 칼을 내리꽂았다. 유우도, 남편도 이번에는 나를 말리지 않았다. 그저 사방으로 튀는 피를 뚫어져라 바라보았다.

지금이 '어두운 시간' 중 어느 시간대인지, 시간을 잊어버린 까닭에 도무지 파악할 수 없었다. 슬슬 '밝은 시간'이 찾아올 것인지 '어두운 시간'이 계속될 것인지 짐작조차 가지 않았지만 유우는 "일단 마을을 좀 살펴보고 올게"라며 옷을 입고 차에 올라 시동을 걸었다.

나와 남편은 살았는지 죽었는지도 모를 지구성인 두 마리를 테이프로 둘둘 묶어 현관에 내던졌다.

"안 되겠어. 저쪽 다리 부근도 산사태로 막혔어."

한 시간쯤 지나 돌아온 유우가 말했다.

"마을에 남아 있는 지구성인도 있을 테지만 다리 안쪽 집 중에 빈집이 아닌 곳은 여기뿐이야. 우리만 고립된 거야."

"이 지구성인들이 인위적으로 산사태를 일으킨 건가?"

유우가 고개를 저었다.

"모르겠어. 적어도 처음 난 산사태는 이 사람들 소행이 아닐 거야. 그 부근은 옛날부터 자주 무너졌으니까. 아마 이 지구성인들은 다른 지구성인이 산을 내려간 걸 확인하고 우리를 죽이러 왔을 거야. 고갯길이 막힌 게 우연인지, 아니면 이 지구성인들이 우리를 가두려고 저지른 짓인지는 모르겠어. 하지만 후자라면 화약 같은 게 있어야 할 텐데, 그런 걸 쉽게 구할 수 있을까."

지구성인의 짐에서는 다양한 증거품과 자료가 발견됐다. 언니와 노래방에서 나눈 대화 녹음, 타다 남은 낡은 낫, 피 묻은 양말 등이었다. 이 증거품을 선생님의 유족에게 제공한 게 언니라는 걸 쉬이 짐작할 수 있었다. 언니는 분명 전부 알고 있던 것이다. 소각로에서 증거품이 전부 사라진 것도 언니가 증거품을 다 회수해 숨겨뒀기 때문이고.

왜 이제 와서 언니가 이런 걸 꺼내 나에게 '복수'했는지는 모르겠다. 아마도 '가정'이 파괴되자 누군가를 원망하는 게 정신적으로 합리적이라 판단했겠지.

"미안해. 이 지구성인의 자식을 죽인 건 나니까, 처음부터 나를 노렸을 텐데."

꿈에서 깬 것처럼, 어느새 지구성인의 세상으로 되돌아와 있었다. 나의 사과에 남편이 얼굴을 찌푸렸다.

"아니, 이 지구성인들은 이상해. 제 자식이 살해됐다고 왜 당신을 죽이려 하지? 당신에게 인류의 자손을 남기라고 압박하는 거면 또 몰라. 공장은 지구성인의 번식이 목적인 조직이잖아. 그들은 당신을 지구성인으로 카운트하고 있을 텐데 애써 제 손으로 없애려 하다니. 정말이지 비합리적이야."

유우는 내 얼굴을 들여다봤다.

"왜 죽였어?"

"……그러지 않으면 죽임당하는 거나 마찬가지인 꼴을 당했을 테니까."

"그랬구나."

유우가 자그맣게 웃었다.

"'무슨 일이 있어도 살아남을 것'이네."

"그게 뭐야?"

의아해하는 남편에게 유우는 "어린 시절 우리가 쓰던 암호야"라고 대답했다.

"좋네. 무엇보다도 순수한 암호야. 무엇보다 올바른 말이고."

남편이 힘주어 고개를 끄덕였다.

"자, 그럼 우리는 앞으로 어떻게 살아남으면 되지? 길은 막혔고, 우리는 고립됐어. 전깃불을 끄고 생활했으니 마을 사람들은 이 집을 빈집이라 생각했을 가능성이 커. 하지만 우리는 '무슨 일이 있어도 살아남'지 않으면 안 돼."

나와 유우도 고개를 주억거렸다.

눈이 내리기 시작했다. 잘게 조각낸 얼음 같은 일그러진 덩어리가 하늘에서 수없이 떨어져 발치를 하얗게 물들였다.

우리는 지구성인의 시체 두 구를 현관에 늘어놓고 거실에 앉았다.

"기다리는 수밖에."

유우의 말에 남편도, 나도 수긍했다.

"전화선을 끊지 말걸 그랬어."

"아니, 그때는 끊는 게 합리적이었어. 그래도 아직 물도 나오고 훔쳐온 식량도 조금 남았어. 공장의 지구성인들이 우리를 추적할 테니, 비교적 빨리 산사태를 알아챌 수도 있을 것 같은데."

"놈들이 나타나면 어떻게 쫓아낼지 궁리했는데, 이제는 그걸 기다리게 되다니."

남편이 한숨을 몰아쉬었다.

"두 사람은 꼭 살아남았으면 좋겠지만 다시 공장에 끌려갈 바에야 이대로가 낫겠다는 생각이 드네. 거기 끌려가는 건 죽는거나 마찬가지니까."

"도모오미, 그런 소리 마. 지구성인에겐 같은 종족을 돕는 습성이 있으니 그걸 이용해서 이번에 구조되면 다시 다른 곳으로 도주하자."

나는 남편의 등을 쓸어내렸다.

사태를 너무 낙관적으로 봤다는 사실을 알아챈 건, '밝은 시간'과 '어두운 시간'이 세 번쯤 반복되고 나서였다.

훔쳐온 식량이 거의 바닥이 났다. 산사태로 고립된 집이 두 채 있었는데 그 집의 식량까지 전부 먹어치웠다.

"신선도가 아직 괜찮을 때 지구성인 고기를 냉동해둘까."

유우가 제안했다.

"지구성인을 먹을 수 있어?"

"동물이잖아. 비교적 청결한 생물이니 배탈 날 걱정도 거의 없고. 어디까지나 비상식량으로, 살이 썩어서 선택지조차 못 되기 전에 보존해두는 것도 괜찮지 않을까."

"괜찮네."

나는 수긍했지만, 이걸 실행에 옮기면 우리는 이제 완전히 지구성인의 일원으로 받아들여지지 않을 거란 생각이 어렴풋이 들었다.

"전에 여기 살 때, 이웃 주민한테 받은 닭을 잡아본 적 있어. 큰 가축을 잡아본 적은 없지만, 일단 피를 빼는 작업이 필요할 거야. 할 일도 없고 심심한데 그 정도 일은 해봐도 좋지 않을까?"

담담하게 제안하는 유우는 포하피핀포보피아성인 그 자체였다.

유우는 주변 환경에 감화되기 쉬운 체질인지도 모른다. 지구성인 흉내를 제일 잘 내던 것도, 훈련을 제일 잘하던 것도 유우였다.

"나도 도울게! 힘쓰는 일이 될 테니."

남편이 일어나자 유우가 "고맙습니다" 하고 꾸벅 인사했다.

남편과 유우는 일단 작은 개체부터 처리하자며 현관에 던져놓았던 지구성인을 운반했다.

나는 방에서 몸을 웅크리고 있었다. 내 안에 아직 '인간'이 남아 있는 걸지도 몰랐다.

용기를 내 부엌문을 연 것은 다음 '밝은 시간', 두 마리가 커다란 지구성인을 해체하는 작업에 착수했을 때였다.

"나도 도울게."

유우가 나를 돌아봤다.

"나쓰키, 무리할 거 없어. 힘쓰는 일이기도 하고."

"유우 씨 말대로 힘이 상당히 많이 드는 작업이야. 우리 방식이 어설퍼서 그럴지도 모르지만."

"아냐, 도울게. 그러고 싶어."

남편과 유우에게 그렇게 대꾸한 후 다락방에서 찾은 칼을 내밀었다.

"아마 식칼보다는 이게 나을 거야."

"고마워. 솔직히 첫 번째는 제대로 처리하지 못했어. 살만 발라내려고 했는데 완전히 간 고기처럼 됐어."

유우가 미소 지으며 말했다.

"해봐도 돼?"

"그럼. 일단 돼지 해체 방법을 참고했는데 구조가 전혀 달라서 맞게 하는 건지 모르겠어."

"먼저 뭘 하면 돼?"

"머리를 잘라서 최대한 피를 빼야 해."

나는 남자의 목에 칼을 댔다.

"딱딱할 거야. 우리는 톱을 썼어."

남편의 말에 연장을 교체해 힘을 주어 머리를 잘라냈다.

뼈 부분이 꽤 딱딱했지만 남편과 유우의 도움을 받아 간신히 절단할 수 있었다. 머리가 바닥에 툭 떨어졌다.

"좋아. 이제 몸을 거꾸로 해서 피를 빼자."

힘을 합쳐 지구성인을 든 다음 싱크대를 향해 거꾸로 놨다.

두 마리째라서인지 유우는 익숙한 동작으로 절개된 부분을 벌렸다. 싱크대로 피가 흘러내렸다.

"맛있어 보인다."

절단면을 보고 무심코 그렇게 중얼거렸다. 빨간 살점을 보니 배에서 꼬르륵 소리가 날 것 같았다.

"그러게. 식량도 다 떨어졌으니 오늘 밤에는 이걸 먹을까?"

"그러자."

잘라놓고 보니 지구성인은 그저 큼직한 고깃덩어리에 불과했다. 유우의 지시대로 몸을 갈라 내장을 꺼낸 뒤 살을 씻었다. 생각보다 냄새가 심해 얼굴을 찌푸렸다.

최대한 깨끗하게 세척한 후 큰 뼈를 발라내 소분했다.

남편도, 유우도 고기가 준비되면 바로 요리할 수 있도록 조리 도구를 꺼내기 시작했다.

"조미료는 있으니까, 된장을 발라 끓여 먹을까? 잠내가 나서 간을 좀 세게 해야 할 것 같은데."

"열무 아직 좀 남았잖아. 같이 볶으면 맛있을 것 같아."

"그래. 냉동고는 여자로 가득 찼으니까 안 들어가는 부분은 먹어버리는 게 합리적이겠어. 다양한 방법으로 먹어보자."

"오늘 밤은 진수성찬이겠군!"

남편이 들뜬 목소리로 외쳤다.

남자를 넣은 된장국과 열무 남자 볶음, 살짝 데친 다음 매콤

달콤한 장을 넣고 끓여 만든 남자 조림. 세 종류의 남자 요리가 완성됐다.

"오랜만이네. 이렇게 푸짐하게 먹는 건."

남편은 기뻐했고, 유우도 그래 보였다. 나 역시 배가 고팠던 지라 얼른 먹고 싶어서 견딜 수 없었다. 입이 고장 난 뒤로 이렇게 강렬한 식욕을 느낀 적은 처음이었다.

"잘 먹겠습니다!"

남자를 넣은 된장국을 한 모금 마신 뒤 눈을 번쩍 떴다.

"맛이 느껴져!"

"무슨 소리야? 음식을 먹었으니 당연하지."

유우가 이상하다는 듯 웃었다. 하지만 나는 오랜만에 혀로 맛을 느낀 흥분에 자리에서 벌떡 일어날 뻔했다.

평생 나을 리 없다고 생각한 입이 이제 겨우 내 것이 됐다. 흘러넘친 육즙이 입 전체로 퍼져나가면서, 감칠맛과 잡내가 뒤섞여 온몸에 스며들었다.

나는 무아지경으로 지구성인을 먹었다. 마치 이십삼 년 만에 음식을 접한 사람처럼.

지구성인은 무척 맛있었다. 워낙 배가 고픈 상태이기도 했지만, 같이 식사중인 두 마리를 사랑해서 더 맛있게 느꼈는지도 몰랐다.

"술이 조금이라도 있으면 좋을 텐데."

남편의 말에 우리는 "그러게" "맞아" 하고 동의를 표하며 지하수로 건배를 나눴고, 남자를 마저 섭취했다.

이렇게 배부른 밤은 오랜만이었다. '어두운 시간'은 언제까지고 이어졌고, 산에 사는 생물의 기척이 안으로 잔잔하게 밀려들어왔다.

잔뜩 배를 채운 우리는 고타쓰로 이불을 가져와 이불에 둘둘 말린 채로 꾸벅꾸벅 졸았다. 오늘은 특별한 날이라며 유우가 불단에서 양초를 가져와 켰다. 오랜만에 '어두운 시간'을 비추는 빛을 에워싸고 있으려니 꼭 어떤 의식을 치르는 것 같았다.

새하얀 이불에 싸인 우리 세 마리의 윤곽이 어둠 사이로 희미하게 떠올랐다. 마치 고치처럼 보였다. 누에님 방이 이런 느낌이었을까. 잠기운에 젖어 흐리멍덩한 머리로 생각했다.

삼촌 말로는 고작 네 평 남짓 되는 이층 작은 방에서 누에를 처음 키우기 시작했다고 한다. 뽕잎을 먹고 점점 몸집을 불리던 누에가 곧 백 배쯤 커져 이 집을 뒤덮었다고. 지구성인은 다다미를 다 들어내 맨바닥 상태로 만든 뒤, 남은 방과 거실도 전부 누에님에게 바치고 구석에서 잤다고 했다. 그때 누에님이 뽕잎을 먹는 사락거리는 소리가 온 집에 들렸다고, 삼촌은 말했다.

새하얀 누에가 사방을 뒤덮은 곳에서 잠든 지구성인은 어떤 꿈을 꾸었을까. 나는 선잠을 자며 온 집에 하얀 벌레가 꿈틀거리는 광경을 떠올렸다.

"부탁이 있어."

이불 더미에 누운 남편과 내가 내뱉는 숨소리와 한숨의 경계가 모호해지기 시작했을 즈음, 불현듯 유우가 마음을 굳힌 듯 말을 꺼냈다.

"뭔데?"

"혹시 이대로 지구성인이 나타나지 않으면 그땐 나를 먹어."

나와 남편은 놀라서 벌떡 일어났다. 잠기운이 단번에 날아갔다. 남편 앞에 있던 지구성인 볶음 접시도 뒤엎어졌다.

"이대로 세 마리가 모조리 죽는 것보단 낫잖아. 조리 방법도 익혔으니, 전멸하는 것보다 나를 먹고 두 마리가 살아남는 게 훨씬 합리적이야."

"하지만 그게 꼭 나나 도모오미가 아니라 유우일 필요는 없어."

"그건 그렇지만 나는 내 몸을 오롯이 내 의지로 써보고 싶어. 오랫동안 자유라는 것에 익숙하지 않았지만 만일 그게 정말 나한테 있다면, 그렇게 하고 싶어."

남편은 애원하듯 몸을 바짝 들이밀고 유우가 뒤집어쓴 이불을 잡았다.

"분명 더 합리적인 방법이 있을 거야. 그래, 셋 다 팔과 다리를 하나씩 잘라서 같이 나눠 먹는 건 어때? 그 방법이면 세 마리 다 살아남을 수 있어."

남편의 말에 유우가 고개를 저었다.

"이 그릇에 그런 짓을 하면 우리는 금방 죽을 겁니다. 수술이라도 할 수 있으면 모르지만 우리한테는 그런 기술도, 도구도 없잖아요. 한 마리씩 잡아먹는 게 제일 확실해요."

잠시 생각한 끝에 나도 말문을 열었다.

"그럼 유우 다음에는 도모오미가 날 먹어. 셋 중에서는 도모오미가 살아남는 게 제일 나아. 몸도 제일 커서 체력도 있으니까 식량이 떨어져도 가장 오래 버틸 거야."

"두 마리 다 왜 그런 소리를 해."

남편은 도리질하며 외쳤다.

"우리 맹세했잖아. 건강할 때나 아플 때나, 기쁠 때나 슬플 때나, 부유할 때나 가난할 때나 딱히 서로 사랑하지 않고, 존경하지도 않고, 위로하지도 않고, 돕지도 않고, 생명이 존재하는 한 자기 목숨만을 위해 살아갈 것을, 우리 맹세했잖아."

유우와 내가 서로 마주 봤다. 남편은 한 발짝도 물러날 것 같지 않았고, 유우도 그 점을 분명히 느낀 것 같았다.

남편이 엎은 지구성인 볶음을 조심스레 접시에 다시 담으며 유우가 말했다.

"그래, 분명 우리는 맹세를 했죠. 그럼 이건 어떨까요? 지금부터 다 같이 서로 맛보는 겁니다. 그리고 맛있는 개체부터 먹읍시다. 만일 맛이 없으면 못 먹을지도 모릅니다. 맛만 보는 거니까 손가락을 자를 필요는 없어요. 깨물어보기만 해요."

"좋아! 그게 공평해. 아주 합리적이야."

내가 수긍하자 남편도 이번에는 납득한 모양이었다.

"알았어. 그러는 게 좋겠네. 만일 내가 맛있으면 꼭 나를 먹어야 해."

먼저 나와 남편이 유우를 덥석 물었다. 나는 어깨를, 남편은 팔을 물고 혀로 맛을 확인했다. 유우에게서는 약간 짠맛이 났다.

남편도 같은 맛을 느꼈는지 유우의 팔을 거듭 물며 말했다.

"유우 씨는 짠맛이 나서 굳이 간을 안 해도 먹을 수 있을 것 같아. 만일 유우 씨가 뽑히면 귀한 식량으로 대접할 것을 약속할게요."

"다음은 내 차례야."

남편은 머뭇거리며 나를 깨물더니 "써" 하고 말했다.

"같은 포하피핀포보피아성인이라도 맛이 다 다르구나."

유우는 제 팔을 깨물더니 희한하다는 낯으로 내게 다가와 내 무릎을 핥았다.

"약간 쇠 맛이 나네. 피 맛이 우러난 걸지도 몰라."

유우가 내 무릎에서 입술을 떼더니 다음으로 남편의 집게손가락을 깨물었다.

"나는 어떤 맛이에요?"

"단맛이 좀 나는 것 같네요."

"정말?"

우리는 서로의 맛을 품평하며 열심히 서로 물었다.

"배고파. 지구성인을 먹은 지 얼마 되지도 않았는데."

남편이 한숨을 내쉬었다.

"누가 제일 맛있는지 모르겠어."

"이대로는 다 같이 서로를 먹어버리겠어."

우리는 정강이를, 등을, 발뒤꿈치를, 턱을 깨물었다.

강렬한 허기에 사로잡힌 내 입에는 유우도, 남편도 모두 맛있었다.

점점 겉면만으로는 만족이 되지 않았다. 얼마 지나지 않아 우리는 서로의 내장에 이를 세우고 혀를 뻗었다.

눈꺼풀을 깨물리며 남편이 중얼거렸다.

"여기 오고부터 가끔 그런 생각이 들어. 지구성인 같은 건 사실 존재하지 않는 게 아닐까. 어쩌면 우리는 모두 포하피펀포보피아성인이 아닐까. 처음에는 다 포하피펀포보피아성인이었는데 우리 세 마리만 세뇌에서 풀려난 거지. 지구성인 같은 건 포하피펀포보피아성인이 이 낯선 별에서 살아가기 위해 만들어낸 환상인 거고."

유우가 남편의 팔꿈치를 물며 나지막이 동의했다.

"그럴 수도 있겠네요. 그래서 아무도 도와주러 오지 않는지도 몰라요. 모두 꿈에서 깨어나, 외계인의 눈을 이용해 우리를 돕는 게 비합리적이라는 걸 깨달았을지도 모르죠."

나는 두 사람을 먹는 데 정신이 팔려 대화에 끼지 않았다. 하얀 쌀밥과 같이 먹으면 얼마나 맛있을까. 되찾은 혀는 단맛, 쓴맛, 떫은 맛, 짜고 매운 맛을 꼼꼼하게 맛보고 있었다.

"아, 귀가."

불현듯 말이 튀어나왔다.

"왜? 귀가 맛있어?"

나는 대꾸하는 대신 눈앞의 허벅지를 힘껏 깨물었다.

오랫동안 망가져 있던 오른쪽 귓속에서 바람이 파열하는 소리가 나더니 잡음이 완전히 사라지고, 그 안으로 돌연 세상의 소리가 흘러 들어오기 시작했다.

해방된 귀에 맨 처음 들어온 건 우리의 식사 소리였다. 고막을 뒤흔들며 전율을 일으킨 그 소리는 내 안으로 점점 밀려들어왔다.

"무슨 일이 있어도 살아남을 것."

나는 나지막이 속삭였다. 그 목소리가 오른쪽 귓속에 내려앉아 서서히 고막을 흔들었다.

이날, 내 몸은 온전히 내 것이 됐다.

창밖으로 눈이 내리고 있었다. 방 안의 촛불에 반사되어 하얗게 빛나는 가루가 우주에서 휘날려 떨어졌다.

누에나방의 비늘 가루가 떠올랐다. 방에서 무수한 나방이 날아올라 하얀 가루를 흩뿌리며 멀리 날아가는 광경을 상상했다.

새까만 하늘에서 떨어지는 눈은 지면을 새하얗게 물들였다. 눈은 외부 생물의 기척을 뒤덮었고, 촛불 일렁이는 방에는 우리의 식사 소리만이 끊임없이 울려 퍼졌다.

그로부터 얼마 뒤, '밝은 시간'의 일이었다.

지구성인의 냄새를 맡은 듯한 기분에 선잠에서 깨어나, 게슴츠레 눈을 떴다.

지구성인의 머리카락으로 짜서 만든 따뜻한 베개에 머리를 묻은 채 멍하니 바닥으로 눈길을 돌리자, 손가락뼈가 나뒹굴고 있었다. 아직 고기 맛이 나기에 입에 물고 핥던 것인데, 잠든 사이에 떨어진 모양이었다.

침에 젖은 뼈를 집어 다시 입에 넣었다. 희미하게나마 고기

맛이 남은 뼈를 천천히 핥으며 맛을 음미했다.

쌓인 눈이 뿜어내는 냉기를 차단하고자 문이며 창문을 모두 걸어 잠가놨는데, 어디선가 바람이 들어와 앞머리를 흔들었다. 우유에 재운 멧돼지 고기 같은, 달콤한 냄새와 짐승 냄새가 뒤섞인 지구성인 특유의 냄새가 실내로 흘러 들어왔다.

"포하피핀포보피아?"

나는 천천히 몸을 일으켜 이질적인 냄새가 나는 쪽으로 고개를 돌렸다. 장지문 너머 눈에 반사된 푸르스름한 빛이 보였다.

내 발목 옆에 잠들어 있던 퓨트를 품에 안았다. 지구성인의 머리카락을 땋아 만든 퓨트는 예전과는 다른 모습이었다. 검은색, 회색, 흰색 머리카락이 뒤섞인 퓨트는 어리광을 부리듯 내 품을 파고들었다.

품 속 퓨트를 꼭 껴안은 내 발바닥을 통해 바닥이 삐걱거리는 진동이 전해졌다.

몸을 굽혀 바닥에 널브러진 정강이에 손을 뻗었다. 그리고 그 정강이를 힘껏 잡고 흔들며 속삭였다.

"도모오미."

여위어 앙상한 뼈마디가 도드라진 남편이 내 손길에 반응을 보였다. 남편은 순간적으로 보호태세를 취하듯 부푼 배를 두 손으로 감싸며 멍하니 눈을 떴다.

남편은 '어두운 시간'에 만든 팔이 들어간 스프를 먹다 잠든 모양이었다. 귀중한 식량을 흘리지 않도록 스프가 담긴 그릇을 조심스레 텔레비전 거치대 위로 옮겨 놓고, 남편 건너편에서 잠든 나머지 한 마리를 깨웠다.

"유우."

유우의 배는 남편보다 더욱 불러 있었다. 팽팽하게 당겨진 얇은 피부 아래로 뼈와 부푼 배의 윤곽이 또렷하게 보였다.

"포하피핀포보피아."

부름을 알아챈 유우가 눈을 비비며 우리의 말로 중얼거렸다.

그때 갑자기 삐거덕거리는 소리가 커지더니 발소리와 진동이 전해졌다. 그와 함께 지구성인의 냄새가 훅 짙게 풍겨왔다.

유우와 남편이 일어나 우리는 한데 뭉쳤다. 남편과 유우는 불러온 배를 보호하듯 팔로 감싸며 웅크렸고, 나는 품 안의 퓨트를 힘껏 껴안았다.

"끼아아아아아아아아아아아아아."

무슨 소리인가 했더니 지구성인의 울음소리였다.

장지문 너머로 언니가 나타났다. 우리를 발견한 언니는 다시한 번 크게 울부짖었다.

"끼아아아아아아아아아아아아아아아아아아아아아아아아아아아아아."

언니 뒤에 엄마도 있었다. 두 마리의 새된 울음소리가 울려 퍼졌다.

커다란 울음소리에 당황했는지 다른 지구성인들의 발소리가 모여들었다.

엄마 뒤로 오렌지색 옷을 입은 지구성인 여러 마리가 모습을 드러냈다. 복장을 보아하니 구조대원이라는 직업을 가진 지구성인인 것 같았다.

"지구성인이다."

내가 중얼거렸다.

구조대원 지구성인이 한데 뭉친 우리를 보자마자 욱, 하고 신음하며 입을 막았다.

"당신들…… 인간인가……?"

수컷 지구성인이 우리를 뚫어져라 바라보며 목소리를 쥐어짰다.

우리 세 마리는 서로를 마주 봤다.

"포하피핀포보피아?"

"포하피핀포보피아."

유우가 오른손으로 둥근 배를 보호하듯 살며시 쓰다듬으며 지구성인의 언어로 유창하게 말을 건넸다.

"우리는 포하피핀포보피아성인입니다. 당신들도 그렇지 않습니까?"

수컷 지구성인은 너무 놀라 침이 솟아나는지 아니면 선 채로
위액이 역류하는지 코에서도, 입에서도 정체 모를 액체를 흘리
고 있었다.

"그 배는 뭐지……?"

옆에 있던 다른 수컷 지구성인이 쉰 목소리로 물었다.

"우리 세 마리 모두 임신했습니다."

남편이 부푼 배를 두 손으로 들어 올리듯 내보이며 말했다.

지구성인들은 떨고 있는 것 같았다. 새파랗게 질린 얼굴로 뒷
걸음질 쳤다.

"괜찮습니다. 지금은 아니더라도, 당신 안에도 분명 이 모습
의 당신이 잠들어 있으니까요. 분명 금방 전염될 겁니다."

안심시키려는 듯 유우가 지구성인들을 향해 미소 지었다.

"우리는 내일 더 늘어날 겁니다. 모레에는 그보다 훨씬 더 늘
어날 거고요."

유우가 정중하게 설명하는데도 지구성인들은 전혀 듣지 않
는 것 같았다. 뒤쪽에 있던 한 마리가 심하게 구토하고 있었다.

"밖으로 나갈까. 우리의 미래가 기다리고 있어."

유우의 말에 나도, 남편도 고개를 끄덕였다.

우리 세 마리의 포하피핀포보피아성인은 조용히 팔다리를

덩굴처럼 이으며 일어났다. '밝은 시간'의 빛과 흰 눈에 반사된 빛이 외부 세계에서 우리의 우주선으로 부드럽게 쏟아져 들어오고 있었다.

　손을 맞잡고 어깨를 나란히 한 우리는 지구성인이 사는 별로 천천히 걸음을 내디뎠다. 빛에 휩싸인 우리에게 호응하듯, 지구성인들의 울음소리가 별의 아득한 곳까지 메아리치더니 숲을 뒤흔들며 퍼져나갔다.

옮긴이의 말

《지구별 인간》은 무라타 사야카가 《편의점 인간》으로 아쿠타가와상을 수상한 뒤 처음으로 발표한 작품이다. 그가 꾸준히 추구해온 정상과 비정상의 경계에 대한 질문, 이 세상의 상식에 적응하지 못하는 '외계인'들의 이야기를 그린다는 점에서 이전 작품의 연장선에 있다고 할 수 있다.

무라타 사야카는 한 인터뷰에서 "작품 상당수가 페미니즘과 밀접한데 자신이 페미니스트라고 생각하느냐"라는 질문에 "쭉 무의식적인 페미니스트였지만, 최근에 스스로 페미니스트라는 것을 자각했다"라고 답했다. 인터뷰 내용대로 《지구별 인간》에서 작가는 이전 작품에 알게 모르게 드러온 페미니즘적 테마를 자각적으로 그리고 있다. 젠더와 결혼제도, 출산 등에 대해

본질적 질문을 던지면서도 근미래를 배경으로 SF적 설정을 도입한 《소멸세계》《살인출산》과 달리 《지구별 인간》은 동시대를 살아가는 여성들의 갈등과 고뇌, 세상을 번식을 위한 '인간 공장'으로 인식하는 과정을 적나라하게 그린다. 여성으로서 위화감을 느낄 수밖에 없는 사회에 대한 날카로운 비판 의식을 드러낸 것이다. '인간 공장'이라는 표현에서 근본적인 원인에 대한 고찰 없이 그저 아이를 '낳는' 것을 권장함으로써 저출생이라는 사회 현상에 대처하려는 작금의 현실을 떠올린 독자도 많지 않을까.

주인공 나쓰키는 세계의 상식에 물들지 못하고 겉돈다는 점에서 전작의 주인공들과 같은 아웃사이더이지만, 그녀를 둘러싼 환경과 그녀가 직면한 고민은 동시대 여성들의 문제와 긴밀히 맞닿아 있다. 딸을 사랑하지 못하고 '감정 쓰레기통'으로 대하며 정서적으로 학대하는 어머니, 무관심한 아버지, 외모로 차별받아 동성인 동생과도 제대로 관계 맺지 못하는 언니, 어린아이를 보호하기는커녕 성적으로 학대하는 학원 선생님 등. 나날이 악화하는 상황에서 나쓰키는 세계를 '인간 공장'이라 인식하고, 적응하지 못하는 자신을 '마법소녀' '외계인'이라 생각하게 된다. 단순히 학대당한 여자아이의 망상이라 하기에는 어딘가 부족한, '정상'에서 벗어나는 순간 비인간의 형태로밖에 존재할 수 없는 현실을 드러내는 대목이다.

'무슨 일이 있어도 살아남을 것.' 나쓰키와 유우의 규칙이 말해주듯, 두 사람이 처한 현실은 초등학생에게는 너무나 가혹하다. 현실을 벗어나기 위해 목숨을 끊기로 결심한 나쓰키는 죽기 전 사촌 유우와 관계를 시도한다. 일견 사회 통념에 어긋나는 행위지만, 학원 선생님의 성적 학대로 몸의 주도권을 빼앗긴 나쓰키가 자신의 몸을 온전히 되찾기 위한 시도로 해석할 수도 있다.

가혹한 어린 시절을 보내고 어른이 되지만, 나쓰키가 처한 숨 막히는 현실은 그대로이며 압박은 오히려 더 심해진다. 나이가 차면 결혼을 해서 가정을 이루고 아이를 낳아야 한다는 '상식', 여자라면 모름지기 남자에게 선택받아 행복을 누려야 한다는 '정상적' 가치관. '공장'의 부품이 되길 원하던 나쓰키는 자신처럼 세상에 적응하지 못하는 남편 도모오미를 만나 계약 결혼을 하고, 유우와 재회한 뒤 어릴 적 안식처였던 아키시나의 산속에서 기묘한 공동생활을 한다. 자신들을 '인간 공장'에 대항하는 '포하피핀포보피아성인'으로 규정한 세 사람은 '정상'에서 이탈해 점점 미쳐가지만, 세상이 미친 것인지 그들이 미친 것인지 누구도 단언할 수 없을 것이다.

식인 행위라는 금기를 범함으로써 인간이라는 정체성을 버리고 전혀 다른 새로운 생명체가 된 세 사람이 모두 임신하는 결말은 지금까지의 작품 중에서도 손꼽힐 정도로 충격적이다. 하지만 '이것으로 우리는 갈라졌습니다. 이제 가족도, 뭣도 아닙니다. 한 마리씩 그저 살아 있을 뿐입니다'라는 그들의 맹세는 개별로 존재하면서도 기존의 질서로 귀속되지 않는, 새로운 관계에 대한 어떤 가능성을 예감하게 하기도 한다.

단순히 기존의 가치관을 해체하거나 금기를 범하는 것에 머무르지 않고, 읽는 이의 세계를 열어가는 문학. 무라타 사야카가 다음에 펼쳐놓을 세계는 어떠한 세계일까.

옮긴이 최고은

도쿄 대학교 대학원 총합문화연구과에서 석사학위를 받았고, 현재 동 대학원 박사과정에서 일본문학을 공부하면서 전문 번역가로 활동하고 있다. 옮긴 책으로 와타야 리사의 《처음부터 내내 좋아했어》, 온다 리쿠 《도미노》《도미노 in 상하이》, 무라타 사야카의 《무성 교실》, 나카마치 신의 《모방살의》, 히가시노 게이고의 《옛날에 내가 죽은 집》 등 다수가 있다.

지구별 인간

1판 1쇄 발행 2022년 9월 15일 **1판 7쇄 발행** 2024년 11월 11일

지은이 무라타 사야카
옮긴이 최고은
펴낸이 박강휘
편집 류효정 박정선 **디자인** 조은아 **마케팅** 이헌영 **홍보** 이혜진

발행처 김영사
주소 경기도 파주시 문발로 197(문발동) 우편번호 10881
등록 1979년 5월 17일(제406-2003-036호)
구입 문의 전화 031)955-3100 **팩스** 031)955-3111
편집부 전화 02)3668-3276 **팩스** 02)745-4827 **전자우편** literature@gimmyoung.com
비채 블로그 blog.naver.com/viche_books **인스타그램** @drviche @viche_editors
트위터 @vichebook
ISBN 978-89-349-7513-7 03830 책값은 뒤표지에 있습니다.

비채는 김영사의 문학 브랜드입니다.